Salwa Bakr

Der goldene Wagen fährt nicht zum Himmel

Roman aus Ägypten

Aus dem Arabischen
von Evelyn Agbaria

Mit einem Nachwort
von Hartmut Fähndrich

Lenos Verlag

Arabische Literatur im Lenos Verlag
Herausgegeben von Hartmut Fähndrich

Die Übersetzerin

Evelyn Agbaria, geboren 1956 in Kötzting/Niederbayern. Studium der Islamwissenschaften, Semitistik und Neueren Geschichte an der Universität Erlangen. Lebt als freiberufliche Übersetzerin für Englisch und Arabisch in Erlangen.

Titel der arabischen Originalausgabe:
al-ʿAraba aḏ-ḏahabîya la taṣʿad ilâ s-samâʾ

Satz und Gestaltung: Lenos Verlag, Basel
Umschlag: Anne Hoffmann Graphic Design, Basel
Foto: Kristina Bergmann
Printed in Germany
ISBN 3 85787 248 9

Der goldene Wagen fährt nicht zum Himmel

Wo sich der Fluss ins Meer ergiesst

Asîsa erwachte aus ihrem Mittagsschlaf. Um die oft bis zur Morgendämmerung durchwachten Nächte nachzuholen, dehnte sie ihn meist so lange aus, bis sich der Alltagslärm im Frauengefängnis etwas gelegt hatte, jenes Gemisch aus Lachen, Weinen und Gezänk der Insassinnen, wenn sie badeten oder das ihnen vorgesetzte Essen einnahmen, und dem selten abbrechenden Gebrüll der Gefängnisaufseherinnen, das den Bestimmungen und Anordnungen, die das Leben hinter Mauern regelten, Autorität verleihen sollte.

Asîsa öffnete die Augen. Noch immer lag sie auf ihrer Matratze am Boden, hatte sich noch nicht erhoben. Ihr Blick glitt über das hohe offene Fenster der Zelle und die Baumwipfel davor, deren Umrisse sich in der Dunkelheit – die Sonne war eben erst untergegangen – allmählich auflösten. Einige Augenblicke lang lauschte sie dem allabendlichen Abschiedskonzert der Vögel, die sich auf den Zweigen niedergelassen hatten, um das Licht eines neuen Morgens zu erwarten.

Wie oft hatte sie diesem Konzert zu dieser abendlichen Stunde schon zugehört, seit sie ins Frauengefängnis gekommen war. Meist mischte sich in die gezwitscherten und gepiepsten Weisen die Koranverse psalmodierende Stimme von Scheich Abdalbassît oder von Scheich Muhammad Rifaat aus dem Transistorradio, das Hagga Umm Abdalasîs, nach Einstellung des Senders, auf das Fenstersims der Zelle für die alten und gebrechlichen Insassinnen zu stellen pflegte.

Als der Rezitator die Stelle erreichte, wo es heisst: „Und in der Wiedervergeltung liegt Leben für euch, o ihr Leute von Verstand", seufzte Asîsa tief. Schon eine ganze Weile fiel ihr das Atmen schwer, und die drückende Schwüle machte ihr zu schaffen. Widerwärtig klebriger Schweiss lief ihr über den Hals und aus den Achselhöhlen. Dies lag an der Augusthitze, die die Baumwollknospen reifen und aufplatzen lässt und den Datteln intensive Röte und Geschmack verleiht.

Asîsa stand auf und legte das lange Gefängnisgewand aus weissem Kattun ab. Dann ging sie in eine Ecke des Raums, schöpfte mehrere Handvoll Wasser aus dem grünen Plastikeimer, der dort seinen Platz hatte, fuhr sich damit über Gesicht und Hals und wusch sich unter den Achselhöhlen. Das Wasser tropfte in einen alten Blecheimer ab, der einmal billiges Butterschmalz der Marke „al-Misân" enthalten hatte. Mit feuchten Händen strich sie sich über den Kopf, um die widerspenstigen Härchen zu bändigen, die sich beim Schlafen aus dem mit Klammern und Nadeln hochgesteckten Knoten gelöst hatten. Dann ging sie ein wenig in dem grossen Raum auf und ab, der zwei Fenster besass, davon eines auf einen langgestreckten Korridor hinaus, an dem neben ihrer eigenen auch alle anderen Zellen dieses Gefängnistraktes lagen, welcher der Unterbringung der älteren Gefängnisinsassinnen, der Krankenstation und der Sonderfälle wie sie diente. Als sie das Umhergehen leid war, wandte sie sich, in der Hoffnung, dass ein erfrischend kühler Wind die noch feuchten Stellen ihres Körpers trocknen würde, dem zweiten Fenster zu. Da waren aber nur die hohe, stacheldrahtbewehrte Mauer, die das Frauen- und das Männergefängnis voneinander trennte, und die Baumwipfel, die mit zunehmender Dunkelheit noch mehr an Kontur verloren hatten. Sie seufzte bedrückt, wandte sich vom Fenster mit seinen dünnen Eisenstäben und jenem Ausblick ab, der ihr vertraut geworden war, seit die Gefängnisverwaltung sie in diese Zelle verlegt hatte, und setzte sich wieder auf ihre Matratze, um ihre Nachtwache zu beginnen, jenen Rückzug in sich selbst, der ihr seit vielen Jahren tägliche Gewohnheit war. Dabei rief sie sich vergangene Tage in Erinnerung und hielt Zwiesprache mit ihrer bedrückten und verzweifelten Seele, die weder von den Menschen dieser Welt noch von den verbliebenen Lebensjahren etwas erwartete.

Asîsa zündete sich eine Zigarette der Marke Kleopatra an und tat einen kräftigen Zug, den sie – starke Raucherin seit frühester Jugend – geniesserisch einsog. Dann richtete sie den Blick auf die wenigen Sterne an dem Stück klaren Himmels, auf den ihr das Fenster die Aussicht gewährte, goss sich in den Plastikbecher beim Tonkrug neben der Matratze ein wenig von dem lauwarmen Wasser ein und trank einen Schluck. Daraufhin sprach sie wie immer mit gesenkter ruhiger Stimme Umm Ragab an, die sie in ihrer Vorstellung aus ihrem Bett in der benachbarten Zelle für die Alten und Gebrechlichen vor sich hin versetzt hatte, um ihr klar und deutlich die Meinung zu sagen: „Hör mal, Umm Ragab, dein Problem ist, dass du ein Esel bist ... Schon am ersten Tag, an dem ich dich hier sah, habe ich mir gesagt: Die Alte mit den rotgefärbten Kraushaaren muss dumm wie ein Esel sein. Ich habe dich nämlich gleich auf mindestens sechzig geschätzt, und nur ein Esel geht mit sechzig noch ins Gefängnis. Als mir dann Machrûsa, die Aufseherin, noch gesagt hat, warum du sitzt, habe ich zu ihr gesagt: Die ist tatsächlich ein Esel. Wegen einer Lappalie haben sie dich eingelocht. Drei Jahre wegen einer Brieftasche, die keinen Blick wert ist, mit neunzig lumpigen Pfund darin. Dreissig Pfund für ein Jahr deines Lebens. Beim Verhör gestehst du dann auch noch und sagst aus, dass du schon immer eine Diebin warst. Stehlen ist dein Lebensinhalt. Du bist so dumm, ihnen auch noch zu beschreiben, wie du den Leuten den Zaster aus Tasche und Geldbeutel klaust." Asîsa stellte sich wie immer vor, Umm Ragab sässe in diesem Augenblick leibhaftig vor ihr und begänne bei diesen Vorhaltungen zu weinen und zu schluchzen. Dabei zöge sich die kleine Öffnung ihres Mundes zusammen, und die zahlreichen Fältchen um ihn herum würden hervortreten und nervös zittern.

Asîsa aber war sich im klaren darüber, dass ihre harten Worte nur scheinbar der Grund für Umm Ragabs Tränen waren. Die eigentliche Erklärung dafür bestand in ihrem Kummer über den Tod ihrer Tochter, die sie nicht mehr sehen und nicht zur letzten Ruhe geleiten konnte. Asîsa versuchte daher, die allein zurückgebliebene Mutter zu trösten, die sie sich immer noch vor sich sitzend vorstellte, obwohl Umm Ragabs Schnarchen, dröhnend wie der Kolben einer Wasserpumpe, durch die wegen der Hitze weit geöffneten Fenster laut und deutlich vernehmbar aus der Nachbarzelle herüberklang. Matt und erschöpft war die Alte eingeschlafen, nachdem ein Herzanfall vor ein paar Stunden ihrem Leben fast ein Ende bereitet hätte, wäre da nicht Hagga Umm Abdalasîs gewesen, die ihr eiligst ein Herzmittel verabreichte, sie versorgte und bei ihr blieb, bis es ihr wieder besser ging.

Asîsa füllte ihren Becher mit Wasser und bot ihn Umm Ragab an, damit sie sich etwas beruhigte und zu weinen aufhörte. Schliesslich meinte sie: „Es reicht, hör auf zu heulen! Du bist ja schon blind vor lauter Tränen, und mit deiner Gesundheit geht es jeden Tag weiter bergab ... Du musst an dich denken, um der Kinder der Toten willen. Sie warten ja nur darauf, dass du entlassen wirst und sie dann liebevoll umsorgst. Du wirst noch viele Probleme haben, bis sie gross und selbständig sind und das Leben meistern können."

Asîsa war sich sehr wohl bewusst, dass keines ihrer Argumente und tröstlichen Worte Umm Ragabs Leid beenden konnte. Sie versuchte daher lediglich, sie von ihrem ständigen Weinen und Klagen abzubringen. Denn Umm Ragabs Trauer über den Tod ihrer einzigen Tochter, die nur wenige Monate, bevor ihre Mutter ins Gefängnis kam, den Mann verloren hatte, war grenzenlos, vor allem weil sie drei kleine Kinder hinterliess, das älteste gerade zehnjährig. Alle Versuche, sie zu retten, schlugen fehl. Nachdem ein Funke vom Gasherd auf sie übergesprungen war, brannte sie, da sie ein langes leicht entzündliches Nylonnachthemd trug, sofort lichterloh, und nur eine schwarze verkohlte Masse blieb von ihr zurück.

Nachdem Asîsa von Umm Ragabs Unglück erfahren hatte, änderte sie ihr Verhalten ihr gegenüber und hielt sie auch nicht mehr für eine alte streitsüchtige Hexe, die sich ständig mit allen anlegte, obwohl sie mager und ausgemergelt war und ein schwaches Herz besass, das, nach Meinung der Gefängnisärzte, jederzeit aussetzen konnte. Zwei Herzklappen hätten ersetzt werden müssen, aber dazu würde es wohl nie kommen, denn Umm Ragab besass keinen Groschen, um den für sie märchenhaften Betrag zu bezahlen, den ein auf dergleichen spezialisierter Chirurg verlangte. Ausserdem waren die staatlichen Krankenhäuser gar nicht in der Lage, alle aufzunehmen, die eine solche Operation benötigt hätten.

Asîsa stellte den Becher, den sie Umm Ragab lange hingehalten hatte, ohne dass sie ihn nahm, auf den Boden. Sie drückte den Zigarettenstummel aus und kniff die Augen ein wenig zusammen, um die Frau, die sie immer noch vor sich sitzen sah, zu mustern. Dann sagte sie: „Ich habe eine Überraschung für dich, Umm Ragab, eine Überraschung, über die du dich sehr freuen wirst. Aber solange du dich wie eine Heulsuse aufführst, behalte ich das Geheimnis für mich. Also, wie du willst. Wenn du meinst, flenn halt. Geh in Gottes Namen zum Henker, es liegt ganz bei dir."

Asîsa lächelte breit und zufrieden. Dabei entblösste sie ihre Zähne, die in früheren Zeiten schön wie Perlen gewesen, aber jetzt durch schlechte Pflege und ständiges Rauchen schwarz geworden waren. Sie war wie berauscht von dieser Alternative, vor die sie Umm Ragab stellte, damit sie mit dem Weinen aufhörte und ihre gequälte Seele etwas zur Ruhe kommen konnte. Deshalb hob sie den Becher und trank das Wasser gierig aus, als sei es süsser alter Wein und nicht Wasser aus der Kanne, die sie, bevor ihre Zelle abends von aussen abgeschlossen wurde, nach Möglichkeit füllte, um ihren Wasserbedarf bis zum nächsten Morgen sicherzustellen. Sie gaukelte sich eine angenehme Benommenheit vor und liess ihren Kopf, dem die einstige Schönheit noch anzusehen war, kreisen, um sich ganz in der Illusion zu wiegen, sie sei betrunken, wie so oft in den schönen Zeiten, die sie erlebt hatte und die mit ihr weiterlebten. Sie zündete sich noch eine Zigarette an und starrte in die vor ihr aufsteigenden Wände aus blauem Dunst, erfüllt von tiefen wehmütigen Gedanken, die sie immer heimsuchten, wenn sie allein in ihrer Zelle war, und sie weit, weit forttrugen, in ihre verschwundene Welt, von der sie Gitter, Mauern und lange Jahre der Einsamkeit in dieser trostlosen Zelle trennten. Sie wollte das Meer riechen und, wie in ihrem früheren Haus, die Wellen aus der Ferne rauschen hören, um sich zu vergewissern, dass sie noch in ihrer Stadt lebte, der Stadt, die sie immer geliebt und deren Schönheiten sich ihrem Gedächtnis tief eingegraben hatten.

Asîsa war eine Tochter Alexandrias. Vor ihrem vierzigsten Lebensjahr hatte sie die Welt des Frauengefängnisses betreten, zu lebenslänglicher Haft verurteilt, weil sie, ohne ersichtlichen Grund – jedenfalls gab sie während der Gerichtsverhandlung keinen an –, den Ehemann ihrer Mutter getötet hatte. Um zu begründen, warum sie ihn in jener Nacht im Schlaf ermordete, indem sie ihm das scharfe Küchenmesser in die Brust bohrte, wiederholte sie nur immer wieder, sie habe nicht ihn ermordet, sondern eine andere Person, die sie in seinem Bett schlafend vorgefunden habe. Trotz aller Bemühungen, sie zum Sprechen zu bringen, um ihr Gerechtigkeit widerfahren zu lassen, fügte sie diesen Worten nichts hinzu. Allerdings schilderte sie dem Gericht genauestens, wie sie das Messer in sein grausames Herz bohrte, dieses Herz, das – wie sie noch niemandem erzählt hatte – das ihrige gebrochen und sich von all ihren schönen gemeinsamen Erinnerungen abgewandt hatte. Daher hatte sie ihrerseits alles aufgegeben, ihren Schmuck und ihre

Wertsachen verkauft und den Erlös einem Wohltätigkeitsverein gespendet, mit der Auflage, ihn für die Betreuung Leprakranker zu verwenden, von denen man manchmal welche in der Stadt betteln sah – ein Beweis für die Notwendigkeit, etwas für sie zu tun. Nachdem sie ihn dann getötet und sich davon überzeugt hatte, dass er nicht mehr atmete, verbrannte sie nicht nur die Fotos, die ihn oder sie beide zusammen zeigten, seine Papiere, seine Kleidung, seinen wertvollen elfenbeinbesetzten Spazierstock, den er immer bei sich hatte, wenn er einen vornehmen Eindruck erwecken wollte, sondern auch alle anderen Kostbarkeiten, die das schöne alte, von einem grossen Garten umgebene Haus enthielt, mit dem sie so viele Erinnerungen an wundervolle glückliche Tage verband. Nie würde sie die Zeit, da dieses Haus noch von ihren Lieben bewohnt war, oder Einzelheiten ihres bewegten glücklichen Lebens vergessen können.

Auch im Gefängnis liess Asîsa, wenn sie so dasass, immer wieder die alten Erinnerungen an sich vorüberziehen, um derentwillen sie ihre Tat niemals bereute. Sie tötete ja nur, um diese Erinnerungen schön, süss und rein zu erhalten. Gar nichts sollte sie besudeln. Denn der von ihr Ermordete war nicht der, der ihr bekannt und vertraut war, in dessen Obhut sie vom unschuldigen Kind zu einer schönen jungen Frau herangewachsen war. Sie tötete vielmehr einen anderen Mann, der zwar seine Gesichtszüge und sein Aussehen besass, nicht aber sein Herz und seine Seele, all das, was sie seit damals so leidenschaftlich und mit solcher Hingabe geliebt hatte. Sie war überzeugt davon, dass es jener andere, ähnliche war, der ihren schönen Körper missbrauchte, als sie noch keine dreizehn Jahre alt war, dass er ein gefährlicher Verbrecher war, der ihr liebendes Herz und die tiefen leidenschaftlichen Gefühle, die sie ihm entgegenbrachte, raubte, ja dass er am Ende mit dem Bösen in der Unterwelt im Bunde stand und gekommen war, ihr Glück zu trüben und all die Liebe in jenem alten Haus zu zerstören.

Bevor sie ihn ermordete, hatte sie zahlreiche ausgefallene Todesarten erwogen, die jenes anderen, ursprünglichen, den sie immer geliebt hatte, würdig waren. Sie konnte doch jemanden, der so schön und wunderbar war, nicht auf irgendeine rohe und primitive Weise töten, die jeden Geschmacks und jeden Feingefühls entbehrte. Deshalb hatte sie zuerst die Idee, ihn mit einem starken Betäubungsmittel bewegungs- und widerstandslos zu machen, um ihn dann mit einer gewaltigen Menge heisser, flüssiger Schokolade zu übergiessen und ihn damit in eine schier unwiderstehliche Riesenpraline zu verwandeln. Dann wieder hatte sie daran gedacht, ihn mit kandierten Kirschen, Sesamschokolade und Schlagsahne zu verzieren, um ihn danach mit Messer und Gabel in kleine Stücke zu teilen. Diese wollte sie auf Kuchentellern aus chinesischem Porzellan mit blauem Streifen und Goldrand behutsam zu einem einzigartigen Bild, das Geschmack und Schönheitssinn verriet, ordnen und an Nachbarn und Freunde verteilen. Sie selbst hätte das Stück mit dem bösen Herzen, das sie so lange gequält und aus Verzweiflung am Leben hatte zerbrechen lassen, an sich gerissen.

Später hatte sie sich noch eine andere Methode ausgedacht, aus ihrer Sicht die vielleicht beste. Sie war ihr nach den langen Nächten eingefallen, die sie vor seiner Ermordung einsam grübelnd in dem grossen Haus zubrachte, das nach dem Tod ihrer Mutter trist und öde geworden war und sich in eine Art Geisterhaus verwandelt hatte. In dem grossen Sessel unter dem Fenster ihres Zimmers sitzend, den Mond betrachtend und einzig dem Rauschen der Bäume und jener traurigen Melodie in ihrem Inneren lauschend, hatte sie sich vorgestellt, wie sie ihm seinen Wunsch heimzahlen würde, diese andere zu heiraten, der er jetzt seine Liebe zugewandt und sein Herz zu schenken beschlossen hatte, sein neues, denn sie konnte nicht glauben, dass es dasselbe alte Herz war, welches sie all die Jahre geliebt hatte, seit sie ein kleines Mädchen war, das noch nichts von der Liebe wusste. Die Vorgehensweise, die sie sich ausmalte, entsprach ihrem Wunsch, sein Leben auf einzigartige Weise auszulöschen. Vor dem Schlafengehen würde sie ihn mit einem starken Betäubungsmittel bewegungsunfähig machen. Dann brächte sie riesige Mengen herrlicher, am Morgen seines Todestages liebevoll geschnittener Blumen, von ihr eigens bestellt in der „Schönen Erinnerung", dem renommiertesten Blumengeschäft in der Stadt, jenem Laden, aus dem auch die Blumen – Veilchen, Narzissen, Jasmin – stammten, die der alte Geliebte ihr in der Zeit glühender Leidenschaft geschenkt hatte, von der sie nie geglaubt hatte, dass sie einmal zu Ende gehen könnte. Diese Blumen wollte sie so arrangieren, dass sie mit den Farben und Formen der Umgebung harmonierten – den weissen Jasmin, die Papageienblume mit ihrem langen Stengel und den prächtigen ineinanderfliessenden Farben, den schwermütigen Lavendel und ihre Lieblingsblume, die wilde Rose, einmal rot wie Blut, ein andermal kanariengelb und manchmal in der Farbe seiner schönen, so oft von ihr geküssten Wange. Mit all diesen Blumen würde sie seinen Rumpf, seinen Kopf, seine Brust, den Boden unter seinen Füssen – ihrem Geschick in diesen Dingen entsprechend – dekorativ und lückenlos bedecken, so dass sie ihren Duft über seinen ausgestreckt daliegenden Körper verströmen konnten. Dann würde sie sich noch einmal davon überzeugen, dass das Fenster und die Zimmertür fest geschlossen waren, um ihn danach eines schönen, langsamen Todes sterben zu lassen, den Duft einatmend, den seine Hände so oft verströmt hatten, wenn er ihr solch herrliche Blumen gebracht hatte.

Aber Asîsa setzte keinen dieser Gedanken, die ihr vor seiner Ermordung durch den Kopf gingen, in die Tat um. Sie verwirklichte ihre Ideen von einem schönen, einem aussergewöhnlichen Mord, der sich von den ihr bekannten Morden unterschied, nicht einmal zum Teil, aus Furcht, ihre ausgefallenen Pläne könnten an einer nachlässigen Ausführung scheitern oder ihre Absichten noch vor der Durchführung entdeckt werden. Daher wählte sie als Tatwaffe das Messer, weil sie es für das sicherste und schnellste Mittel hielt, das zudem seinen Zweck am besten erfüllte, da sie damit einen Überfall verüben konnte, wie sie ihn selbst vor langer Zeit erlebt hatte, damals, als sie noch ein kleines Mädchen mit Zöpfen war.

Das Schicksal wollte es, dass sie ihre Kindheit nicht geniessen konnte. Statt dessen war sie gezwungen gewesen, Hausfrau zu sein und die Aufgaben einer solchen innerhalb ihrer engen, durch die eigenen vier Wände begrenzten Welt zu übernehmen, zu kochen und zu putzen und für ein geregeltes, durch die Präsenz einer Frau geschmücktes Leben zu sorgen. An einem Tag, der weit zurückliegt in ihrer

Kindheit, die keine war, geschah etwas Unerwartetes. Asîsa würde sich an diesen Tag immer erinnern. Sie stand in der Küche, um das Mittagessen für die kleine Dreipersonenfamilie zuzubereiten, die aus ihr, ihrem Stiefvater und ihrer Mutter bestand. Ihre Mutter war weggegangen, um an einer Trauerfeier in der Nachbarschaft teilzunehmen. Während die Mutter also weinte und klagte und an dem Unglück der Angehörigen des Toten – eines jungen Mannes, der durch seinen eigenen Leichtsinn im Meer ertrunken war – Anteil nahm, versuchte die Tochter mit aller Kraft, den Kerosinofen anzumachen und das Feuer unter dem Kupfertopf, in dem ein noch nicht ganz reifes rosiges Stück Taroknolle lag, zu entfachen. In diesem Moment rief sie ihr Stiefvater, der gegen Mittag von der Arbeit gekommen war und nun auf dem Sofa sass, die Hand auf die mit prächtigem englischen Samt überzogene Lehne gestützt. Er bat sie, zu kommen und ihm, wie immer, die Schuhe auszuziehen. Schnell kam sie auf seinen Ruf hin aus der Küche geeilt. Doch als sie gerade die Schnürsenkel seiner Schuhe aus weichem braunem Glacéleder aufknoten wollte, packte er sie plötzlich, hob sie auf seinen Schoss und küsste sie mehrmals. Es waren Küsse, die sich von denen unterschieden, die er ihr sonst auf die Wange drückte. Sie lösten bei ihr Empfindungen aus, die ihr bis dahin unbekannt gewesen waren, erregten ihren kleinen Körper, der in diesem frühen Alter der Unschuld eine solche Erfahrung noch nicht gemacht hatte – noch nicht hatte machen müssen –, bis ins Innerste.

Von diesem Augenblick an, also seit ihrer frühen Kindheit, war dieser grosse Mann für sie immer schön, stark und faszinierend, selbst dann noch, als sie ihm das scharfe Küchenmesser in die Brust stiess. Er konnte bei anderen, Männern wie Frauen, eine Erregung auslösen, etwas Undefinierbares, etwas wie Angst oder Furcht. Asîsa hatte das oft gespürt, wenn sie seine Wirkung auf Menschen, grösstenteils Frauen, mit denen er privat oder beruflich zu tun hatte, beobachtete.

An jenem längst vergangenen Tag der Taroknolle sagte er ihr, als sie auf seinem Schoss sass, dass er sie sehr liebe, da sie klein und schön sei, wie eine Seejungfrau, die nur nachts heimlich erscheint. Dann verlangte er von ihr, ihn zu lieben, wie er sie liebte, ihm zu gehorchen und immer alles zu tun, was er ihr befahl. Er bekam, was er wollte, denn Asîsa gehorchte ihm von diesem Augenblick an – der tief in ihrem Gedächtnis verankert war und trotz der vielen Jahre, die seither vergangen waren, nichts von seiner Frische verloren hatte – bis zu dem Zeitpunkt, da sie ihn ermordete, wie jemand, der im Bann eines starken unentrinnbaren Zaubers steht. Sie liebte ihn leidenschaftlich, grenzenlos, mit einer Hingabe und Treue, wie sie nur selten eine Frau einem Mann entgegenbringt. Man hätte ihre Liebe auf tausend Frauen verteilen können. Sie war aufrichtig in ihrer Liebe und gab sich ihm aus ganzer Seele hin, da sie diesen unerwartet in ihr Leben getretenen Geliebten als nichts Geringeres betrachtete als eine angebetete Gottheit, deren Wünschen und Befehlen man Folge zu leisten hat und von der allein Liebe zu erwarten ist. Deshalb nannte sie ihn auch – viele Jahre lang – „Angebeteter“, eine Bezeichnung, deren tiefere Bedeutung nur ihr bekannt war und ihm, dem Mann zweier Frauen, die Mutter und Tochter waren. Sie lebten zu dritt in jenem grossen alten Haus, das Asîsas Mutter vom verstorbenen leiblichen Vater ihrer Tochter geerbt hatte. Dadurch blieb jene Liebe behütet, unangetastet und geheim. Niemals erfuhr die Mutter von dem Feuer, das zwischen ihrem Ehemann und ihrer Tochter brannte. Sie bemerkte weder die leidenschaftlich glühenden Blicke und heissen inbrünstigen Seufzer noch all die trunkenen Küsse, unter denen die Lippen dahinschmolzen, oder die lautlosen, aber stürmischen Berührungen.

Ihre Unwissenheit und Ahnungslosigkeit beruhten nicht darauf, dass sie unsensibel, dumm und unwissend gewesen wäre. Nein, diese glückliche arglose Mutter, die niemals eine Vorstellung davon hatte, was zwischen ihrer kleinen Tochter und ihrem Ehemann vorging, den auch sie für vollkommen hielt, war eine schöne und intelligente Frau, nur war sie von Geburt an blind. Trotz dieser Behinderung, mit der sie vom Schicksal geschlagen war, fanden die Männer sie sehr attraktiv, sobald sie zu einer jungen Frau von vollkommener Weiblichkeit herangewachsen war, mit einem marmornen ebenmässigen Körper und meerblauen Augen, die, wenngleich sie niemals sehen konnten, ihren feinen Gesichtszügen den Ausdruck von Schönheit und Klugheit verliehen. Diese Schönheit und Klugheit an dieser Frau zu entdecken, die doch blind war, hatte für den Betrachter etwas Romantisches, Edles, insbesondere, wenn sie ihre langen weichen Zöpfe wie ein goldenes Diadem um ihren Kopf geschlungen hatte. Dann konnte man meinen, sie sei eine Frau aus dem Reich der alten Märchen, deren geheimnisvoller Zauber seit jeher über dieser alten Hafenstadt lag.

Asîsas Mutter entstammte einer wohlhabenden Familie, für die das Meer seit Generationen die Lebensgrundlage darstellte. Sie hatte einen Mann geheiratet, dessen Reichtum den ihren noch vergrösserte, als er, nachdem er ihr Asîsa geschenkt hatte, an einem Typhusfieber starb. Dies hatte ihr erneut die Gelegenheit gegeben, einen Ehemann zu wählen. Sie hielt sich noch immer für ein junges Mädchen, und da sie schön und wohlhabend war, spielte ihre Blindheit bei ihrer Verheiratung keine Rolle. Zahlreiche Männer der Stadt warben um sie und machten ihr Heiratsanträge. Sie wählte unter ihnen denjenigen, der später ihr Mann und derjenige ihrer Tochter war, die ihr, bis auf die Launen der Natur, zum Beispiel eine etwas dunklere Hautfarbe, sehr ähnlich sah. Die honigbraunen Augen hatte sie vom frühverstorbenen Vater, eine bleibende Erinnerung, die die Mutter niemals sah, sonst hätte sie auch jenen tiefen träumerischen Blick ihrer schönen Tochter bemerkt, der auf eine natürliche und geheimnisvolle Art verführerisch war.

Die frühe schicksalhafte Begegnung Asîsas mit der Liebe beschleunigte ihre körperliche und geistige Entwicklung. Als Kindfrau brachte sie dem geliebten Mann, ebenso wie die Mutter, überschwengliche Gefühle entgegen. Die Welt der beiden Frauen war eng begrenzt durch die Mauern des grossen alten Hauses, das sie beide jeden Tag erneut, wie sich selbst auch, vor seiner Heimkehr herausputzten. Denn sein Blick sollte nur auf Schönes, Anmutiges fallen. Asîsa tat es jeden Tag ihrer Mutter gleich, indem sie ein elegantes Nachthemd aus Duchesse-Seide, Crêpe de Chine oder glänzendem Atlas anzog, das die Armenierin Sonja, die tüchtigste und geschickteste Schneiderin der Stadt, genäht hatte. Sie löste ihre Zöpfe und liess die Locken spielerisch um Wangen und Schultern fallen. Eilig zog sie ihm die Schuhe aus, damit er sich sobald als möglich auf seinem gewohnten Platz auf dem Sofa niederlassen konnte. Ihre Mutter war selig über die Zutraulichkeit ihrer Tochter gegenüber ihrem Ehemann. Sie betrachtete es als Glück, als Gunst der göttlichen Vorsehung, die ihr immer wohlgesonnen gewesen war und sie für ihr fehlendes Augenlicht entschädigt hatte und nun nach ihrer Witwenschaft ihre glückliche Ehe segnete. Lange hatte sie daran gedacht, auf eine neue Ehe zu verzichten, weil sie befürchtet hatte, ihre Tochter und ihr neuer Ehemann könnten sich nicht verstehen und sie, die innere Ruhe und Zufriedenheit über alles schätzte, dadurch in einen Zwiespalt und Gefühlskonflikt bringen, der ihr Leben zur Hölle auf Erden gemacht hätte.

Mit jedem Tag ihrer glücklichen Ehe konnte sie sich jedoch erneut vom nachsichtigen, liebevollen und fürsorglichen Umgang ihres Mannes mit ihrer kleinen Tochter überzeugen. Jedesmal wenn er nach Hause kam, wechselte er zuerst einige freundliche Worte mit ihrer Tochter. Er geizte ihr gegenüber nicht mit Geschenken, kostbaren Dingen oder netten Kleinigkeiten, die das Herz eines jeden Mädchens höherschlagen lassen. Aus reiner Dankbarkeit für seine noble Haltung gegenüber ihrem einzigen Kind erzählte sie allen, dass er sie nicht hätte liebevoller behandeln können, wäre sie sein eigenes Kind gewesen. Mit jedem Jahr, in dem das Glück der kleinen Familie ungetrübt blieb und sie die wachsende Zuneigung zwischen ihrer Tochter und ihrem Ehemann spürte, freute sie sich mehr. Sie betete darum, dass es ihnen noch lange so gut gehen möge. Mit diesem Wunsch suchte sie Scheich Abulmakârim in der Gasse der Parfumverkäufer auf. Dieser fertigte ein Amulett für sie an, das sie zwischen ihren Kleidern aufbewahrte, als Garant ihres häuslichen Glücks und Friedens.

Die blinde Mutter erfuhr niemals, dass es andere Zaubermittel waren als dieses Amulett – ein mit unlöschbarer Tinte beschriebenes Blatt aus einem Schulheft –, die die familiäre Eintracht aufrechterhielten und stärkten, Zaubermittel nämlich, mit denen ihr Ehemann seine junge Geliebte betörte: prächtige seidene Hauskleider, wie sie gewöhnlich nur Filmstars tragen, elfenbeinerne, mit echten Diamanten besetzte Haarspangen, teure Markenstrümpfe. Der Mutter brachte er dergleichen nie mit. Daneben schenkte er der kleinen Tochter lustige Spielsachen, damit neben der Frau das Kind, das sie ja auch noch war, nicht zu kurz kam. Vom grossen Geliebten dazu angehalten, lernte Asîsa, ihre Kostbarkeiten geschickt vor der Mutter zu verbergen. Vielleicht war es diese Heimlichtuerei, weswegen sich Asîsa später ihrer Mutter gegenüber schuldig fühlte. Selbst nach deren Tod hatte sie noch Gewissensbisse. Es war nicht nötig gewesen, solch banale Dinge vor ihr zu verstecken. Was hätte es schon geschadet, wenn sie sie an ihrer Freude daran hätte teilnehmen lassen! Schliesslich sagte sie sich jedoch, dass sie ja noch klein gewesen war und diesen schönen, starken Mann, dessen Befehlen und Verboten sie einfach hatte folgen müssen, gefürchtet hatte.

Während der ganzen langen Beziehung mit ihrem Stiefvater gelang es Asîsa, alle Schwierigkeiten zu überwinden, denen eine verbotene Liebe dieser Art bisweilen ausgesetzt ist. Wie von selbst wurde sie unempfänglich für alle Pfeile Amors, die von Zeit zu Zeit aus heiterem Himmel ihr Herz zu treffen versuchten, nachdem sie am Tag der Taroknolle zu einem begehrenswerten weiblichen Wesen aufgeblüht war, in einer Stadt, die seit dem Tag, an dem sie in den Armen des Meeres geboren wurde und durch sein blaues Tor Zugang zur Welt fand, immer offen für die Liebe war. Asîsa, die früh herangereifte Meerjungfrau, war eine Tochter dieser Stadt, nach der man sich umdrehte. Halbwüchsige, die von der Liebe nur träumen konnten, begehrten sie ebensosehr wie Männer, die sich die Liebe auch leisten konnten, als eine vor aller Welt geschlossene Verbindung, in der alle Seiten vertraglich verpflichtet waren, die Gebote Gottes und seines Propheten Muhammad einzuhalten. Jedesmal wenn Asîsa mit ihrer Mutter Verwandte oder Freunde in der Stadt besuchte, wartete dort schon ein Freier auf sie, dessen Mutter oder Schwester bei Asîsas Mutter um ihre Hand anhielt. Wenn sie an heissen Sommerabenden einmal am Strand spazierengingen, versuchte so mancher, sich ihr zu nähern, oder verfolgte sie mit träumerischen bewundernden Blikken. Asîsas Herz war all dem gegenüber verschlossen, als ob jener Geliebte, der Ehemann ihrer Mutter, sie mit geheimen, für andere unsichtbaren Fäden an sich gebunden hätte, die sie trotz aller Versuchungen immer wieder zu ihm zurückkehren liessen, als hätte ein geheimnisvolles Mittel sie gefeit gegen alle fiebrigen Sommernachtswünsche und die Verheissungen der Meeresbrandung, die einmal tosend, einmal sanft raunend die heisse Saat der Liebe ausstreute.

Nur einmal wäre Asîsa fast einem anderen Mann ins Garn gegangen. Sie hatte ihre Mutter zum Markt der Goldschmiede begleitet, wo sie ein Goldkettchen mit einem Edelstein als Anhänger kaufen wollten. Nachdem sie von einem Laden zum anderen gegangen waren, ohne dass irgend etwas Bestimmtes ihr Kaufinteresse gefunden und sie zum Stehenbleiben veranlasst hätte, hielten sie vor einer Auslage mit herrlichen Juwelierarbeiten – Goldschmuck, der auf besonders kunstvolle Art mit Edelsteinen und Perlen besetzt war. Während Asîsa die ausgestellten Stücke prüfend betrachtete und ihrer Mutter jedes einzelne genau beschrieb, um ihr eine Vorstellung davon zu geben, bemerkte sie durch die Glasscheibe des Ladens, zu dem die Auslage gehörte, einen jungen Mann; er stand hinter der Goldwaage und unterhielt sich mit einer alten Frau, die vor ihm sass, über einen goldenen Armreif. Asîsa betrachtete den jungen Mann einen Augenblick, der ihr genügte, um sich Hals über Kopf in ihn zu verlieben und ihr Herz schneller schlagen zu lassen. Als sie ihrer Mutter ins Geschäft folgte, liess sie ihn nicht aus den Augen, weil sie instinktiv wusste, dass sie diesem gutgebauten Mann mit dem fesselnden Gesicht leidenschaftlich verfallen war. Er war jener Typ Mann, dem, ohne dass er selbst einen Finger rührte, die Frauen in Scharen nachliefen, wenn man sie nur liess. Sie bat ihn, ihr Halsketten und anderen Goldschmuck zu zeigen. Jede Kette betrachtete sie mit gespielter Ruhe. Sie beschrieb ihrer Mutter alles, was er ihr vorlegte, und fragte ihn nach seiner Meinung. Ihrer Mutter war es unerklärlich, warum dies so lange dauerte. Als sie schon über eine halbe Stunde gewartet hatte, ohne dass sich ihre Tochter entschlossen hätte, etwas zu kaufen, war ihre Geduld erschöpft. Ungeduldig warf sie dem Mädchen vor, dass sie stets an allem etwas auszusetzen habe, dieses aber, damals gerade sechzehn Jahre alt und im Flirten unerfahren, stand verlegen da und wusste nicht, was tun. Dass die Geduld seiner Mutter am Ende war, kümmerte es nicht. Schliesslich bot sich Asîsa eine günstige Gelegenheit, indem das Objekt ihrer Bewunderung ihr eine wunderschöne Goldkette vorlegte, in der Form einer Schlange und so präzis und kunstvoll gearbeitet, wie es einer alten traditionsreichen Handwerkskunst würdig war. Der Kopf der Schlange war mit winzigen Rubinen besetzt. Der Juwelier trat an Asîsa heran, um ihr mit seiner im Lauf der Jahre erworbenen Geschicklichkeit dabei behilflich zu sein, die Kette um ihren seidigen schlanken Hals zu legen. Dabei tauschten sie einen langen Blick im Wandspiegel. Als der Schlangenkopf, dessen Funkeln sich im Spiegel brach, an der Ausschnittöffnung ihres hellblauen Sommerkleides zum Liegen kam, warf Asîsa den Kopf ein wenig nach hinten und berührte dabei seine Schulter. Gleich spürte sie, wie ihr das Blut heiss in das von der Sommersonne Alexandrias gebräunte Gesicht schoss und ihre Knie weich wurden.

Die Mutter, die sich die lange Stille nicht erklären konnte, seufzte und sagte noch einmal, dass sie des Wartens leid sei und die Tochter entweder etwas kaufen oder das Geschäft verlassen solle. Asîsa erwiderte mit schmachtender Stimme, sie wolle diese Schlange haben. Der Verschluss müsse noch repariert werden, meinte der Juwelier, in zwei Tagen könne sie sie abholen.

Nach zwei Tagen, in denen sie sich nach dem Besitzer der goldenen Schlange verzehrt hatte, betrat Asîsa wieder sein Geschäft im Goldschmiedeviertel. Bei seinem Anblick begann ihr Herz wild zu schlagen. Wie ein Blitz traf sie die Neuigkeit, die er für sie bereithielt und die das ganze Abenteuer beendete, noch ehe es recht begonnen hatte. Da sie allein im Geschäft waren – seine verwöhnten Stammkundinnen aus der Oberschicht wälzten ihre fetten, schlaffen Körper zu dieser frühen Stunde noch in den Pfühlen –, gestand er ihr, dass sie ihm schon neulich, als er sie das erste Mal vor seinem Geschäft stehen sah, ausserordentlich gut gefallen habe. Nach der Unterhaltung mit ihr habe er sie noch mehr bewundert. Inzwischen habe er Erkundigungen über sie eingeholt und erfahren, dass sie einer guten Familie mit untadeligem Ruf entstamme. Aus diesen Gründen wolle er sie heiraten. Er seinerseits habe das Juwelierhandwerk von Grossvater und Vater übernommen, und seine Familie sei sehr wohlhabend. Wenn sie nichts dagegen einzuwenden habe, würde er noch am selben Abend in Begleitung seines Vaters, seines älteren Bruders und seines Onkels, der als Familienoberhaupt alle Entscheidungen billigen müsse, um ihre Hand anhalten.

Jedesmal wenn Asîsa allein war in dieser grossen Einzelzelle, die ihr die Gefängnisverwaltung, da man sie für unberechenbar und gemeingefährlich hielt, zugewiesen hatte, lief vor ihrem inneren Auge ihr ungewöhnliches Leben wie ein langer Kinofilm ab, und die Personen, deren Wege sich mit dem ihren gekreuzt hatten, tauchten auf. Die Erinnerung an jenen Augenblick, in dem sie da stand und sich ihren einzigen Heiratsantrag anhörte, den sie in ihrer Unüberlegtheit beinahe angenommen und diesen Entschluss für den Rest ihres Lebens bereut hätte, erfüllte Asîsa mit grosser Scham und Selbstzweifeln. Der Gedanke an diesen Vorfall war ihr so peinlich, dass sie sich auf die Lippen biss, bis diese schmerzten und fast zu bluten anfingen. Denn sie war der Überzeugung, dass sie einen Hochverrat an sich und allem, was sie liebte, begangen hatte und moralisch tief gesunken war, als sie die Grenzen ihrer geheimen Welt und aussergewöhnlichen Liebe überschritt, sich in einen anderen Mann verliebte, seinen Heiratsantrag anhörte und sich zwei Tage lang durch diese Liebe von ihrer einzigartigen und ewigen Liebe ablenken liess.

Als sie nach dem kurzen Rendezvous mit dieser Liebe, die nicht von Dauer war, nach Hause zurückkehrte, dachte sie nicht an jenen anderen Liebhaber, der als hoher Beamter in einer Kanzlei arbeitete, wo er sich auch damals gerade befand und mit der linken Hand – er war Linkshänder – sein Siegel unter Dokumente setzte. Sie dachte auch nicht an ihre Mutter, die sich, da ihre Tochter mit leeren Händen wiederkam, ohne jene goldene Schlange mit dem rubinbesetzten Kopf gekauft zu haben, in ihrer Ansicht bestätigt fand, ihrer Tochter fehle es, bei allem was sie tue, an Entschlusskraft, selbst wenn es sich um Kleinigkeiten wie den Kauf eines Schmuckstücks handelte.

Asîsa dachte nur an die märchenhafte Romanze, die sie sich in den zwei Tagen nach ihrer Begegnung mit dem Juwelier ausgemalt hatte: eine unsterbliche Liebe, voller Schmerzen und Leiden, da sie ihm das Geheimnis ihrer Liebesbeziehung mit ihrem Stiefvater anvertrauen wollte. Viele Stunden lang sass sie am Fenster ihres Zimmers, das auf den Garten hinausging, und blickte auf die weissen Blüten der Narzissen, die einen wunderbaren Duft verströmten. Dabei versuchte sie sich vorzustellen, wie er, der von Kopf bis Fuss in sie verliebt war, reagieren würde, wenn sie ihm Einzelheiten der verbotenen Beziehung mitteilte. Einmal sah sie ihn bei einem Selbstmordversuch zusammenbrechen, in einem anderen Bild drohte er damit, den Nebenbuhler zu ermorden. Wohlige Schauer aber verspürte sie, wenn sie sich vorstellte, wie er erst sie und dann sich selbst umbrachte, sie nebeneinander niedersanken und ihrer beider Blut ineinanderfloss, als Zeichen der Verschmelzung ihrer Seelen und ihrer Vereinigung im Tod.

Manchmal erinnerte sich Asîsa in ihrer Einzelzelle an jene weit zurückliegende Zeit, in der sie ihrer Mutter gegenüber zahlreiche Ausreden vorbrachte, um die Bewerber, die um ihre Hand anhielten, loszuwerden. Den Heiratsantrag des Juweliers lehnte sie mit der Begründung ab, sie sei bereits mit einem Verwandten verlobt. Mit allen erdenklichen Einwänden widersetzte sie sich einer Verlobung. Der eine Bewerber war hässlich, der andere alt, ein dritter wiederum passte aus gesellschaftlichen Gründen nicht in ihre Familie. Als einmal ein junger Mann um ihre Hand anhielt, den sie schlecht zurückweisen konnte, weil er, zumindest dem Anschein nach, einen idealen Ehemann für sie abgab, wie sie vielleicht keinen zweiten finden würde, sagte sie ihrer Mutter, die sie beschwor, ihn zu nehmen, sie habe von einer Nachbarin erfahren, er sei pervers und sein Verhalten Frauen gegenüber merkwürdig. Kurze Zeit danach erfuhr die Mutter, dass dieselbe junge Nachbarin, eine Freundin ihrer Tochter, ihn geheiratet hatte. Die prachtvolle Hochzeitsfeier war tagelang Stadtgespräch.

Der Liebhaber und Ehemann unterstützte Asîsa, wenn sie ihre Mutter zu überreden versuchte, die Männer, die um sie, die einzige Tochter, anhielten, abzulehnen. Jedesmal wenn die Mutter über einen Freier mit ihm reden wollte, meinte er verdrossen, es bestehe überhaupt keine Notwendigkeit, sich mit ihrer Verheiratung zu beeilen. Sie sei noch jung, zu

Torschlusspanik gebe es also keinen Grund, und ihre Schönheit würde mit der Zeit eher noch zunehmen. Man könne getrost abwarten. Ihr würden sich noch genug Gelegenheiten bieten, einen rechtschaffenen und tüchtigen Mann zu heiraten. Und sei sie nicht wie ein seltenes, kostbares Juwel? Warum also sich beeilen und sie verlieren, die Rose, die das Haus mit Wärme und Fröhlichkeit erfülle? An dieser Stelle pflegte Asîsa ihm beizupflichten. Ihre Mutter wolle sie nur verheiraten, um sie loszuwerden und ihre Ruhe zu haben. Dafür sei ihr jeder Freier recht. Sie wolle sie doch nur verheiraten, um sie versorgt zu wissen, verteidigte sich da die Mutter. Wenn es nach ihr ginge, könnte sie, die doch ihr Ein und Alles sei, für immer bei ihr bleiben.

In den ersten Jahren ihrer Haft erinnerte sich Asîsa erstaunlich gut an Kleinigkeiten aus ihrem ungewöhnlichen Leben. Ihr Gedächtnis war scharf wie das des Nilaals, der seinen Weg in den Atlantik, wo er seinen Laich ablegt, immer wiederfindet. Mit der Zeit aber entglitten dem Netz ihrer Erinnerungen, das löcherig geworden war, mehr und mehr Einzelheiten. Sie konnte nicht mehr mit Sicherheit sagen, welche Form das Messer hatte, mit dem sie ihn tötete. Welche Farbe hatte sein Griff? War er aus Eukalyptusholz und braun oder aus Kunststoff und schwarz? Sie wusste nicht einmal mehr, was sie in jener stürmischen Winternacht, während der starken Unwetter, mit ihrem Geliebten getrunken hatte, als der Regen auf die Stadt niederprasselte und hohe Wellen tosend gegen die Strände brandeten. War es der gutgelagerte Wein, den er ihretwegen bei Kosta, dem alten Griechen, besorgte, der ihn selbst herstellte und einkellerte und nur an wenige ausgewählte Kunden seines

Lokals verkaufte, die den Wert des Weines und seinen besonderen Geschmack zu schätzen wussten? Oder war es starker Rum, den man in einer solchen Nacht gern trinkt, um sich zu wärmen? Zwar waren Asîsa diese und zahlreiche andere Details, an die sie sich geklammert und die sie tief in ihrem Gedächtnis bewahrt hatte, entglitten, aber das Gespräch, das sie in jener Nacht führten, und ihr ruhiger Entschluss, ihn zu töten, den sie, kaum hatte er zu Ende gesprochen, fasste, der Entschluss zu dem Mord, den sie nur wenige Tage später beging, waren ihr unvergesslich.

Sie sassen und tranken, wie schon so manches Mal, seit ihre Mutter ein paar Monate zuvor von ihnen gegangen war. Sie war plötzlich an Hirnhautentzündung erkrankt, doch statt ein chronisches Leiden wie Taubheit oder Blindheit – blind war sie ja bereits – davonzutragen, wurde sie innerhalb von drei Tagen dahingerafft, obwohl ihr Arzt aus der Schilderung ihrer Symptome auf eine Grippe geschlossen hatte, wie sie in der Übergangszeit vom Sommer zum Herbst häufig auftritt.

Während sie also da sassen und sich über ihre Situation unterhielten, eröffnete er ihr nach einer langen Vorrede, dass er wieder heiraten wolle, da sie sonst in die Gerüchteküche kämen, wenn er weiter ohne Ehefrau unter einem Dach mit ihr zusammenlebte. Asîsa aber war vollkommen klar, dass er log und den Klatsch der Leute nur als Vorwand benutzte. Es war für sie eine ebenso schlechte Ausrede, wie sie sie früher häufig ihrer Mutter gegenüber vorgebracht hatte, wenn diese sie beschwor zu heiraten. Sie wusste Bescheid über seine neue Liebe, die er nicht geheimhalten konnte, so sehr er sich auch bemühte. Ihr natürlicher innerer Kompass, der

Liebe und Leidenschaft anzeigte, verriet ihr seine glühende Bewunderung für Nâdira, die Tochter seines besten Freundes Iffat Schahîn, der zu den grössten Parfumproduzenten der Stadt gehörte. Asîsa war masslos eifersüchtig auf Nâdira. Diese Eifersucht teilte sie mit vielen anderen Geschlechtsgenossinnen. Denn Nâdira gehörte zu den Frauen, die das Leben als grosses Spiel betrachten, das nur aus Abenteuern und ständig neuen Erfahrungen besteht. Es fing damit an, dass sie schon enge Helancahosen trug, als diese gerade erst auf den Markt gekommen waren und nur ganz wenige Frauen es wagten, sie anzuziehen, um darin ihre Reize öffentlich zur Schau zu stellen. Dasselbe mit dem Hula-Hoop-Reifen. Nâdira war das erste Mädchen, das sich damit auf einem öffentlichen Platz in der Stadt bewegte. Sie führte ihn im Sporting-Klub vor, wo sich gleich ein grosser Kreis aus jungen Männern – Befürwortern und Kritikern – um sie bildete. Zahlreiche Fotos wurden von ihr gemacht, teils um sie blosszustellen, teils um Bewunderung auszudrücken. Es endete damit, dass sie viele Bekanntschaften mit Jugendlichen und Männern unterhielt, der jüngste darunter neun Jahre jünger als sie, der älteste Asîsas Stiefvater, der, als er sich in sie verliebte, doppelt so alt war wie sie. Nâdira gehörte zu denjenigen, die sich Konzerte von Abdalhalîm Hâfis und Faisa Achmad anhörten, als diese noch nicht bekannt waren und ihre Zuhörerschaft zumeist aus Liebeskranken bestand, die Trost darin fanden, dem emotionalen und aufrichtigen Vortrag dieser beiden Sänger zu lauschen, der ihre eigenen zarten Gefühle wiedergab.

Nachdem Asîsa dann eines Nachts von Nâdira geträumt hatte, war sie vom nahen Ende ihrer geheimen leidenschaftlichen Liebe zum Ehemann ihrer Mutter überzeugt. In diesem Traum sah Asîsa Nâdira freundlich lächelnd auf sich zukommen, während sie selbst, unfähig, sich zu bewegen, wie eine Leiche auf ihrem Bett lag. Nâdira hüllte sie in ein schönes rosafarbenes Seidentuch, setzte ihr eine Dornenkrone auf den Kopf und befahl vier grossen Männern in langen schwarzen Umhängen, sie in ihrem Bett fortzutragen und ins Meer zu werfen. Asîsa schrie vor Angst und Entsetzen auf. Am Morgen nach dem Alptraum blieb sie im Bett, bis es hell war, und grübelte über seine Bedeutung und über Nâdira nach. Dabei erinnerte sie sich an einzelne Vorkommnisse während ihrer Beziehung zu Nâdira, die seit dem Tod ihrer Mutter bestand. Iffat Schahîn kam mit Frau und Tochter zur Beerdigung. Bald schon war Nâdira ihre enge Freundin, die sie so fürsorglich und zärtlich wie eine grosse Schwester behandelte. Asîsa fühlte sich wegen ihrer einfachen und unkomplizierten Art zu ihr hingezogen. Ausserdem gelang es Nâdira, jede Missstimmung zu vermeiden, die Frauen für gewöhnlich sehr schnell unter sich aufkommen lassen, um einen Vorwand für den Abbruch ihrer freundschaftlichen Beziehungen zu haben, ein Phänomen, das sich aus ihrer langjährigen Geschichte als unselbständige Wesen in einer Männerwelt erklärt. Nâdira konnte es aber nicht lassen, ständig Bemerkungen über Asîsas Schönheit und Höflichkeit fallen zu lassen, vor allem an den zahlreichen langweiligen Abenden, an denen sich die Familie Iffat Schahîns und die Familie, die den Verlust der Mutter betrauerte, zum Kartenspielen zusammensetzten. Am Ende aber zerstörte Nâdira selbst die Freundschaft, die sie zu Asîsa aufgebaut hatte, indem sie in das Allerheiligste jenes alten abgelegenen Hauses eindrang, in dessen Schutz Asîsa aufgewachsen und erblüht war, ohne eine andere Liebe zu kennen als diese so sorgsam gehütete, deren Zeuge hier jeder Winkel war und von der nicht einmal ihre nächsten Angehörigen etwas ahnten. Alle, Verwandte und Freunde, betrachteten ihr scheinbar ideales Verhältnis zum Ehemann ihrer Mutter als seltenes Beispiel für ein friedliches und problemloses Zusammenleben, als Beweis dafür, dass Vaterliebe auch gegenüber nicht selbst gezeugten Kindern möglich ist. Asîsa waren die beiden Rollen, die sie spielte, in Fleisch und Blut übergegangen. Auf der einen Seite war sie für den Stiefvater und für die gute blinde Mutter die treu ergebene Tochter, auf der anderen Seite die verführerische Geliebte, deren Körper bis ins kleinste Atom hinein der Liebe verfallen war. Ihr ganzes Leben lang, selbst nachdem sie ins Gefängnis gekommen und es ihr zur Gewohnheit geworden war, wie eben jetzt dazusitzen, waren ihr diese beiden Rollen niemals widersprüchlich und unvereinbar erschienen. Zu keinem Zeitpunkt empfand sie es im geringsten als anstössig, dass sie sich mit ihrer Mutter einen Mann teilte. Denn sie liebte ihre Mutter sehr. Sie zeigte ihr ihre Zuneigung, indem sie ihr beim Ankleiden und Frisieren half. Dem Teint und der etwas fülligen Figur ihrer Mutter entsprechend, suchte sie für sie die prächtigsten Kleider aus. Sie überzeugte sie davon, dass Zöpfe passé waren und die neuen Frisuren ihr Gesicht wunderbar zur Geltung brächten. Sie riet ihr zu einer Pagenfrisur und liess es sich nicht nehmen, sie hin und wieder zum bekanntesten Damenfriseur der Stadt zu begleiten. Selbst noch in den letzten Lebenstagen ihrer Mutter wählte sie modische Frisuren für sie aus.

Auch er, der sie vor so langer Zeit missbrauchte, erfüllte Asîsa nie mit Abneigung. Mit jedem Tag, der seither vergangen war, hatte sie sich ihm nur noch näher und verbundener gefühlt. Von klein auf war sie es gewohnt, in ihm die Person zu sehen, die für sie sorgte und sich um alles kümmerte. Er badete sie mit Olivenölseife aus Nablus, die, da weniger schäumend, nicht in den Augen brannte. Er kämmte sie und band ihr hübsche Schleifen ins Haar, die farblich zu den schicken Kleidern passten, die er ihr in den exklusivsten Kindermodegeschäften der Stadt kaufte. Schon bevor er ihr an jenem Tag, der ihr unvergesslich ist, beiwohnte, war sie oft lange in seinen Armen gelegen, mit ihren dünnen, wurmartigen Fingerchen seinen dichten Bart kraulend, wenn er ihr Geschichten und Märchen erzählt hatte.

Nâdira war der einzige Mensch, den Asîsa hasste und ihr ganzes Leben lang hassen würde. Für sie war Nâdira eine Diebin, Ehebrecherin, Lügnerin und Mörderin, die alles zerstörte, was ihr Freude bereitete. Wie ein bösartiger Orkan brachte sie die Säulen zum Einsturz, auf denen Asîsas Glück ruhte. Sie entriss ihr den Ehemann, Liebhaber, Geliebten, Bruder, Sohn und Freund und raubte ihr damit gewissen- und erbarmungslos ihre Vergangenheit, Gegenwart und Zukunft.

Nâdira war nach allen Massstäben weniger schön als Asîsa. Ihre Gesichtszüge waren nicht so harmonisch und regelmässig. Ihre Figur wurde beeinträchtigt durch breite Schultern und etwas zu hohe Hüften. Sie war jedoch eine starke und zugleich sanfte Persönlichkeit und eine elegante Erscheinung, die ihre Schwächen geschickt hinter ihren Stärken verbarg, so dass sie allen, denen sie begegnete, verführerisch erschien. Sie strahlte Weiblichkeit und Klugheit aus und erweckte in den Männern den Wunsch, sie zu besitzen, und sei es nur, um sie allen anderen Männern wegzuschnappen. Das beträchtliche Wissen, das sie sich an der Universität erworben hatte, kam ihrem Auftreten noch zugute. Allerdings hatte sie ihr Studium, nachdem es ihr keinen Spass mehr machte, an den Nagel gehängt, um Malunterricht zu nehmen. Im Gegensatz dazu hatte Asîsa bloss die Grundschule abgeschlossen und verfügte, da sie mit ihrer blinden Mutter in dem grossen Haus ständig allein war, ohne Geschwister, mit denen sie sich über die alltäglichen Geschehnisse hätte unterhalten können, über wenig Lebenserfahrung.

Asîsa spürte den Eindruck, den Nâdira bei ihrem Eintreten oder durch ihre blosse Anwesenheit machte. Sie wurde eifersüchtig und fühlte sich unbehaglich, wenn im Gespräch sich alle ausschliesslich Nâdira zuwandten und sie links liegenliessen oder wenn die Männer ihren Sitzplatz wechselten, um Nâdira zuhören zu können. Nâdira aber war klug und feinfühlig. Instinktiv spürte sie Asîsas Unbehaglichkeit. Sie lobte sie oft ganz nebenbei und lenkte das Gespräch zum Teil in ihre Richtung. Eines Tages aber entdeckte Asîsa, dass ihr Geliebter in diese sympathische Dunkelhäutige verliebt war. Abends, beim Kartenspiel, wurde ihr bewusst, dass sein Verhalten Nâdira gegenüber über das des aufmerksamen Gastgebers hinausging. Der verwitwete Liebhaber liess es sich nicht nehmen, Nâdira selbst zu bedienen. Hingerissen verfolgte er all ihre Bewegungen, die sie genauestens einstudiert hatte, um noch weiblicher zu wirken, während er aufmerksam lauschte, damit ihm nichts, was sie sagte, entging. Er seinerseits sprach zu ihr nicht nur mit Worten, sondern auch mit leidenschaftlichen Blicken.

Asîsa dachte zunächst, Nâdira würde wie eine Sommerwolke ebenso schnell am klaren Himmel ihrer Beziehung zu ihrem Stiefvater vorüberziehen, wie alle anderen Wolken zuvor: Tänzerinnen aus den Nachtlokalen Alexandrias und eine schöne Italienerin, deren Fotos ständig unter den Papieren auf seinem Schreibtisch zu Hause herumlagen. Von ihr hatte er viele Geschenke und Souvenirs erhalten. Asîsa erfuhr jedoch nie, dass er ihr seinerseits ein Kind geschenkt hatte, mit dem sie nach der Verstaatlichung der Kosmetikfabrik, in der sie beschäftigt gewesen war, das Land verlassen hatte. Asîsas Hoffnung erfüllte sich nicht. Er teilte ihr mit, dass er – der fast Sechzigjährige – beabsichtige, Nâdira zu ehelichen. Nie war ihr in den Sinn gekommen, dass er vorhaben könnte, wieder zu heiraten. Vielleicht hatte die Tatsache, dass er immer noch gut aussah und die wenigen Falten in seinem Gesicht sein wahres Alter nicht verrieten, ihn ermutigt, über einen solchen Schritt nachzudenken und ihn schliesslich zu wagen. Zudem sah er in Nâdira wohl eine besondere Gelegenheit, die sich nie wieder bieten würde. Als er anfing, mit ihr über die Vorteile zu sprechen, die die geplante Heirat für sie beide hätte, und über deren praktische Folgen, was das Haus und seine räumliche Aufteilung betraf, wusste sie, dass er es ernst meinte, und während sie ihm äusserlich unbewegt zuhörte, dachte sie darüber nach, wie sie ihn ermorden könnte.

Wenige Jahre nach ihrem Haftantritt traten bei Asîsa Anzeichen einer Geisteskrankheit auf. Zuerst führte sie gelegentlich Selbstgespräche. Den Gefängnisinsassinnen, die sie hörten, war die Bedeutung der einzelnen Wörter unverständlich. Es waren die paar griechischen Wörter, die sie von Umm Zachari, ihrer zypriotischen Nachbarin in der Strasse, in der ihr Haus lag, gelernt hatte. Später liess ihre Arroganz nach; früher hatte sie alle, mit denen sie im Gefängnis zusammentraf, von oben herab behandelt, selbst die ihr gegenüber besonders vorsichtigen Aufseherinnen, da sie niemandem Gelegenheit geben wollte, sie zu demütigen. Sie begann, ihre Kleider an die Bedürftigen zu verteilen und nur das Wenigste für sich zu behalten. Schliesslich ging sie dazu über, alle Gefängnisinsassinnen, die sie belästigten oder gegen sie waren, zu schlagen. Fast hätte sie eines Tages auch Machrûsa, die Aufseherin, geschlagen, die ihr daraufhin schon einen Hieb versetzen wollte, der sie bestimmt bewusstlos niedergestreckt hätte. Gerade rechtzeitig erinnerte sich die eigentlich gutherzige Machrûsa daran, dass Asîsa ihr nur zwei Tage zuvor ein prächtiges schwarzes Spitzennachthemd geschenkt hatte. Deshalb brachte sie sie schliesslich mit List und guten Worten in ihre Zelle zurück, damit sie sich beruhigte. Eines Tages aber stürzte sich Asîsa auf Lola, die Zuhälterin, und biss sie kräftig, weil Lola sich ihr im Gefängnisgang entgegengestellt und gesagt hatte, dass ihre Beziehung sicher eine andere gewesen wäre, hätten sie sich vor zehn Jahren draussen getroffen. Als alle zu Gebote stehenden Strafmassnahmen nichts nützten, entschloss sich die Gefängnisverwaltung schliesslich, Asîsa psychiatrisch begutachten zu lassen. Vor den beiden jungen Ärzten, die sich ihres Falles annehmen und einen Bericht schreiben sollten, gab sie sich ruhig und kultiviert und sprach so selbstbewusst wie eine Prinzessin aus einem verarmten Herrscherhaus. Durch vornehmes Auftreten machte sie klar, welcher sozialen Schicht sie angehörte, so dass die beiden sie respektvoll behandelten und schliesslich, nach einem langen Gespräch mit ihr, zu der Auffassung gelangten, dass sie keinesfalls geisteskrank sei. Möglicherweise hatten sie bei ihrem Urteil das Ausmass an geistiger Verwirrung ausserhalb des Gefängnisses vor Augen, dem sie bei der Ausübung ihres Berufes begegneten.

Daher begnügte sich die Gefängnisverwaltung damit, Asîsa in eine Einzelzelle in der Krankenabteilung, neben der Zelle der Alten und Gebrechlichen, zu verlegen. Dies war vielleicht die glücklichste und beste Entscheidung, die man für sie getroffen hatte, seit sie für die Ermordung ihres Stiefvaters zu lebenslänglicher Haft verurteilt worden war. Zum ersten Mal seit langem war es ihr nun möglich, die Abende allein zu verbringen, ohne, wie in den Gemeinschaftszellen, von irgendeiner Zellengenossin gestört zu werden. Sie konnte nachts aufbleiben und so lange sie wollte die Sterne betrachten, ohne dass jemand sie aufforderte, den Fensterladen zu schliessen, damit keine streunenden Katzen oder Insekten in die Zelle kämen. Hier nun verbrachte sie die Nächte damit, genau darüber nachzudenken, wen sie mitnehmen wollte, wenn sie in ihrem prachtvollen goldenen Wagen, von weissen geflügelten Pferden gezogen, zum Himmel aufsteigen würde. Es mussten die besten und edelsten Frauen im Gefängnis sein, jene, die in Wirklichkeit Engel ohne Flügel waren, die sich auf ihrem Weg zum Himmel an diesen trostlosen, düsteren Ort verirrt hatten. Von hier aus würde sie in dem Wagen, der prächtiger war als derjenige König Faruks, den sie eines Morgens auf seiner

Rückkehr vom strandnahen Montasah-Palast mit eigenen Augen durch die Strassen der Stadt hatte fahren sehen, mit ihnen zusammen aufsteigen, um sie an ihren eigentlichen Bestimmungsort zurückzubringen. Da sass sie nun, nachdem sie lange über den Fall Umm Ragabs nachgedacht hatte, und beschloss, sie in den Zug der zum Himmel fahrenden Engel aufzunehmen.

Früher hatte Umm Ragab Asîsa nicht gefallen. In ihren Augen war sie die Schlechtigkeit und Tücke in Person. Vom ersten Tag an, da Umm Ragab, eine überführte Taschendiebin, ihre dreijährige Haftstrafe antrat, ging Asîsa ihr aus dem Weg. Sie hasste ihr dämonisches Aussehen, das kleine alte, von zahllosen feinen Falten durchzogene Gesicht, die roten, vom vielen Färben mit Henna fast hellorangen Haare, die ständig verfilzt und zerzaust waren, so dass jedermann denken musste, auf ihrem Kopf brenne ein ewiges Feuer. Bei Asîsa weckte der Kopf jedoch andere, etwas merkwürdige Assoziationen. Ihr kam er vor wie eine kleine verfaulte Honigmelone mit dunkel verfärbter stinkender Schale. Möglicherweise hatte sie der abstossende Geruch darauf gebracht, der Umm Ragab ständig anhaftete und den Asîsa immer wahrnahm, wenn sie in ihre Nähe kam oder an ihr vorbeiging. Ausserdem fand sie Umm Ragabs kurzen, rastlosen und nervösen Blick unerträglich, der an einen jungen Fuchs erinnerte. Asîsa hatte gut beobachtet: Durch diesen Blick unterschieden sich Taschendiebe von anderen Dieben. Zusammen mit ihren extrem schmalen Fingern und ihren sehnigen Händen wies er Umm Ragab als professionelle Taschendiebin aus, die den Leuten flink und geschickt Börsen, loses Geld und Wertsachen aus Taschen und Koffern entwendete. Obwohl sie keiner Familie von Langfingern entstammte und niemals zur Taschendiebin ausgebildet worden war, stellte sie sich äusserst geschickt dabei an und erlernte, nachdem sich ihr Mann nach fünfmonatiger Ehe von ihr hatte scheiden lassen und sie ihre Tochter, die von ihm war, zur Welt gebracht hatte, mühelos dieses Handwerk, um sich und ihre kleine Tochter zu ernähren.

Umm Ragab liess sie sich von allen Gefängnisinsassinnen nennen, weil sie schon immer davon geträumt hatte, Mutter eines Sohnes zu sein, den sie Ragab nennen wollte. Dies war einer der wenigen Wünsche, die sie sich in ihrem Leben vor ihrer Haft vergeblich zu erfüllen versucht hatte. Deshalb war sie nach ihrer Scheidung immer auf der Suche nach einem Mann gewesen, der bereit war, sie zu heiraten. Seine Lebensverhältnisse und finanziellen Umstände spielten für sie keine Rolle. Lange hatte sie keinen Erfolg, doch schliesslich gelang es ihr, einen alten Bettler ohne Beine zu bezirzen, der sich am Boden dahinkriechend die Strasse entlang bewegte. Sie bot ihm den kleinen Raum, in dem sie mit ihrer Tochter lebte, als Unterkunft an. Der Mann, der keinen festen Wohnsitz hatte und übernachtete, wo es sich gerade traf, mal in einer Moschee, mal bei bessergestellten Bettlern, die eine Wohnung hatten und ihn gegen ein Entgelt bei sich schlafen liessen, willigte ein. Als er bei ihr einzog, war sie glücklich. Sie sah Ragab bereits vor sich und meinte, das Thema Heirat bald ansprechen zu können, nachdem sie den Mann förmlich überschüttet hatte mit dem Diebesgut, das sie nach Möglichkeit jeden Tag heranschaffte. Sie war dabei sehr erfolgreich, da die allgemeinen Bedingungen für sie günstig waren. Wegen des täglichen starken Zustroms von

Menschen aus Dörfern und Kleinstädten, wo es auch am Nötigsten mangelte, war die Regierung ausserstande, genügend öffentliche Verkehrsmittel bereitzustellen. In den Menschenmassen, die sich in den Linienbussen und Zügen drängten, insbesondere den Zügen, die zwischen dem Stadtzentrum und den weit entfernten Vororten verkehrten, fiel es Umm Ragab leicht, einen guten Schnitt zu machen.

Eines Nachts kehrte sie nach einem harten Arbeitstag nach Hause zurück. Es war der Tag vor dem Fastenbrechen, an dem die meisten Angestellten der Regierung und des öffentlichen Sektors mit der eben erhaltenen Sondergratifikation ihren Frauen und Kindern zum Fest neue Kleidung und Schuhe kauften. Da sah sie zu ihrem Entsetzen einen kleinen Jungen friedlich neben ihrem alten Bettler schlafen. Sofort begrub sie ihre Hoffnung, mit seiner Hilfe ihren Herzenswunsch Ragab zu verwirklichen. Erbarmungslos warf sie ihn ohne jede Diskussion aus dem Haus und seinen kleinen Jungen hinterher, nicht ohne ihm vorher seinen kostbarsten Besitz abgenommen zu haben, eine Damenwickeljacke und eine Mütze aus Schafwolle, die sie ihm bei einem Altkleiderhändler gekauft hatte, freilich ohne zu wissen, dass die Jacke eine Damenjacke war, denn sie entsprach der Mode Anfang der siebziger Jahre, als sich typische Details der Männermode auch in der Damenbekleidung wiederfanden. Der Mann flehte sie an, sie wenigstens bis zum Morgen zu beherbergen. Doch obwohl er anbot, ihr dafür die Hälfte des Preises der Jacke zu bezahlen, liess sie nicht mit sich reden. Auch die inständige Bitte ihrer Tochter, den Jungen für die Nacht dazubehalten, damit sie ein wenig mit ihm spielen könne, wies sie zurück.

Während Umm Ragabs Versuche, sich ihren einfachen und bescheidenen Wunsch zu erfüllen, erfolglos blieben, erlebte sie täglich Dutzende von Frauen, denen dies mühelos gelang. Möglicherweise war dies der Grund für ihr Minderwertigkeitsgefühl, ihre ständige Niedergeschlagenheit und ihr besonderes Talent, aus jeder Mücke einen Elefanten zu machen. Wenn ihr die Milch auf dem Herd überkochte oder ihrer Tochter die Tasse aus der Hand fiel, schrie und lamentierte sie, als sei ein grosses Unglück über sie hereingebrochen. Ragabs wegen wurde sie mit der Zeit gehässig und menschenfeindlich, Eigenschaften, die sie zur idealen Spionin für die Gefängniswärterinnen machte, denen sie schmeichelte. Sie biederte sich ihnen an, erzählte eingehend, was sich in den Gefängniszellen abspielte, ohne zwischen dem, was sie selbst erlebt hatte, und dem, was ihr als Gerücht zu Ohren gekommen war, zu unterscheiden. Es machte ihr nichts aus, irgendeine ihrer Mitgefangenen zu verraten, die gegen die gefängnisinternen Regeln verstiess, indem sie zum Beispiel einen Spiegel oder bescheidene Kosmetikartikel bei sich behielt oder bunte Kleidungsstücke versteckte, um sie nachts zu tragen, wenn nur eine oder höchstens zwei Aufseherinnen da waren, die aber meist tief schliefen. Dies alles hinderte Umm Ragab nicht daran, wann immer sich eine Gelegenheit dazu bot, die Tätigkeit auszuüben, die sie ins Gefängnis gebracht und die ihr auch draussen immer wieder Schwierigkeiten bereitet hatte. Zum ersten Zusammenstoss mit ihr kam es, als Asîsa sie beobachtete, wie sie versuchte, ein gekochtes Ei zu stibitzen, das zusammen mit ein paar Oliven den Belag eines Fladenbrots bildete, das Asîsa sich als Frühstück auf dem Fensterbrett bereitgelegt hatte. Umm Ragab stand ausserhalb des Raums und streckte gerade die Hand nach dem Ei aus, als Asîsa, die sich in der Zelle befand und eben eine als Beilage vorgesehene Tomate gewaschen hatte, ihre Hand packte und so heftig hineinbiss, dass sie bestimmt ein Stück Fleisch herausgerissen hätte, wenn nicht Umm Ragabs lautes Wehgeschrei mehrere Gefängnisinsassinnen herbeigerufen hätte, die ihre Hand aus Asîsas Zähnen befreiten. Selbst dann hörte Asîsa nicht auf, zu schimpfen und zu fluchen. Statt das Fladenbrot mit dem Ei und den Oliven zu sich zu nehmen, warf sie alles in den Gefängnishof hinunter, da sie es als unter ihrer Würde betrachtete, etwas zu essen, das Umm Ragab hatte stehlen wollen. Asîsa hasste Umm Ragab jedoch noch aus einem tieferen Grund. Sie hatte deren Abneigung gegen Wasser und Seife entdeckt. Vielleicht hatte sie deshalb diesen ekligen Geruch an sich, der alles in ihrer Nähe überzog. Die Aufseherinnen zwangen Umm Ragab zwar hin und wieder zu baden, aber mit jedem Bad wucherten die Pilze zwischen ihren Zehen und Fingern, unter ihren Achselhöhlen und in ihren Hautfalten noch stärker, und der unerträgliche Gestank verschlimmerte sich.

Eines denkwürdigen Tages jedoch, wie das Frauengefängnis noch keinen erlebt hatte, änderte Asîsa ihre Haltung gegenüber Umm Ragab in ebenso revolutionärer Weise wie Galileo seine Einstellung gegenüber der ptolemäischen Theorie, die von der Drehung der Sonne um die Erde ausging. An jenem Tag wurde Asîsa von Umm Ragabs lautem Schreien aus ihrem gewohnten Mittagsschlaf gerissen. Umm Ragab weinte und trauerte um ihre Tochter, denn gerade hatte ihr die Gefängnisverwaltung mitgeteilt, dass diese bei einem furchtbaren Brand in dem Haus, in dem sie noch immer das gleiche Zimmer wie früher bewohnt hatte, umgekommen war. Die Räume des Hauses waren jeweils an eine oder mehrere Personen vermietet, die so arm waren, dass sie sich keine ganze Wohnung leisten konnten. Neben Umm Ragabs Tochter wohnte ein Popcornverkäufer, der versucht hatte, eine leere Gasflasche wieder zu füllen. Das war ihm aber nicht gelungen. Die Flasche war explodiert, das Gas ausgeströmt und schliesslich in Flammen aufgegangen. Als das Unglück sie ereilte, stand Umm Ragabs Tochter in ihrem Zimmer. Es war Mittag, und sie briet gerade Auberginen- und Kartoffelscheiben für ihre beiden Töchter, die auf der Strasse Himmel und Hölle spielten. Für Umm Ragab wurde alles noch schlimmer, wenn sie an das Schicksal dieser kleinen Mädchen dachte, die ein paar Monate davor erst ihren Vater durch einen Diabetesanfall verloren hatten, weil er – trotz seiner Zuckerkrankheit – heisshungrig zwei grosse Stücke süsse Käsepastete gegessen hatte. In ihrer Trauer schlug Umm Ragab sich immer wieder ins Gesicht und wehklagte stundenlang mit erstaunlicher Energie. Ihre mageren Wangen quollen deutlich auf, so dass die kleinen Fuchsaugen fast darin versanken. Als ihre Leidensfähigkeit schliesslich erschöpft war, brach sie ohnmächtig zusammen.

Von ihrer Matratze aus erlebte Asîsa Umm Ragabs Trauer mit. Die verschiedenen Laute, die durch das offene Fenster aus der Zelle der Alten herüberklangen, machten ihr das Ausmass des Leids bewusst. Zum ersten Mal erkannte Asîsa, wer Umm Ragab in Wirklichkeit war: der verzweifeltste und ärmste Mensch, den sie je kennengelernt hatte, eine

Frau, die nur Schlechtes erlebt hatte. Nun konnte sie nicht einmal mehr ihre tote Tochter sehen und ihr das letzte Geleit geben, ganz abgesehen von dem Kummer, den ihr der Gedanke an die beiden kleinen Mädchen verursachte, die auf Vater- und Mutterliebe verzichten mussten, während sie selbst so weit weg von ihnen war und nichts tun konnte, um sie vor allem Bösen zu bewahren.

Damals vergoss Asîsa echte Mitleidstränen für Umm Ragab und versuchte zu rechtfertigen, dass sie gestohlen hatte. Schliesslich hatte Umm Ragab in ihrem Leben als Taschendiebin nichts erreicht; sie hatte weder Ruhm erworben noch einen Vorrat für schlechte Zeiten angelegt. Sie hatte damit nur für ihr tägliches Brot gesorgt. Wenn sie eine bessere Art gefunden hätte, ihr Leben zu fristen, wäre sie vielleicht niemals zur Diebin geworden.

Bald aber hatte Asîsa das Gefühl, ihr Mitleid für Umm Ragab übertrieben zu haben. Ein Dieb blieb ein Dieb und verdiente, dafür bestraft zu werden, dass er seine Mitmenschen bestahl. Als sie die Sache von allen Seiten betrachtet hatte, erinnerte sie sich an ihren Stiefvater und an Nâdira und kam zu der Überzeugung, dass es keine Gerechtigkeit gab und sie unter den Menschen auf Erden auch nicht so durchzusetzen war, wie es wünschenswert gewesen wäre. Wenn sie für Gerechtigkeit hätte sorgen dürfen, hätte sie Nâdira Umm Ragabs Platz einnehmen lassen und ihren Stiefvater ihren eigenen. Es gab Verbrechen gegen das Gewissen, die in keinem Gesetzbuch vorkamen und niemals gesühnt wurden. Umm Ragab war nur zu einer Haftstrafe verurteilt, die aber für sie wie eine Todesstrafe war, denn sie konnte ihre Tochter nicht einmal mehr nach ihrem Tod sehen, niemals würde sie sie mehr umarmen, an ihrer Brust weinen und einen letzten Abschiedskuss auf ihre Wange drücken.

Asîsa weinte erneut Umm Ragabs wegen. Es wurde ihr bewusst, wie hartherzig und grausam sie ihr gegenüber gewesen war. Heftige Reue beschlich sie, weil sie sie das Fladenbrot mit dem Ei und den Oliven nicht hatte stehlen lassen, sondern sie so heftig gebissen hatte, dass sich auf ihrem Handgelenk ein blauer Fleck, so rund wie eine Uhr, abzeichnete, der noch tagelang zu sehen gewesen war. Asîsa zündete sich eine Zigarette an, stand auf und ging in der Zelle auf und ab, um scharf nachzudenken; sie begriff, wie voreilig es gewesen wäre, Umm Ragab nicht im goldenen Wagen mitfahren zu lassen. Vor diesem Ereignis, das sie im Innersten erschüttert hatte, war ihr allein der Gedanke, Umm Ragab könnte mit ihrer schmutzigen Hand den heiligen himmlischen Wagen berühren, unerträglich gewesen. Dieser wundervolle Wagen war nämlich ein originalgetreues Abbild der vergoldeten Kutsche des letzten ägyptischen Königs, die sie einmal vor langer Zeit mit eigenen Augen gesehen hatte. Der einzige kleine Unterschied bestand in den starken Flügeln, die Asîsa den sechs edlen weissen Pferden verliehen hatte, damit sie sich in den Himmel erheben und die Wolken durchstossen konnten.

Es gab noch andere Gründe, warum Asîsa sich schliesslich doch noch entschloss, Umm Ragab im goldenen Wagen zum Himmel mitzunehmen. Diese Gründe waren vielleicht nicht sehr logisch und vernünftig, aber für Asîsa, die sich immer auf ihr Gefühl verliess, absolut überzeugend, denn sie beruhten auf ihrer tiefen Sympathie für Umm Ragab. Obwohl Umm Ragab eine professionelle Taschendiebin war, stahl sie doch, wie sie Asîsa einmal sagte, nur weil sie in Not war. Nachdem ihr Ehemann sie verlassen hatte, war sie bereit gewesen, jede beliebige Arbeit anzunehmen, damit sie und ihre Tochter nicht hungern mussten. Einmal arbeitete sie in einer Gerberei, wo sie das Haar von Büffel- und Kuhhäuten ablösen musste. Für diese mühsame, zeitaufwendige Arbeit erhielt sie nur wenig Lohn, der kaum ausreichte, sich und ihre kleine Tochter zu ernähren. Ausserdem zog sie sich eine Pilzinfektion zu, die mit einem Mittel, das selbst die kleinsten Apotheken vorrätig hatten, leicht zu heilen gewesen wäre, wenn sie etwas Geld dafür hätte erübrigen können. Danach verkaufte sie Tüten mit Zuckerkonfekt, wofür der Hersteller ihr eine kleine Gewinnbeteiligung zahlte. Das Problem hierbei war, dass sie abends, wenn ihre Beine vom Herumlaufen müde waren und ihr leerer Magen knurrte, alles, was noch übrig war, selbst aufass. Als nächstes verkaufte sie Luftballons und gegrillte Maiskolben. Lange Zeit arbeitete sie auch auf dem Gemüsemarkt, wo sie schwere Säcke Kartoffeln und Tomaten schleppte, bis sie eines Tages einen Bandscheibenvorfall erlitt und die Arbeit aufgeben musste. Wenn sie nicht von Zeit zu Zeit ein paar Kartoffeln aus den grossen Säcken gestohlen hätte, wären sie und ihre Tochter wie Vieh krepiert.

Aus reinem Zufall wurde sie schliesslich zur Taschendiebin. Eines Tages stand sie vor einem überfüllten staatlichen Lebensmittelladen Schlange, um einen Beutel Reis zu kaufen, als ihr Blick auf die offene Tasche einer Dame vor ihr fiel. Vielleicht eine Regierungsangestellte, die ihre Einkäufe nur nach Büroschluss erledigen konnte. In der Tasche befand sich ein kleiner Lederbeutel. Umm Ragab streckte ihre geschickten schlanken Finger danach aus, ergriff ihn seelenruhig, liess ihn an ihrer Brust verschwinden und stahl sich dann aus der Reihe der Wartenden fort. Zwar befanden sich nur drei Pfund im Beutel, trotzdem war ihre Freude darüber riesengross. Am gleichen Tag kaufte sie eine Dose Sesamhalwa, wovon sie die Hälfte zusammen mit ihrer Tochter als Mittagessen verzehrte, ein Kilo Mandarinen und ein Kilo Makkaroni. Davon konnten sie ein oder zwei Tage leben. Diese drei Pfund bedeuteten für Umm Ragab den Einstieg in ihre Karriere als Taschendiebin. Solange sie diesen Beruf ausübte, arbeitete sie selbständig und lehnte es ab, sich einer der vielen Banden in der Stadt, die auf Taschendiebstahl spezialisiert waren, anzuschliessen. Nachdem Umm Ragab mit Asîsa ins Gespräch gekommen war, gestand sie ihr, dass sie einmal fast schwach geworden und einer organisierten Bande beigetreten wäre, die im grossen Stil in den öffentlichen Transportmitteln zwischen Kairo und den verschiedenen Landesteilen aktiv war. Sie hatte es sich aber noch einmal gut überlegt und es dann bleiben lassen, weil sie es tausendmal besser fand, allein zu arbeiten. Es war nicht auszuschliessen, dass ein Bandenmitglied, das der Polizei in die Hände fiel, seine Komplizen verriet. Für ihre Selbständigkeit zahlte Umm Ragab einen hohen Preis. Sie musste ständig auf der Hut sein vor den Banden, in deren Einflussgebiet sie stahl, und vor der Polizei. Sie erzählte Asîsa, wie sie einmal fast von Mitgliedern einer Bande umgebracht worden wäre. Diese Bande hatte sie schon öfter aufgefordert, sich ihr anzuschliessen, was sie immer abgelehnt hatte. Eines Tages wurde Umm Ragab jedoch in einem Viertel beim Stehlen ertappt, das von allen Verbrecherorganisationen in der Stadt als Hoheitsgebiet dieser Bande respektiert wurde. Ein paar Bandenmitglieder schnappten sie sich daraufhin und brachten sie an einen abgelegenen Ort. Dort begannen sie, sie zu würgen. Weil sie inständig darum bat, zu ihrem einzigen Kind zurückkehren zu dürfen, das ohne sie nicht leben konnte, liessen die Verbrecher es mit einer Tracht Prügel bewenden, von der sie eine dauerhafte Narbe über der linken Augenbraue zurückbehielt, die aber wegen der vielen Falten in ihrem Gesicht kaum auffiel.

Kurze Zeit nachdem Asîsa Frieden mit Umm Ragab geschlossen hatte, erfuhr sie, auf welch tragische Weise Umm Ragabs Karriere im Gefängnis endete. Diese Geschichte gab den Ausschlag dafür, dass sie sie endgültig in die Schar der Insassinnen des goldenen Wagens aufnahm. Denn Asîsa, die die Launenhaftigkeit des Schicksals am eigenen Leib erfahren hatte, konnte beim Nachdenken über Umm Ragabs Situation nicht umhin zu glauben, dass das Schicksal ihr nur deshalb so übel mitgespielt hatte, damit sie am Ende zum Kreis derjenigen gehörte, die zum Himmel auffuhren. Obwohl Umm Ragab immer mit grösster Vorsicht vorging und eine sehr talentierte Taschendiebin war, wurde sie eines Tages doch – wie das Schicksal es wollte – von der Polizei geschnappt. Es geschah in Heliopolis, einem ihrer bevorzugten Arbeitsplätze, genauer in der Metro in Heliopolis, wo sie versuchte, die trotz Verspätung und langsamer Fahrt geduldigen Fahrgäste um ihr Geld zu erleichtern. Mit der Geschicklichkeit einer Expertin, die auf dreissig Jahre Berufserfahrung zurückblicken kann, öffnete sie die Handtasche einer jungen Frau, um die Geldbörse, die zuoberst lag, an sich zu nehmen, während die junge Frau gerade die lackierten Fingernägel in ihre Locken versenkte, um sie zu bändigen. Die Geldbörse war mit Perlen bestickt, nach Art in Taiwan hergestellter Portemonnaies, die bei den Ägypterinnen sehr beliebt waren. Es handelte sich dabei um Mitbringsel aus den Golfstaaten, wie die bestickte Bluse aus Kunstseide, die die Besitzerin der Börse trug. Die Aktion schien bereits erfolgreich abgeschlossen. Umm Ragab wandte sich ab, versteckte die Börse schnell in einer Plastiktüte unter Gemüse und Brot und machte sich bereit, bei der nächsten Haltestelle auszusteigen. Da schnappte sich ein Säugling mit seinen dünnen Fingerchen in aller Unschuld ein Stück Brot aus ihrer Tasche und deckte dabei die Geldbörse auf. Zu Umm Ragabs Pech wurde sie auch sogleich von ihrer Besitzerin gesehen, die sich ebenfalls umgedreht hatte und hinter Umm Ragab stand, um wie diese bei der nächsten Station auszusteigen.

Ein Häufchen Zigarettenstummel lag vor Asîsa, die inzwischen Kopfschmerzen bekommen hatte, einen Migräneanfall, wie sie ihn wegen ihres hohen Blutdrucks des öfteren erlitt. Sie hatte jetzt genug nachgedacht und Umm Ragabs Fall von allen Seiten betrachtet. Sie erhob sich, um auf und ab zu gehen und sich etwas zu essen zu machen, da sie hungrig geworden war. Zuvor sah sie zur hohen Zimmerdecke auf, in deren Ecken eine Spinne ihre Fäden gezogen hatte. Asîsa erhob ihre Rechte, um der Spinne, wie jeden Abend, ihren Gruss zu entbieten und sie zu ihrer glücklichen Lage zu beglückwünschen, da sie sich, im Gegensatz zu ihr, Asîsa, freiwillig hier aufhielt. Dann erteilte sie ihr den einfachen, aber wichtigen und streng vertraulichen Auftrag, sich heimlich zu Umm Ragab zu begeben und ihr ins Ohr zu flüstern: „Asîsa lässt dir bestellen, es ist alles in Ordnung. Wenn Gott sie so lange leben lässt, nimmt sie dich mit.“

Gegensätze

Warum Hanna ihren etwa vier Jahre älteren Ehemann wirklich ermordete, blieb allen ein Rätsel, auch ihren drei Söhnen und den Richtern, vor denen Hanna die Aussagen wiederholte, die sie bereits dem Untersuchungsbeamten gegenüber gemacht hatte. Sie räumte lediglich ein, dass sie vergessen hatte, den Gasherd, auf dem ein Kessel mit Wasser stand, auszuschalten, bevor ihr Mann und sie abends zu Bett gingen. Am Morgen sei sie wie aus einer Narkose aufgewacht und habe sich kaum bewegen und nur schwer atmen können. Sie habe ihren Mann gerufen, damit er ihr aus dem Bett helfe. Nachdem er trotz mehrmaliger Rufe nicht geantwortet habe, sei ihr der intensive Gasgeruch aufgefallen. Da habe sie sich an den Kessel erinnert, den sie vor dem Schlafengehen aufgesetzt hatte. Die Zähne aufeinanderbeissend, habe sie sich zur Küche geschleppt und entdeckt, dass immer noch Gas aus dem Herd strömte, obwohl kein Feuer mehr brannte.

Die Richter hörten sich Hannas Aussage ebenso gleichgültig und desinteressiert an wie zuvor der Untersuchungsbeamte, da es zwischen ihrem Bericht und den zahlreichen bei den Ermittlungen gefundenen Beweismitteln viele Ungereimtheiten und Widersprüche gab, die auf eine vorsätzliche und geplante Handlung schliessen liessen. Daher wurde sie wegen Mordes zu zehn Jahren Haft verurteilt. Vergeblich hatte der von ihren Söhnen mit ihrer Verteidigung beauftragte Anwalt sie angefleht auszusagen, ihr Ehemann habe sie geschlagen und misshandelt und sei ausserdem sehr geizig gewesen. Weil sie sich von allen ungerecht behandelt sah, habe sie schliesslich nicht mehr ein noch aus gewusst und ihn im Affekt getötet. Doch jetzt bereue sie ihre schreckliche Tat an der Person, die ihr am nächsten stand, von ganzem Herzen. Da sie geständig sei und unter ihrer Tat sehr leide, bitte sie das Gericht um Milde und Nachsicht. Hanna aber verschloss sich den Ratschlägen des Anwalts und blieb bei ihrer Aussage. Überhaupt fand sie es schwachsinnig von ihren Söhnen, die schon immer die Neigung hatten, ihr Geld für nutzlose Dinge auszugeben, einen Anwalt in die Sache hineinzuziehen. Sie begnügte sich damit, ihre Lippen zu einem kleinen Kreis zu runden, in dem sich die darumliegenden Fältchen verliefen, was den Richter, der während des ausgefeilten Plädoyers des Staatsanwalts gelangweilt gähnte, milde stimmte, so dass er sie nicht, wie in solchen Fällen üblich, zum Tod oder zu lebenslänglicher Haft verurteilte. Er begründete dies mit ihrem Alter und dem von ihrem Anwalt eingereichten Arztbericht, der ihr Herzmuskelschwäche und hohen Blutdruck bescheinigte. Da er sie dem Tode nahe wähnte, zog er es vor, ihren Hinschied dem Todesengel zu überlassen, der seinen Schatten bereits über sie geworfen zu haben schien. Es sollte jedoch anders kommen. Nach Verbüssung der Hälfte ihrer Strafe wurde Hanna am Jahrestag der Revolution zusammen mit anderen weiblichen Strafgefangenen von der Regierung amnestiert und als freier Mensch entlassen. War es vielleicht ein Ausdruck von Optimismus, dieses schwache Lächeln, das sich während der Urteilsverkündung auf ihren Lippen zeigte und das den Staatsanwalt, der sie zuvor als menschliche Bestie betitelt hatte, so erboste?

Während ihrer Zeit im Frauengefängnis war Hanna in jener Zelle der Alten und Gebrechlichen untergebracht, die neben der Einzelzelle Asîsas lag. Mit ihr freundete sich Hanna bereits am Tag ihrer Einweisung bei ihrer ersten Begegnung im Waschraum an. Hanna, die ziemlich klein geblieben war, versuchte dort hüpfenderweise an den Hahn des hoch oben angebrachten Waschbeckens zu gelangen, um ihn aufzudrehen. Asîsa kam ihr zu Hilfe und stellte das Wasser für sie an, worauf die dankbare Hanna selbst über ihren Kleinwuchs witzelte, dessentwegen sie im Umgang mit anderen Menschen häufig Probleme hatte und verspottet wurde. Ihr Ehemann, der ziemlich gross gewesen war, hatte sich immer geweigert, auf der Strasse neben ihr zu gehen. Auf gemeinsamen Gängen musste sie jeweils einige Schritte hinter ihm bleiben.

Mit der Zeit lernte Asîsa Hanna schätzen und lud sie oft zum Frühstück in ihre Einzelzelle ein. Gemeinsam assen die Frauen, was Asîsa anzubieten hatte. Einmal einen Rest von den Makkaroni mit Tomatensauce, welche Gamalât, die Diebin, am Tag zuvor für Asîsa gekocht hatte. Das Tomatenmark dafür war aus der Gefängnisküche entwendet. Während Gamalât in der Zellenecke eine Heizplatte überwachte, auf der sie Wasser für Kuscharitee erhitzte, den Asîsa liebte und als Mittel gegen ihre morgendlichen Kopfschmerzen sehr schätzte, schoben sich die beiden anderen Frauen löffelweise Nudeln in den Mund und knabberten dazwischen genüsslich an den von Gamalât zuvor gewaschenen Lauchzwiebeln. Dabei erzählte Hanna Asîsa die im Frauengefängnis endende Geschichte ihrer Ehe mit einfachen Worten und so flüssig, als gebe sie den Inhalt eines unterhaltsamen Films wieder, den sie erst kürzlich gesehen hatte. Sie wirkte dabei keinen Augenblick befangen oder zerknirscht, sondern im Gegenteil sehr glücklich. Bei der Schilderung der Einzelheiten lächelte sie hin und wieder und entblösste dabei ihre schönen, weil künstlichen Zähne, die ihr jüngster Sohn bei einem der bekanntesten Zahntechniker der Republik für sie hatte anfertigen lassen. Hannas bewegende Geschichte fesselte auch Gamalât. Mit grosser Aufmerksamkeit hörte sie zu, denn zum einen war die Geschichte es wert, zum anderen wollte sie sich alle Einzelheiten genau einprägen, um später damit ihre Freundinnen zu unterhalten, die wegen Krätze in einer Isolationszelle waren. Gamalât lauschte Hanna so gespannt, dass sie alles um sich vergass und auf das Wasser erst wieder aufmerksam wurde, als es überkochte und auf der bereits rot glühenden Heizplatte laut aufzischend verdampfte.

Als Hanna Asîsa als erstem Menschen nach der Ermordung ihres Mannes ihre Geschichte erzählte, wurde ihr etwas klar, was ihr all die vielen Jahre nicht bewusst gewesen war: dass sie diesen Mann, mit dem sie fünfundvierzig Jahre verbrachte, bevor sie ihn schliesslich ermordete, einfach hatte loswerden müssen. Vielleicht war es eine glückliche Fügung des Schicksals, dessen Wege ihr immer unverständlich gewesen waren, dass sie diese Wahrheit erst in hohem Alter entdeckte. Denn hätte sie ihren Mann getötet, als sie noch wesentlich jünger war, dann hätte das Gericht, das ihr Alter als strafmildernden Umstand betrachtete, ihren Hinschied nicht dem Todesengel überlassen, sondern sie höchstwahrscheinlich zum Tode oder wenigstens zu lebenslanger Haft verurteilt, wie es bei Verbrechen dieser Art üblich war.

Danach erzählte Hanna ihre Geschichte bereitwillig jeder Frau, die sie darum bat, selbst wenn sie sie nur oberflächlich kannte oder einfach sympathisch fand wie Asîsa. Dagegen war sie nicht zu bewegen, mit einem Mann darüber zu sprechen, stand er ihr auch noch so nah, wie einer ihrer Söhne oder ihr Anwalt, auch nicht mit dem Richter, selbst wenn er gedroht hätte, sie in kleine Stücke zerhacken zu lassen, um sie den Strassenhunden zum Frass vorzuwerfen. Ihre sittenstrenge Erziehung verbot ihr, über die Dinge zu reden, die sich hinter Schlafzimmertüren zwischen Mann und Frau abspielen. Bevor sie den Mord beging, konnte sie auch mit Frauen über diese Angelegenheiten nicht sprechen, so schlecht es ihr auch ging und wie sehr es sie auch drängte, ihr Herz auszuschütten. Doch jetzt, nachdem alles vorbei war und jeder das Seine erhalten hatte – ihr Ehemann hatte das ihm von Gott zugedachte Ende genommen, während sie in der eigenartigen Welt des Frauengefängnisses ein neues Zuhause gefunden hatte –, war für sie alles in Ordnung, und nichts hinderte sie mehr daran, ihre Geschichte vom Anfang bis zum Ende allen Frauen zu erzählen, die sie hören wollten. Jetzt empfand sie keine Scham oder Scheu mehr vor anderen Frauen. Sie hatten ja den gleichen Körper wie sie und ähnliche Gefühle. Sie konnten verstehen und nachempfinden, was sie in ihrem Leben erlitten hatte und zu Lebzeiten ihres Mannes niemals hätte ausdrücken können.

Hanna erzählte Asîsa von dem Verlangen ihres Mannes nach dem weiblichen Geschlecht, das sich schon in der Hochzeitsnacht zeigte – ein unstillbares Verlangen, das ihn dazu trieb, ihr bereits in jener ersten Nacht neunmal hintereinander beizuwohnen, obwohl sie schreckliche Schmerzen dabei hatte. Obwohl sie ihn anflehte, endlich von seinem Tun abzulassen, mit dem er sie so quälte, dass sie glaubte, sterben zu müssen, fiel er bis zum Tagesanbruch immer wieder über sie her. Dann hatten ihre Schmerzen ein solches Ausmass angenommen, dass sie sich trotz Müdigkeit in einen grossen Zuber mit warmem Wasser setzte, dem sie einen halben Löffel Salz beigemischt hatte. Dabei übermannte sie der Schlaf, und der Kopf sank ihr auf die Brust. Wie ohnmächtig sass sie so eine ganze Stunde in dem Zuber. Als gegen Mittag ihre Eltern und jüngeren Geschwister kamen, um ihr am ersten Tag im neuen Heim alles Gute zu wünschen, hätte sie sie am liebsten alle angespuckt und ihre Mutter geschlagen, weil sie in ihr die Hauptschuldige an diesem schlimmsten aller Verbrechen sah. Sie war es gewesen, die sich für Hannas Verheiratung mit diesem Hengst eingesetzt hatte, der eine ganze Herde weiblicher Wesen gebraucht hätte, um sie wie ein Hahn seine Hennen pausenlos zu bespringen. Statt aber diesen Gedanken in die Tat umzusetzen, der ihr unter dem Einfluss der mehreren Gläser Wein, die ihr Ehemann ihr aufgedrängt hatte, gekommen sein mochte, und ihre Eltern und Geschwister, die ihr näher standen als alles andere – vor allem ihre Mutter, die sie neun Monate unter dem Herzen getragen hatte –, in einer so unhöflichen Weise zu behandeln, unterdrückte sie ihren Zorn – wenn sie ihnen auch nicht verzieh – und setzte ein krampfhaft freudiges Lächeln auf, das dem Befinden einer Braut nach der Hochzeitsnacht entsprach. Sie wusste, dass die Falle zugeschnappt und sie jetzt für ihre Familie, für die Regierung und für alle Welt die Frau dieses Mannes geworden war, der, über das ganze Gesicht strahlend, seine Schwiegereltern zum erstenmal im neuen Heim ihrer Tochter willkommen hiess.

Hanna nahm sich zusammen und deckte den Tisch für das Mittagessen, das ihre Mutter gekocht und mitgebracht hatte, um sie zu schonen und den frischgebackenen Ehemann nicht zu stören. Als später alle einem spannenden Radiohörspiel lauschten, vergass der junge Ehemann, dass er der Gastgeber war, verliess die Runde, begab sich ins Schlafzimmer und rief Hanna zu sich. Als sie bei ihm war, schloss er die Tür von innen ab und befriedigte sich schnell an ihr. Die Gäste vor dem Radio bemerkten bald, dass sich die Jungvermählten ins Schlafzimmer zurückgezogen hatten und glaubten zu stören. Sie legten einen Umschlag mit Glückwünschen und einem kleinen Geldgeschenk für die beiden Turteltauben auf das weiterspielende Radio und brachen auf.

Von jenem Tag an war Hanna für ihren Ehemann ein Werkzeug zur Befriedigung seines Triebs, das ihm viele Jahre lang nachts immer und tagsüber meistens zur Verfügung stand. Wenn er einmal früher als gewöhnlich von der Arbeit nach Hause kam, musste sie sofort jegliche Hausarbeit, mit der sie gerade beschäftigt war, stehen und liegen lassen und sich ins Bett begeben. Dadurch verbrannte manch Abendessen auf dem Herd, oder sie liess Wäschestücke, die sie gerade zusammenlegen oder auf die Wäscheleine hängen wollte, in ihrer Fahrigkeit zu Boden fallen, weil sie es eilig hatte, zu ihm ins Bett zu kommen. Dass sie ihm schon bald drei Prachtexemplare von Söhnen schenkte, hielt ihn nicht davon ab, ihrem geschwächten Körper den gewohnten Genuss abzuverlangen. Den nach der Mutterbrust schreienden Säugling liess sie liegen, um die Bedürfnisse seines Vaters zu befriedigen. Das kostete Hanna jeden Tag mehrere Stunden. Sie hatte sich die Pfadfinderparole „allzeit bereit“ zu eigen gemacht, da sie stets darauf vorbereitet sein musste, diesen Teil ihrer ehelichen Pflichten zu erfüllen. Dafür badete sie, legte Lidschatten auf, puderte sich das Gesicht und entblösste, soweit es nur anging, ihre Arme und ihre Brust, auf die sie ihr schönes schwarzes Haar herabfallen lassen musste, um wie ein kleines Fohlen auszusehen. So wollte er sie immer haben, verführerisch, eher einer Liebesdienerin in einem der vielen Nachtclubs der Stadt gleichend als einer anständigen verheirateten Frau und fürsorglichen Mutter, die ihre Kinder nur aus den Augen lässt, um sich ihrem anspruchsvollen Ehemann zuzuwenden.

Dies alles führte dazu, dass Hanna nicht länger versuchte, die gute Hausfrau zu sein, zu der ihre Mutter sie mit zahlreichen Ratschlägen für das eheliche Leben hatte machen wollen. Dafür fehlte ihr einfach die Zeit. Die Folge war, dass die Wohnung bald eher einem Durchgangslager glich denn einem gemütlichen Heim. Hanna achtete stets darauf, sich nicht anzustrengen oder beim Fegen oder Putzen staubig und schmutzig zu machen. Jeder Besucher, auch wenn er nur kurz blieb, bemerkte den krassen Widerspruch zwischen der gepflegten Erscheinung der Hausherrin und der dicken Staubschicht auf allen Gegenständen im Zimmer: auf dem belgischen Spiegel mit dem vergoldeten Rahmen, dessen feines Schnitzmuster unter dem Schmutz verschwunden war; ebenso auf den fünf Pfauenfedern in der schwarzen chinesischen Vase auf dem Tisch, dessen Marmorplatte in einen ebenfalls vergoldeten Rahmen eingefasst war und von entsprechend vergoldeten Beinen getragen wurde. In der Küche hing die Decke voller Spinnweben. Kakerlaken hausten in den Ritzen der Holzschränke, unbehelligt von regelmässigen Putzorgien und Razzien mit Insektensprays. Es war offensichtlich, dass die Hausherrin sich nicht für diesen Ort interessierte und sich nur gelegentlich darin betätigte. Ihre Hauptaufgabe war es schliesslich, sich ihrem Mann zur Verfügung zu halten und die Bedingungen dafür zu schaffen, dass er jederzeit seiner Lieblingsbeschäftigung nachgehen konnte.

Hanna versuchte, die masslose Gier ihres Mannes mit allen ihr zu Gebote stehenden Mitteln zu bremsen. Als die Kinder noch klein waren, besuchte sie mit ihnen zusammen ihre Mutter und dehnte diese Besuche oft vom frühen Morgen bis zum Sonnenuntergang aus, um ihrem unbezähmbaren Hengst aus dem Weg zu gehen. Nachdem er jedoch herausgefunden hatte, dass sie den ganzen Tag wegblieb – was er unerträglich fand –, begleitete er sie überallhin, um möglichst bald wieder mit ihr nach Hause zurückzukehren. Einmal konnte er es nicht erwarten, bis sie wieder zu Hause waren. Er sperrte sich mit Hanna im Badezimmer ihrer Mutter ein, ohne sich um die Kinder zu kümmern, die vor der Tür plärrten, weil sie das gemeinsame Verschwinden ihrer Eltern an diesem Ort beunruhigte. So etwas hatten sie noch nicht erlebt. Zum Glück war Hannas Mutter damals gerade ausser Haus. Andernfalls hätte Hanna sich in einer sehr peinlichen Situation befunden. An den Abenden, die ihr Mann gern mit ihr zu Hause verbrachte, machte sie manchmal den Versuch, ihn zum Karten- oder Tricktrackspielen zu überreden. Damit hatte sie aber keinerlei Erfolg, weil er nur seinem einzigen Hobby frönen wollte. Als die Kinder grösser geworden waren und Ansprüche stellten, die sein niedriges Gehalt nicht mehr erfüllen konnte, kaufte sie auf Raten eine Strickmaschine. Wenn er dann im Bett nach ihr rief, behauptete sie, noch stricken zu müssen. Dass sie sich lieber mit der Maschine als mit ihm beschäftigte, regte ihn schliesslich so auf, dass er das Ding – eines jener mickrigen Billigprodukte, mit denen Japan weltweit die Märkte überschwemmt und der Firma Singer den Boden unter den Füssen weggezogen hatte – kaputtschlug. Ihren Versuchen, sich ihn durch Karten- oder Tricktrackspiel oder durch die Strickmaschine vom Leib zu halten, begegnete er damit, dass er in Pornoheften nach neuen Praktiken suchte, die er mit seiner schönen, wenn auch inzwischen etwas gealterten Frau ausprobieren konnte. Um seine Potenz zu schwächen, tat sie ihm manchmal Schlaftabletten in die honiggesüsste Milch, die er abends immer trank. Danach schlief er zwar wie ein Toter bis zum nächsten Morgen. Doch kaum war er aufgewacht, begann er schon, noch ehe er „guten Morgen" gesagt hatte, nach ihrem Körper zu tasten, um dann, gestärkt durch den langen tiefen Schlaf der Nacht, darüber herzufallen.

Einmal glaubte Hanna, ihren anstrengenden Ehemann, wenn auch nur auf Zeit, tatsächlich losgeworden zu sein. Das war, als er in eine Stadt an der Küste, einige Bahnstunden von Kairo entfernt, versetzt worden war. Schon bald aber wurde sie enttäuscht. Nach einer Woche ruhigen, von plötzlichen Überfällen ungestörten Schlafes, war Hannas Problem wieder da. Ihr Mann war an seinen früheren Arbeitsplatz zurückversetzt worden, nachdem er die Hälfte der Ersparnisse aus zwei Jahren, mit denen sie sich ein Fernsehgerät kaufen wollten, wie es alle ihre Nachbarn bereits besassen, für Bestechungen ausgegeben hatte.

Von da ab war Hanna von der Ausweglosigkeit ihrer Situation überzeugt. Ihr Mann war ein hoffnungsloser Fall und ihr Schicksal vorherbestimmt. Es erfüllte sich genau so, wie es auf jener im Himmel aufbewahrten Tafel geschrieben stand, noch bevor sie im Leib ihrer Mutter heranwuchs. Denn – so hatte ihre Mutter ihr einmal erzählt – für jedes Geschöpf gibt es eine Tafel, die bei Gott aufbewahrt wird, auf der sein ganzer Weg, von seiner Zeugung bis zu seinem Tod, verzeichnet ist. Obwohl sie weiterhin hoffte, ein Wunder würde geschehen und ihr Mann zum Beispiel so krank werden, dass er seinen ehelichen Pflichten nicht im bisherigen Masse oder überhaupt nicht mehr nachkommen könnte, versuchte sie sich manchmal damit zu trösten, dass alles noch schlimmer hätte sein können, wenn ihr Mann einer von der untreuen Sorte gewesen wäre. Durch ein Verhältnis zu einer anderen Frau und durch die damit verbundenen Ausgaben für Geschenke oder Unternehmungen hätte er, als kleiner Angestellter mit niedrigem Einkommen, die ganze Familie in den Ruin stürzen können. Schliesslich hörte Hanna auf zu hoffen, überzeugt, ein Problem wie das ihre könne nur die Zeit lösen. Als sie die Fünfzig überschritten hatte, begann sie jedoch, auch daran zu zweifeln. Während sie nun, da ihre drei Söhne verheiratet waren und eigene Wohnungen hatten, wirklich alt zu werden begann und kaum mehr sexuelle Bedürfnisse hatte, nahmen seine eher noch zu. Er musste nun nicht mehr für die Kinder sorgen und konnte sich wieder ganz ihr zuwenden. Die Befreiung von der Unterhaltspflicht für die Kinder und gelegentliche Gehaltserhöhungen ermöglichten es ihm jetzt, ihr Make-up mitzubringen und hauchdünne Negligés, die einem Mädchen in der Hochzeitsnacht gut angestanden hätten. Diese musste sie den ganzen Tag über tragen. Besonders wütend machte sie, dass er von ihr verlangte, ihr Haar schulterlang zu lassen und rechts und links je eine Locke zu drehen, um ihr Gesicht zu betonen.

Hannas Haar war nicht mehr das gleiche wie in ihrer Mädchen- und Verlobungszeit, sondern durch Schwangerschaften, Stillen, häufiges Färben und Legen mit zunehmendem Alter dünn und kraftlos geworden. Daher versuchte sie ihren Mann davon zu überzeugen, dass ihr die Schläfenlokken nicht standen und es besser und bequemer für sie wäre, sich von einem Damenfriseur einen Haarschnitt machen zu lassen, der dem Zustand ihres Haars und ihrem Alter entsprach. Das lehnte er aber entschieden ab und versprach statt dessen, ihr bei einem als tüchtig bekannten Parfumhersteller Öle und Essenzen zur Kräftigung ihrer Haarwurzeln zu kaufen. Ausserdem verbot er ihr, zum Schlafen ihr künstliches Gebiss aus dem Mund zu nehmen, das ihre echten Zähne ersetzte, die schon von Karies und Parodontose befallen waren, als sie noch ein Kind war. Ihr Mann war ein Geniesser, der selbst in der Nacht, sollte er Lust dazu verspüren, keinen zahnlosen Mund küssen wollte. Weil Hanna Angst hatte, im Schlaf ihr Gebiss zu verschlucken, schlief sie unruhig und wachte ständig auf. Was das Mass aber vollmachte, war sein Tick, dass sie selbst in den kalten Januarnächten splitternackt sein musste, wenn er mit ihr schlief. Das einzige Zugeständnis, das er auf ihr inständiges

Bitten hin machte, bestand darin, dass sie sich alte Socken anziehen durfte, wenn ihre Zehen schon fast zu Eis erstarrt waren.

Weil Hanna keine andere Möglichkeit sah, ertrug sie all diese Torheiten und Unannehmlichkeiten in ihrer Ehe. Damals konnte sie mit niemandem darüber sprechen, da sie die Lektion beherzigte, die ihr ihre Mutter vor der Hochzeit erteilt hatte: unter keinerlei Umständen mit Aussenstehenden, selbst den nächsten Verwandten oder der eigenen Mutter, über das zu sprechen, was sich im ehelichen Schlafzimmer abspielt. Hanna erzählte daher im Verlauf ihrer langen Ehe niemandem, nicht einmal ihren beiden Schwestern und ihrer Mutter, von ihren Eheproblemen. Geduldig ertrug sie die peinlichen Anspielungen und spöttischen Bemerkungen ihrer Schwiegertöchter, wenn diese sie besuchten und ihre rosafarbenen und roten Hausgewänder oder das weiche ärmellose Seidennachthemd mit dem tiefen Dekolleté zu Gesicht bekamen. Obwohl sie noch in der Blüte ihrer Jugend waren, trugen sie selbst meist nur einfache und bequeme Baumwollkleider mit dezenterem Schnitt.

Als Hanna sechzig geworden war, begann sie, sich den endlosen Wünschen ihres Ehemannes zu widersetzen. Selbst die sonst doch so gnadenlose Regierung, so meinte sie, versetzte ihre Beamten und Angestellten in diesem Alter in den Ruhestand. Hatte nicht jeder Mensch ein Recht darauf, seinen Lebensabend in Ruhe und Frieden zu verbringen? Die Regierung zahlte jedem, der aus Altersgründen ausschied, sogar eine Pension. Sie aber wünschte sich doch nur, von ihrem Mann in Ruhe gelassen zu werden, nachts ruhig schlafen zu können und die Kleider tragen zu dürfen, in denen sie sich wohl fühlte, statt ihm sommers wie winters, tags und nachts zu Willen sein zu müssen. Sie wollte Ruhe für ihre Seele und Erholung für ihr Gesicht, dessen Haut alt und faltig geworden war. Sie wollte kein Make-up mehr benutzen, denn ihre Hände waren seit einiger Zeit so zittrig, dass sie es nicht mehr so fein und präzis auflegen konnte wie früher, als sie damit ihr Gesicht attraktiver und strahlender gemacht hatte. Weil zudem ihre Sehkraft nachgelassen hatte, gelang es ihr nicht mehr, den Lidstrich entlang der Lidfalte zu ziehen, so dass sie, wenn sie es einmal versuchte, hinterher so komisch aussah, dass sogar die Frau ihres ältesten Sohnes sie einmal daraufhin ansprach und ihr riet, grundsätzlich kein Make-up, aber vor allem keinen Lidstift mehr zu verwenden. Wenn sie aber mit ihrem Mann darüber sprach, war er strikt dagegen. Dass sie sich zurechtmache, sei sie sich einfach selbst schuldig. Ausserdem habe er ein legitimes Anrecht darauf. Als sie wieder einmal ihren Wunsch vorbrachte, auf Make-up verzichten zu dürfen, kam ihm der Gedanke, es könne eine Taktik ihrerseits sein, um mehr Aufmerksamkeit von ihm zu erhalten. Daraufhin überhäufte er sie mit Parfum, Hauskleidern und all den anderen, zum grössten Teil überflüssigen Dingen wie Nagellack, Haaröl, Hand- und Gesichtscremes, die eine jungverheiratete Frau benutzt, um verführerisch zu sein.

Einmal brachte er ihr Lieblingskonfekt mit – Halwa mit Mandeln –, in der Hoffnung, sie damit willfährig zu machen und ins Bett zu locken. Sie aber blieb standhaft und verharrte an ihrem Platz, ohne sich dem Halwa zu nähern, das ihr den Mund wässerig machte. Vom Sofa im Salon aus, wo sie sich an jenem warmen Wintertag sonnte, begann sie, ihm gut zuzureden. Seien sie nicht Grosseltern von zehn Enkeln, den Kindern der Frauen ihrer drei Söhne, die man nur anzusehen bräuchte, damit einem das Herz aufging vor Freude und Glück. Sei es da nicht verdienstvoller für einen Mann seines Alters, sich im Gebet und Fasten Gott zuzuwenden und ihm zu danken für all die schönen Jahre, die er bei guter Gesundheit erleben durfte, und die grosse Nachkommenschaft, mit der er gesegnet sei. Sie wünschte Gottes Segen auch weiterhin auf ihn herab, riet ihm aber, seinen Lebensabend auf gottgefällige Weise zu verbringen und Gott um ein leichtes Ende und reichen Lohn im Jenseits zu bitten.

Bei diesen Worten geriet ihr Mann aus der Fassung. Masslos wütend beschimpfte er sie, mit ihrem Gerede sein Leben zu zerstören und ihn jeder Freude zu berauben. Sie gebe ihm das Gefühl, mit einem Bein bereits im Grab zu stehen. Gott habe ihm zugestanden, was sie ihm verweigern wolle. Undankbar sei sie, weil sie die Wohltat nicht schätze, die Gott ihr erwiesen habe. Andere Frauen würden sich glücklich preisen, einen Ehemann wie ihn zu haben. Ihre Verweigerungshaltung sei Ungehorsam nicht nur ihm, sondern auch Gott gegenüber. Sie zwinge ihn damit, vom rechten Weg abzuweichen und sich auf den Pfad des Lasters zu begeben. Dafür werde sie unweigerlich in der Hölle schmoren.

Doch Hanna lehnte es weiterhin beharrlich ab, mit ihm ins Bett zu gehen. Sie drohte sogar damit, sich selbst zu vergiften, falls er versuchen sollte, sich ihr zu nähern. Für ihre entschlossene Weigerung gab es einen ganz natürlichen Grund. Ihr Körper, von jeher klein und schmächtig, war im Alter geschrumpft und noch magerer geworden. Sie war einfach nicht mehr in der Lage, die siebenundachtzig Kilogramm menschlichen Fleisches, die ihr Mann damals auf die Waage brachte, zu tragen. Als sie ihm das ins Gesicht sagte, schlug sein Zorn plötzlich um. Bitterlich weinend warf er ihr vor, ihn zu hassen, weil er dick und träge geworden sei. Ja, früher sei er stark und gertenschlank gewesen. Er verfluchte sein Schicksal, das ihn mit einer übellaunigen, komplizierten und unweiblichen Frau geschlagen habe. Es wäre besser für sie gewesen, für immer ins Kloster zu gehen, statt zu heiraten.

Da Hanna jedesmal, wenn es zwischen ihnen zum Streit kam, hart wie ein Fels blieb und sich nicht einmal von seinen heissen Tränen rühren liess, dachte er sich ein neues Druckmittel aus. Er fing an, sich bei seinen Söhnen über sie zu beschweren, erzählte ihnen, wie sie ihn auf ständig neue Art quäle und ihn vernachlässige. Die meiste Zeit, so behauptete er, verbringe sie damit, faul herumzuliegen. Natürlich ging er nicht auf ihr Intimleben ein, denn auch er beherzigte, wie Hanna, die Lektion seines Vaters darüber. Er war der Meinung, seine Söhne würden sich das Ihre schon denken. Sie aber verstanden nicht, worauf ihr Vater anspielte, da sich ihre Gedanken um andere Dinge drehten. Sie selbst hatten Mühe, jenen ehelichen Pflichten nachzukommen, die mit der unteren Körperhälfte erfüllt werden. Es ging ihnen wie vielen anderen. Die Strapazen des Alltags und der Benutzung der öffentlichen Verkehrsmittel zehrten dermassen an ihren Kräften, dass sie, wenn sie abends erschöpft nach Hause zurückkehrten, nur noch ins Bett fallen und schlafen wollten. Ausserdem glaubten sie, dass ihre Eltern schon längst kein Intimleben mehr hatten.

Nachdem Hannas Ehemann alles versucht hatte, sie dazu zu bringen, sich seinen Wünschen wieder zu fügen, sah er schliesslich ein, dass er mit friedlichen Mitteln bei ihr nichts erreichen konnte. Er war mit ihr in den Zoo und in den Nationalzirkus gegangen, wo sie nie zuvor gewesen war, hatte sie zum Essen – Lammfleischsuppe bei „Hussain" – ausgeführt. Als ihm nichts mehr einfiel, was ihn in ihren Augen wieder begehrenswert machen konnte, sah er sich zu härteren Massnahmen gezwungen, nicht zuletzt deswegen, weil sie auch die Mühe, die er auf seine äussere Erscheinung verwandte – er färbte sich seine weissen Haare schwarz, entfernte sorgfältig seinen Backenbart und stutzte seinen Schnurrbart –, völlig ignorierte. Wenn er kam und ging, besprengte er sich mit einem teuren Aftershave, mit dem man auch Wunden hätte desinfizieren können, da es einen hohen Prozentsatz an reinem Alkohol enthielt.

Nun fing er an, sie wegen Kleinigkeiten zu beschimpfen und anzuschreien, auch wegen Angewohnheiten, die zwar lästig waren, aber dennoch eine solche Beschimpfung nicht rechtfertigten. Sie legte zum Beispiel angebrannte Streichhölzer wieder in die Schachtel zurück und liebte es, im warmen Bett sitzend heissen Bockshornkleetee zu trinken. Er schlug sie zwar nicht, wie manch andere Männer ihre Frauen, aber die Beleidigungen, die Hanna über sich ergehen lassen musste, taten ihr ebenfalls weh und verletzten ihre Gefühle zutiefst. Obwohl sie immer der Meinung gewesen war, eine Frau habe ihren Mann zu respektieren, begann sie, sich gegen ihn zur Wehr zu setzen. Er hatte das Fass vor allem damit zum Überlaufen gebracht, dass er sich vor ihren Enkeln, wenn sie zu Besuch kamen, darüber lustig machte, dass sie so klein war. Er erzählte ihnen das Märchen von der kleinen Frau, die einen Besen mit kurzem Stiel, ein Bett mit kurzen Beinen, ein kleines Moskitonetz und ein Waschbecken mit einem kurzen Wasserhahn besass. Eines Tages erschien sie vor dem Kadi, der gerade Gericht hielt, und beschwerte sich über eine lästige Fliege, die auf einen Teller Honig gefallen war, von dem sie hatte essen wollen. Der Kadi reichte ihr lediglich einen langstieligen Fliegenwedel und sagte: „Wenn du eine Fliege siehst, dann verscheuche sie damit." Als sie so vor ihm sass und ihn anschaute, bemerkte sie plötzlich eine Fliege, die sich ganz gemächlich auf seinem grossen weissen Turban niederliess. Da hob sie blitzschnell den Fliegenwedel und liess ihn auf seinen Kopf niedersausen. Da der Schlag schmerzhaft gewesen war und sie ihn vor allen Anwesenden lächerlich gemacht hatte, war der Kadi sehr wütend auf sie. Deshalb liess er ihr Fussfesseln anlegen und versetzte ihr zwanzig Schläge auf die Fusssohlen, um ihr dergleichen auszutreiben und den anderen ein abschreckendes Beispiel zu geben.

Niemals wäre Hanna allerdings auf die Idee gekommen, dass ihr Mann sie verdächtigen könnte, mit dem Bohnenverkäufer in ihrer Strasse, dessen Kunden sie seit langem waren, zu kokettieren. Der Mann habe ohne Zweifel mit ihr geflirtet. Mit eigenen Augen habe er den stillvergnügten Ausdruck auf ihrem Gesicht bemerkt, ihre Reaktion auf seine Annäherungsversuche. Sie versuchte ihm zu erklären, dass der Mann ihr von einem kleinen Jungen erzählt hatte, der ihm eine libysche Münze als ein Zehnpiasterstück angedreht hatte. Über die Unverfrorenheit des Jungen habe sie gelächelt und zum Bohnenverkäufer gesagt: „Möge Gott dich entschädigen." Ihr Mann schenkte ihr aber keinen Glauben und drohte statt dessen, ihr die Hand abzuschneiden, sollte sie dem Bohnenverkäufer noch einmal einen Teller reichen. Lieber sollte sie sich die Mühe machen, das Bohnenmus fürs Frühstück von einem weit entfernten Restaurant zu holen.

Schliesslich kaufte er auch kein Halwa mit Mandeln mehr, das Hanna so sehr liebte, und weigerte sich, ihr Taschengeld zu geben, da sie sich weiterhin gegen ihn auflehne und stur und mitleidlos bleibe. So konnte sie nicht mehr wie früher von dem monatlichen Betrag, der ihr als Taschengeld zur Verfügung gestanden hatte, billiges Halwa und kleine Geschenke für ihre Enkel kaufen. In den letzten beiden Jahren vor seiner Ermordung kam ihr Ehemann auf ein neues Thema zu sprechen. Er wollte sich eine andere Frau suchen und sie, Hanna, aus dem Haus jagen.

Wenn Hanna der Gedanke an eine andere Frau auch nicht gefiel, so war es nicht das, was ihr Sorge bereitete, sondern die Vorstellung, vor die Tür gesetzt zu werden. Sie kannte ja keinen anderen Ort, wo sie hätte wohnen können, als dieses Haus, in dem sie fünfundvierzig Jahre lang gute und schlechte Zeiten erlebt hatte. Bei einem ihrer Söhne unterzukommen war unmöglich. Ihr Ältester bewohnte selbst nur eine kleine Zweizimmerwohnung mit Küche und Bad. Er hatte zwei Söhne und zwei Töchter. Der Platz reichte kaum für die Kinder, geschweige denn für die ganze Familie. Der Balkon, der vom elterlichen Schlafzimmer abging, diente den Mädchen als Schlafzimmer, während im zweiten Zimmer die beiden Jungen schliefen. Hannas zweitältester Sohn bewohnte mit seiner Frau ein Zimmer im Haus seiner Schwiegereltern. Da seine Schwiegermutter sich in alle Angelegenheiten ihrer Tochter einmischte und alles überwachte, was sich zwischen ihr und ihrem Ehemann abspielte, war sein Leben die Hölle auf Erden. Er wollte sich aber seine Ehe nicht von seiner Schwiegermutter zerstören lassen, so dass eine Scheidung für ihn nicht in Frage kam. Was die Beziehung zwischen Hanna und der Frau ihres jüngsten Sohnes anbelangte, so war sie von gegenseitiger Ablehnung geprägt. Die Schwiegertochter war eingebildet und behandelte Hannas Sohn von oben herab, da sie es gewesen war, die das Wohnungsproblem gelöst hatte und die Möbel zum grössten Teil von ihren Ersparnissen bezahlt waren. Da sie in einem Touristenhotel arbeitete, war sie die Hauptverdienerin der Familie, während ihr Mann nur ein kleiner Ingenieur beim Staat war. Es war also unmöglich für Hanna, bei einem ihrer Söhne Unterschlupf zu finden.

In den Wochen vor dem Mord war Hanna in ständiger Sorge. Entgegen seiner Gewohnheit war er jetzt oft nicht zu Hause. War er einmal da, sprach er kaum mit ihr und wenn, dann nur obenhin. Er weigerte sich, gemeinsam mit ihr zu essen oder sich die Vorabendserie im Fernsehen anzuschauen. Man musste nicht besonders schlau sein, so meinte sie, um festzustellen, dass er bereits etwas mit einer anderen hatte. Ihr Verbleiben in der Wohnung war also nur noch eine Frage der Zeit. Hanna, die ihre schulische Laufbahn mit der fünften Klasse abgeschlossen und sich daher nicht mit der Wahrscheinlichkeitstheorie beschäftigt hatte, fand nie heraus, dass in Wirklichkeit alles ganz anders war und ihr Ehemann die meiste Zeit ausser Haus damit verbrachte, sich bei einem Freund, den er im Café kennengelernt hatte, gegen kleine Geschenke oder gelegentliche Dienstleistungen schmutzige Videofilme anzusehen. Die vermeintlich sichere Existenz einer anderen Frau brachte Hanna in Rage. Ihre Nerven waren zum Zerreissen gespannt. Sobald die Frau ins Haus kam, um ihren Platz einzunehmen, würde sie auf die Strasse gesetzt werden.

Eines Tages, als sie vor dem Waschen seine Hosentaschen leerte, fiel ihr das Foto einer Frau mit Kopftuch in die Hände. Sie war nicht älter als vierzig und hatte schöne Augen, aus denen Mut und eine gewisse Dreistigkeit sprachen. Ihr sinnlicher Mund war auch ungeschminkt verführerisch. Kaum hatte Hanna das Foto gesehen, warf sie sich verzweifelt aufs Bett, ohne auf eine offene Sicherheitsnadel zu achten, die sie in die Hand stach. Solche Nadeln fand sie vor dem Waschen häufig in seinen Taschen. Er kaufte sie, neben Manschettenknöpfen, Rasierklingen, Mottenkugeln, Nähnadeln, Gummilitzen und vielen anderen Dingen, den fliegenden Händlern in den Bussen ab, weil er ihnen gern zuhörte, wie sie ihre Waren anpriesen, dabei, in der kurzen Zeit, bevor der Bus wieder anfuhr, rührselige Geschichten oder Lieder zum Besten gebend, die die gleiche Melodie hatten wie die Gassenhauer, die vom Rundfunkgebäude am Nil unablässig in den Äther gesendet wurden und nur wegen ihrer Kürze weniger Kopfschmerzen verursachten.

Dieses Ereignis, das wie eine erste Straffälligkeit ihres Ehemannes war, machte Hanna klar, dass sie sich wirklich Gedanken über den vielleicht nicht mehr fernen Ernstfall machen musste. Sie hegte keinen Zweifel, dass die andere Frau bereits existierte. Ihr erster Einfall war, sich selbst zu töten, dann hätte sie Ruhe. Es fiel ihr aber schwer, sich mit dem Gedanken an Selbstmord vertraut zu machen. Sie empfand Selbstmord als etwas Anstössiges, ausserdem hatte sie nichts Böses getan, das ihn gerechtfertigt hätte. Deshalb überlegte sie, wie sie ihren Mann loswerden konnte, ohne Verdacht zu erregen, insbesondere seinen.

Nachdem Hanna diese wichtige Entscheidung getroffen hatte, wurde sie plötzlich ein heiterer Mensch. Sie war ihrem Mann gegenüber ruhig und liess seine Schimpftiraden, im Gegensatz zu früher, gelassen und ungerührt über sich ergehen. Sie erlaubte ihm allerdings auch jetzt nicht, sich ihr zu nähern, behandelte ihn aber, um ihr Vorhaben nicht auffliegen zu lassen, so rücksichtsvoll, als sei sie um seine Gesundheit besorgt, und heuchelte Interesse für seine Angelegenheiten.

Es geschah an einem kalten Winterabend. Nachdem sein gewohntes anhaltendes Schnarchen, das wie das Quaken von Fröschen klang, Hanna davon überzeugt hatte, dass er fest schlief, stellte sie einen Kessel mit Wasser auf den Gasherd. Sie schloss alle Fenster der Wohnung und drehte den Gashahn ganz auf. Dann schlich sie sich hinaus, um den Rest der Nacht, in eine dicke Decke gehüllt, auf dem Balkon zu verbringen. Mit dem Rücken lehnte sie sich gegen die Balkontür, damit diese sich nicht öffnen und frische Luft in die Wohnung eindringen konnte. In dieser Haltung harrte sie bis zum Sonnenaufgang aus.

Die Polizei glaubte, wie gesagt, nicht, dass sein Erstickungstod auf höhere Gewalt zurückzuführen war. Als die Beamten, von einer Nachbarin herbeigerufen, die Hannas Kreischen und Wehgeschrei gehört hatte, die Wohnung betraten, fanden sie Hanna gefasst und bei guter Gesundheit, ohne Erstickungssymptome wie Kreislaufschwäche und Atembeschwerden. Ihnen fiel lediglich auf, dass sie gelegentlich hustete. Den Grund dafür, die im Freien verbrachte Nacht, konnten sie natürlich nicht ahnen. Ihr Weinen war echt. Schliesslich hatte sie einen Menschen verloren, mit dem sie fünfundvierzig Jahre ihres Lebens verbunden gewesen war.

Als der Staatsanwalt sie später beim Verhör fragte, wie sie sich ihren guten Gesundheitszustand erklärte, obwohl sie sich doch, als ihr Mann erstickte, ebenfalls in der Wohnung befand, gab Hanna an, dass sie im Salon geschlafen habe, weit von der Küche entfernt, weil ihr ständiges Husten ihren Mann gestört habe. Die Polizei hätte ihrer Darstellung vielleicht Glauben geschenkt, wäre ihr nicht ein Fehler unterlaufen, der dem Ermittler, der ihren Fall untersuchte, nicht entging. Statt nämlich nur das Gas unter dem Wassertopf aufzudrehen, hatte sie zwei Gashähne geöffnet, weil sie wollte, dass möglichst viel tödliches Gas ausströmte, damit ihr Mann nicht doch noch aufwachte und den Gasgeruch im Haus bemerkte. Dadurch war Hanna sofort des vorsätzlichen Mordes verdächtig. Es fanden sich noch zahlreiche weitere Beweise, die aufgedrehten Gashähne waren nur eine erste Spur. Trotzdem blieb Hanna unbeirrbar bei ihrer ursprünglichen Aussage, obwohl sie im Verhör wirklich in die Enge getrieben wurde. Es war seltsam. Sie wirkte, als bestünde für sie kein Zweifel an ihrer Geschichte. Sie wurde richtig böse, wenn der Staatsanwalt sie als Mörderin bezeichnete, als würde sie einer Tat bezichtigt, die sie nie begangen hatte. Während der Ermittlungen und des Prozesses fühlte sie sich ungerecht behandelt. Sie war wütend auf den Staatsanwalt, der, als er die Anklagepunkte gegen sie verlas, noch eins draufsetzte und sie als alte Bestie in Menschengestalt bezeichnete, die ihren Wohltäter, den ihr am nächsten stehenden Menschen, umgebracht und damit gegen alle Moral und gegen die heiligen Gebote aller Religionen verstossen habe.

Schon bei der Urteilsverkündung aber fühlte sich Hanna erleichtert, als sei ihr eine Last von den Schultern gefallen. Als ihre Söhne, die sie im Gefängnis besuchten, in Tränen ausbrachen, beruhigte sie sie. Es gehe ihr gut. Sie trug ihnen auf, beim nächsten Besuch Verschiedenes mitzubringen, unter anderem Halwa mit Mandeln, eine Häkelnadel und Baumwollgarn, wie es für Polsterarbeiten verwendet wird.

Ihren ersten wirklich glücklichen Moment nach der Ermordung ihres Ehemannes erlebte Hanna, als man sie in der Gemeinschaftszelle für ältere und gebrechliche Frauen unterbrachte. Hier konnte sie innerlich zur Ruhe kommen, hier würde sie für den Rest ihrer Tage sicher sein. Denn auch Hanna hielt es für wahrscheinlich, dass sie die Haftzeit von zehn Jahren, die sie hier absitzen musste, nicht überlebte. Dies hinderte sie jedoch nicht daran, von einem besseren Leben nach der Haft zu träumen. Dann stellte sie sich vor, wie sie die Möbel in ihrer Wohnung, die sie so hatte stehen lassen, wie es dem Geschmack ihres Mannes entsprochen hatte, nach ihrer Vorstellung neu gruppieren würde. Sie plante, sein Sterbezimmer, das grösste Zimmer der Wohnung, an eine oder zwei auswärtige Studentinnen zu vermieten, wie die Eigentümerin der Wohnung unter ihr. Sie würde wieder essen, was ihr schmeckte, würde wieder Spinat kochen, den ihr Mann seit einer leichten Nierenentzündung nicht mehr hatte essen dürfen. Damit nicht genug: sie würde eine neue Bettdecke kaufen, anstelle der alten zerschlissenen, die sie seit ihren ersten Ehejahren besass. Wie oft hatte sie ihren Mann vergeblich darum gebeten, sie neu beziehen zu lassen.

Währenddessen schmiedete Asîsa andere Pläne für Hanna, die schöner und grösser waren als ihre bescheidenen irdischen Vorhaben. Sie würde sie in den Himmel mitnehmen, würde sie einlassen in den goldenen Wagen mit den weissen Pferden, die sich mit ihren Schwingen erheben würden, während der Gott der Musik jene Melodie für sie erklingen liesse, die ihr, von einer Militärkapelle gespielt, vor langer Zeit einmal eine Gänsehaut über den Rücken getrieben hatte. Wenn der Wagen in den Wolken verschwand und im Äther dahinglitte, würde Hanna ihren Spinat, die Bettdecke und ihren Mann, der sie in fünfundvierzig Jahren nicht nur einmal – wie sie ihn –, sondern tausendmal getötet hatte, vergessen. Sie würde merken, wie sehr Asîsa sie mochte und schätzte und ihr jedes Glück und jede Ehre wünschte, die ihr zukam und die sie, als eine jener Unterdrückten im Frauengefängnis, verdiente. Noch dazu würde sie sie neben die lange Asîma setzen, die edelste und grösste Frau, die Asîsa im Gefängnis kennengelernt hatte.

Zunächst war jeder, der Asîma erblickte, von ihrem seltsamen Aussehen verblüfft. Sogar der Leiter des Frauengefängnisses war verwirrt, als er sie bei der Aufnahme in das Gefängnis, für das er verantwortlich war, das erste Mal sah. Er vergass, dass er sich als Beamter diskret zu verhalten hatte, und bat sie um eine Erklärung für ihre ungewöhnliche Körpergrösse.

Natürlich hatte Asîma darauf keine befriedigende Antwort. Sie wusste selbst nicht, warum sie so ausserordentlich gross war. Mit einer Körperlänge von mehr als zwei Metern überragte sie alle anderen Frauen bei weitem. Obwohl schon ihr Vater als gross galt, übertraf sie ihn noch um einen Viertelmeter. Bis zu ihrem zwölften Lebensjahr war Asîma ein normales Mädchen gewesen. Verglichen mit anderen Mädchen in ihrer Verwandtschaft erschien sie zwar etwas gross, der Unterschied war aber nicht so auffallend, dass er ihre Eltern, die sie wie ihre älteren Schwestern auf die Ehe vorbereiteten, beunruhigt hätte. Eines Tages würde schon ein Mann kommen, der sich für sie interessierte und sie heiraten wollte. Nachdem es ihr, wie den meisten Schülern in dieser Zeit, wegen der verfehlten Schulpolitik nicht gelungen war, einen Hauptschulabschluss zu erhalten, hatte sie Zeit genug, sich mit dem Erlernen der Hausarbeiten und anderer in der Ehe nötiger Fertigkeiten zu befassen.

Asîmas Problem wurde kurze Zeit später offensichtlich, als ihr Körper begann, mit erschreckender Geschwindigkeit in die Höhe zu schiessen. Dadurch fielen ihre Magerkeit und die Disproportionen ihrer Gliedmassen besonders auf. Weil ihre untere Körperhälfte, im Gegensatz zur kurzen oberen, lang und gestreckt war und ihr langer Hals in einem kleinen Kopf mit grossen, etwas hervortretenden Augen endete, hatte man, wenn man sie ansah, den Eindruck, sie hätte eigentlich eine Giraffe werden wollen und sich erst im letzten Moment zu einem menschlichen Wesen entwickelt. Mit sechzehn war sie schon so gross, dass sie, wo auch immer, alle Menschen in ihrer Nähe überragte. Deswegen musste sie sich auf der Strasse und zu Hause viel Spott gefallen lassen, worunter sie sehr litt. Jedem anderen Mädchen in der Pubertät wäre es ebenso gegangen, denn in diesem Alter wünscht man sich nichts sehnlicher, als von allen, insbesondere vom anderen Geschlecht, akzeptiert und geliebt zu werden. In ihrer Verzweiflung beging sie einen Selbstmordversuch. Dieser scheiterte, denn als sie sich vom Balkon der elterlichen Wohnung im vierten Stock eines Wohnblocks in die Tiefe stürzte, kam auf der Strasse gerade ein Zementlastwagen vorbei. Sie prallte gegen eine Stange des Lastwagens, der sie bis ans Ende der Strasse mitnahm. Dabei schlug sie sich nur einen Schneidezahn heraus. Die Zahnlücke behielt sie als Andenken und Beweis für ihre törichte Tat.

Während dieses Ereignis keinerlei Auswirkungen auf Asîmas weiteres Leben hatte, veränderte ein anderes den Verlauf ihres Lebens völlig. Einige Monate nach ihrem Selbstmordversuch starb einer ihrer Onkel auf tragische Weise in der Blüte seiner Jugend. Jeder, der von den Umständen seines Todes erfuhr, war zutiefst erschüttert. Nachdem er nämlich bereits seine Eltern und seine drei Schwestern aus dem eines Nachts plötzlich einstürzenden Haus, das sie bewohnten, gerettet hatte, flehte ihn eine Nachbarin an, auch ihre gelähmte Mutter herauszuholen. Der junge Mann lief sofort los, nahm die alte Frau, die sich auf den Balkon geschleppt hatte, auf seine Arme und warf sie der Menschenmenge zu, die unten bereitstand, um sie aufzufangen. Die Alte kam heil unten an, doch im selben Augenblick fiel dem jungen Mann ein grosser Steinbrocken auf den Kopf und zertrümmerte ihn.

Damals erlebte das Viertel, in dem sich alles ereignet hatte, eine Begräbnisfeier für den jungen Helden, wie es seit der Trauerfeier für die Märtyrer der Revolution von 1919 keine mehr gegeben hatte. Alle legten zusammen, um das grösstmögliche Begräbniszelt aufzustellen und den besten Rezitator, den sie sich leisten konnten, zu beauftragen, tröstende Koranverse zu sprechen. Alle nahmen teil, so dass ein beeindruckender Trauerzug seinem Sarg zu seiner letzten Ruhestätte folgte. Dabei kam es in der Muhammad-Ali-Strasse, die zur Zitadelle hinaufführt, zu einem viertelstündigen Verkehrsstillstand, der sich auch zwei Stunden später noch nicht völlig aufgelöst hatte, weil dem dort diensttuenden Verkehrspolizisten, der seit dem frühen Morgen nichts gegessen hatte, zur Mittagszeit, als der Trauerzug vorüberkam, der Magen dermassen knurrte, dass er erst sein Fladenbrot mit Bohnenklösschen essen musste.

Nach dem Leichenbegängnis versammelten sich die Frauen vor der neuen Unterkunft der leidgeprüften Familie, dem Haus, in dem auch Asîmas Familie wohnte. Dort flossen so viele Tränen, dass man damit noch einen zweiten Toten hätte waschen können. Zahlreiche Frauen verausgabten sich beim Lamentieren und Trauern derart, dass sie in Ohnmacht fielen, darunter die Mutter des Verstorbenen, die ihrem Schmerz an der Seite seiner unglücklichen Verlobten, die nun nie ihre Schwiegertochter werden würde, Ausdruck verlieh.

Damals offenbarte Asîma zum ersten Mal ihr Talent als Elegiendichterin. Mit Hilfe rhetorischer Mittel wie Wortspiel, Antithese, Vergleich und Metapher sowie ihrer schier unerschöpflichen Phantasie, die sie damals entdeckte, und ihrer Dichterseele, die so ungewöhnlich gross war wie ihr Körper, vermochte sie, ihre Trauer in ergreifende und ausdrucksstarke Worte zu kleiden. Zugute kam ihr, dass der Verblichene nicht nur heldenhaft gestorben, sondern auch sehr gutaussehend gewesen war. So konnte sie seine körperlichen Vorzüge preisen, die er mit sich ins Grab genommen hatte. Seiner Verlobten, die wohl nie wieder eine solche Partie machen würde, wurde dadurch erst recht bewusst, was sie verloren hatte.

Von jenem Tag an war Asîma als Klagesängerin im Viertel anerkannt. Mit der Zeit dehnte sie ihre Aktivitäten auch auf die Nachbarviertel aus. Sie war zur Stelle, wenn einer Familie Leid widerfahren war, und fand auf diese Weise ihren eigenen Lebensweg, der es ihr ermöglichte, sich mit einer Umgebung abzufinden, die sie zuvor ständig verspottet und dadurch den schlimmsten Seelenqualen ausgesetzt hatte, die ein Mädchen erleiden konnte, und das nur, weil ihre Grösse nicht der gängigen Norm für Frauen entsprach, der die Vorstellung zugrundeliegt, die Körperlänge der Frau sei durch deren Bestimmung als Lustobjekt des Mannes und Mittel zur Erhaltung der menschlichen Art bedingt.

Dadurch rückte auch ein Problem in den Hintergrund, das Asîmas ständige Sorge gewesen war und das ihre Eltern, angesichts der Tatsachen, für unlösbar gehalten hatten – das Problem nämlich, sie mit einer Person des anderen Geschlechts zu verheiraten. Sie beschloss, ihr Leben der Totenklage zu widmen, durch die sie Selbstbestätigung erlangt und sich innerhalb ihrer Umgebung einen gewissen Rang erworben hatte. Um ihrer traurigen Aufgabe zu entsprechen, musste Asîma, anders als früher, jetzt immer in würdevoller Aufmachung erscheinen. Wenn sie ausging, trug sie stets lange schwarze Gewänder, die ihr gut standen, da sie ihre knochigen Beine verbargen. Ausserdem zeigte sie sich nie mehr ohne ein schwarzes Kopftuch aus leichtem Chiffon, um das sie ein anderes schwarzes Tuch aus Kunstseide band. Das einzige Verschönerungsmittel, das sie weiterhin gebrauchte, war schwarzer Kajal, den sie auflegte, sobald sie sich morgens das Gesicht gewaschen hatte. Weil ihre Augen dadurch noch grösser und melancholischer wirkten, sah sie aus wie die fleischgewordene Trauer.

Mit der Zeit erwarb sich Asîma grosse Erfahrung auf ihrem Gebiet. Wenn eine Familie sie beauftragte, einen Verstorbenen zu beklagen, dann wählte sie die Klagelieder ganz individuell entsprechend seinem Alter, seinen körperlichen Eigenschaften und seinen Todesumständen aus. War er gross und breit wie ein Schrank, wie Anwar Wagdi in den Filmen der vierziger und fünfziger Jahre, dann sagte sie: „Breit und gross, birgt ihn der Erde Schoss.“ War er eher zart gebaut, dann sagte sie: „Kleiner Vogel dort, der Tod riss dich mir fort.“ Sie improvisierte und brillierte, wenn es sich bei dem Toten um einen jungen Mann handelte oder um ein hübsches Mädchen, von dessen Jungfräulichkeit man überzeugt sein durfte, da ihr Name sich in keinem offiziellen Eheregister fand. In solchen Fällen versetzte sie ihre Zuhörerschaft in abgrundtiefe Traurigkeit. Manchmal brachte sie die Wirkung ihrer gemessenen Worte und traurigen Liebeslieder in Konflikt mit den Verwandten des Toten. Einmal drohte ihr der Bruder eines Betrauerten Schläge an, sollte sie ihre Tätigkeit nicht sofort beenden und verschwinden. Das lange Trauergedicht, das Asîma anlässlich des ersten Todestages ihres Sohnes rezitierte, hatte die Mutter des Toten so aufgewühlt, dass sie einen schweren Herzanfall erlitten hatte.

Mit der Zeit wurde Asîma für ihre Tätigkeit bezahlt und erzielte ein Einkommen, von dem sie ihren Lebensunterhalt bestreiten konnte. Um ihren Auftritt bei den Trauerfeiern zu vervollkommnen, studierte sie geistliche Mahnreden und Predigten ein. Sie konnte die Sure „Der Barmherzige“ und einige andere kurze Suren, die sie in ihren Grundschultagen auswendig gelernt hatte, fehlerlos rezitieren. Dabei versuchte sie, ihre Stimme so weich und angenehm klingen zu lassen, wie es ihre Stimmbänder zuliessen. In den Pausen, in denen sie ihre Stimme mit Anis oder Ingwer pflegte, Gewürzen, die ihr die Angehörigen des Toten anboten, oder beim Totenschmaus, wenn man gekochtes Fleisch ass oder ein traditionelles Gericht aus eingeweichtem Brot, Fleisch und Brühe, deutete sie Träume nach der Lehre Ibn Sirîns, die sie freilich grosszügig auslegte und mancher Träumerin, um sie zufriedenzustellen und zu beruhigen, glückliche Schicksalsfügungen vorhersagte, die allein auf ihrer Phantasie beruhten.

In den vielen, überall benutzten Kassetten, auf denen berühmte, von der Ashar anerkannte Koranleser Suren rezitierten, oder auch im Radio sah Asîma kein Problem und betrachtete sie nicht als wirkliche Konkurrenz für sich. Sie hatte auch keine Angst vor den islamischen Organisationen, die die Totenklage verboten, weil sie in ihr einen Verstoss gegen die reine Lehre des Islam sahen. Sie wurde immer populärer, ohne selbst den Grund dafür zu kennen. Es lag wohl daran, dass ihr Vortrag die Sehnsucht ihrer Zuhörer nach einer festen Ordnung stillte, im Gegensatz zu den dümmlichen Volksliedern, die Tag und Nacht aus den Radio- und Fernsehgeräten schallten, und dem wirren, bisweilen in Zeitungen und Zeitschriften abgedruckten poetischen Gesabber, das weder das Gefühl noch den Verstand ansprach. Dessen Verfasser bezeichneten sich entweder selbst als modern, oder es handelte sich um ewig Gestrige, welche die Dichtung des mittelalterlichen Rittertums nachahmten, die in einer Zeit, da der tägliche erbitterte Daseinskampf der Menschen nichts Heroisches mehr an sich hatte und Pferde darin keine Rolle mehr spielten, ihre Existenzberechtigung verloren hatte.

Nachdem sie durch ihr hohes Niveau und grosses Können auf dem Gebiet der Totenklage praktisch zu einer Institution geworden war, schlug sie eine zweite Karriere ein, die ihren schon vorhandenen Reichtum noch vergrösserte, den sie lieber in Form von Goldschmuck an Hand, Hals und Brust trug, als ihn in einem Banktresor einzuschliessen. Sie begann, an den Festtagen zu Ehren von Heiligen, den sogenannten Maulids, und bei anderen religiösen Feierlichkeiten, volkstümliche Lieder und geistliche Lobgedichte vorzutragen. Dabei bediente sie sich der Errungenschaften der modernen Technik, vor allem des Mikrofons, das schwachen Stimmen zu erstaunlicher Fülle verhilft. Asîma verfügte über keine besonders gute Stimme, aber da inzwischen jeder sang – nicht nur bei religiösen Feiern, sondern auch im Radio, Fernsehen und auf Kassetten, die sich landauf landab grosser Nachfrage erfreuten –, begann auch Asîma damit. Kunstvoll reihte sie die Worte aneinander und bemühte sich redlich, ihrer elektronisch verstärkten Stimme einen samtweichen kräftigen Klang zu verleihen. Die Heiserkeit, die sie sich als Klagesängerin zugezogen hatte, kam bei den Massen, die sich bei den Heiligenfesten um sie versammelten, gut an. Erhebliche Mengen verschiedener Drogen verstärkten den schwermütig-rauhen Schmelz ihrer Stimme, der Gefühle in der Tiefe des Unterbewusstseins ansprach und eine Melancholie hervorrief, welche die Menschen ihr Schicksal als ewig und gottgegeben hinnehmen liess und sie von ihrem realen alltäglichen Elend ablenkte.

Es verging kein Jahr, da hatte Asîma ihre eigene Musikgruppe, die sie zu den berühmten nächtlichen Heiligenfesten Kairos – dem Maulid des Hussain und dem der Sajjida Sainab – sowie zum Fest des Heiligen Sajjid Badawi in Tanta begleitete. Da sie inzwischen einem grösseren Publikum als „die Sängerin des religiösen Volkslieds" schlechthin bekannt war, begann sie, ihren Fans und den Liebhabern ihrer Musik zuliebe, Lieder auf Kassette aufzunehmen. Auf der Hülle lächelte sie breit, ohne jedoch ihre drei goldenen Backenzähne sehen zu lassen. Unter ihrem Namen war zu lesen: beste Sängerin des religiösen Volkslieds. Dieses Attribut hatte sie sich selbst verliehen, nach dem Vorbild anderer Künstler, die auf diese Weise den Anschein erweckten, in ihrem jeweiligen Metier eine Spitzenstellung innezuhaben. Ihre Kassetten machten Asîma populär, weil ihre Texte, wenngleich verpackt in die Form religiöser Loblieder auf den erhabenen Propheten Muhammad und seine edle Familie, in sehr deutlicher und irdischer Art von der Liebe sprachen. Darin hielt sie sich, wie alle Sänger volkstümlicher Loblieder, an das Vorbild der grossen Mystiker des Mittelalters. Asîma aber brachte es darin zur Meisterschaft. Sie versetzte ihre Lieder – nicht ganz ohne Willkür – mit

Zitaten aus den Werken grosser Mystiker wie Ibn Arabi, Dhu-n-Nûn al-Misri und Ibn al-Fârid, zu dessen Grabmoschee auf dem Mukattamberg sie oft pilgerte, um dort zu beten und um Segen zu bitten, sowie anderen Vertretern dieser Dichtung, deren Werke sie bei den Buchhändlern auf dem Platz vor der Hussain- oder Sajjida-Sainab-Moschee in billigen Volksausgaben erstand.

Asîmas Stellung als Künstlerin machte es erforderlich, dass sie ihre schwarzen Trauerkleider, die sie in der Vergangenheit so oft getragen hatte, gegen lange, bunte und mit Perlen und Pailletten bestickte Seidenroben eintauschte, in denen sie sehr elegant aussah. Dazu trug sie ein farblich abgestimmtes Kopftuch, um das sie ein zweites Tuch band, das, mit Gold- und Silberfäden durchwirkt, ihren Reichtum herausstrich. Sie stellte fest, dass ihr der blaue Kajal der Bäuerinnen des Nildeltas besser stand als der schwarze Lampenruss, den sie bis dahin benutzt hatte. Dies alles tat sie für ihr geliebtes Publikum, dem sie sich, auch wenn ihre Möglichkeiten in dieser Hinsicht begrenzt waren, nur von ihrer schönsten Seite zeigen wollte. Aber nicht nur wegen des Publikums hatte sie das Genre gewechselt. Sie fand auch, dass sie sich seit ihrer Kindheit genug gegrämt hatte. Jetzt erschien sie nurmehr sehr selten bei Totenfeiern und auch dann lediglich, wenn der finanzielle Gewinn das Trauern lohnte.

Über kurz oder lang wäre wahrscheinlich ein Künstler wie Sakarîja Higâwi, ein Liebhaber der Volkskunst, auf Asîmas Talent aufmerksam geworden, oder sie hätte sich mit anderen Volkssängern zusammengetan, die überall wie Pilze aus der Erde schossen und dem Staat als Pfleger der

Volkskunst ein gutes Gewissen verschafften, hätte nicht ein drittes wichtiges Ereignis Asîmas Schicksal einen Streich gespielt.

Dieses Ereignis hatte weitreichende Folgen für das Leben der talentierten sensiblen Dichterin, deren Tragödie darin bestand, dass sie nicht in Sapphos Zeit lebte, sondern ihre Begabung in einem Jahrhundert zum Ausdruck kam, in der Kultur praktisch nur noch als Wort existiert. In ihrem vierzigsten Lebensjahr geriet Asîma in eine für sie völlig neue Situation. Hals über Kopf verliebte sie sich in einen Musikanten ihrer Truppe. Sie war wie ein unschuldiges Täubchen, das bei seinen ersten Flugversuchen von einem listigen Fänger geschnappt wird. Ihre Liebe veränderte sie und inspirierte sie zu leidenschaftlichen Liebesgedichten, die ihr Publikum begeisterten. Diese waren allein an „unseren Herrn Hussain", den geliebten Enkel des Propheten, gerichtet, da auch das Ziel ihrer Zuneigung Hussain hiess. Er war Flötist und von dem Musiker, der die erste Rabâba spielte, engagiert worden, nachdem die Gruppe bereits längere Zeit erfolglos einen Flötisten gesucht hatte. Obwohl er nicht besonders gut spielte, wurde er bereitwillig angestellt, denn die meisten Musiker schlossen sich lieber Ensembles an, die in der Pyramidenstrasse oder in den Nachtclubs arbeiteten, als volkstümlichen Gruppen, die von Heiligenfesten und Feiertagen abhängig waren.

Dieser Hussain gehörte zu den Männern, die wissen, wie man eine Frau um den Finger wickelt. Ein prüfender Blick über Asîmas Körper überzeugte ihn davon, dass dieser seinen Reiz nur dem vielen Gold verdankte, das um den Hals und an Armen und Ohren baumelte. Er begann sie mit leidenschaftlichen Blicken zu bombardieren, denn seine lange Erfahrung in Liebesdingen sagte ihm, dass nicht nur ihr Körper, sondern auch ihre Liebe und Schönheit besingende Dichterseele einen Mann herbeisehnte wie ein Verdurstender einen Schluck Wasser.

Die Liebe verlieh nicht nur Asîmas Seele, sondern auch ihrem Körper ungeahnte Energien. Zum ersten Mal in ihrem Leben begann sie, füllig zu werden, und glich in der Tat bald einer jener Lehmziegelbarrikaden, wie sie während eines jeden Krieges unserer Armee gegen Israel vor den Hauseingängen errichtet wurden. Dadurch sah sie besser aus als früher, denn ein Teil ihrer langen Nase verschwand in dem rund und fleischig gewordenen Gesicht. Ihr sehnlichster Wunsch, zärtliche Worte aus dem Mund eines irdischen Mannes zu hören, ging nun endlich in Erfüllung. Asîma verwöhnte ihren Geliebten, wie eine ganz der Liebe hingegebene Frau einen Mann nur verwöhnen kann. Einerseits mit ihrem Vermögen, das ihr für ihre Kunst aus den Taschen ihrer Anhänger – Bauern aus fernen Dörfern und arme Städter, die zu ihr pilgerten, um sie singen zu hören – zufloss, andererseits mit ihrem voluminösen Körper, der bar jeder weiblichen Reize war. Der Liebhaber wusste seine Chancen zu nutzen. Es dauerte nicht lange, da beherrschte er nicht nur ihre Seele, sondern auch die ganze Musikgruppe, nachdem er den Spieler der ersten Rabâba auf Rang zwei verdrängt hatte. Er kümmerte sich um alle Angelegenheiten Asîmas und gewann absolute Macht über sie.

Asîma sah sich vor eine Entscheidung gestellt. Sie war bereit, dem unersättlichen Geliebten noch mehr von ihrer Seele, ihrem Geld und allem, was sie in dieser Welt besass, zu geben, wenn er sie standesamtlich heiratete und damit ihre Beziehung – und ihre möglichen gemeinsamen Kinder – legalisierte. Als sie ihn, in der Annahme, dies sei auch sein Wunsch, direkt und ohne Umschweife um eine baldige, für ihn mit keinerlei Kosten verbundene Heirat bat, überraschte er sie mit ausweichenden Antworten. Ohne zu begreifen, hörte sie den Flötisten, der in den Herzen der Frauen zu lesen verstand, sagen, dass man eine Frau nicht heiraten dürfe, wolle man ihr Herz behalten. Damit wies er ihren Heiratsantrag zurück, der ihn nicht überraschte, den er vielmehr täglich erwartet hatte. Er sass neben ihr auf dem bequemen Sofa im Wohnzimmer ihres Hauses. Wie immer am Morgen rauchten sie Wasserpfeife und tranken Kaffee. Ihre langen Finger mit den manikürten und leuchtend rot lackierten Fingernägeln streichelnd, erzählte er ihr von seiner grenzenlosen Liebe zu ihr. Er liebe jeden Zentimeter ihres schönen Körpers, insbesondere ihren Hals, der, lang, weiss und füllig, an eine Silberkanne erinnere. In seiner Situation könne er sie jedoch niemals heiraten. Als ihr Angestellter sei es ihm nicht möglich, die Ausgaben für die Heirat, ihren Unterhalt und die eheliche Wohnung zu bestreiten. Deshalb sei er dafür, den Hochzeitstermin so lange hinauszuschieben, bis sich seine finanzielle Situation gebessert habe und er würdig sei, nach dem Gebot Gottes und des Propheten um ihre Hand anzuhalten und sie vor aller Welt zu heiraten.

Bei diesen Worten war Asîma sehr gerührt, und ihr Herz klopfte heftig. Da er ihr beim Sprechen tief in die Augen schaute, mit einem leidenschaftlichen Blick, der sie dahinschmelzen liess, glaubte sie ihm jedes Wort. Also willigte sie ein. Sie schlug vor, einen grossen, mit einer Unze Blattgold belegten Koran, den sie vor einigen Jahren für fünftausend Pfund gekauft hatte, zu verkaufen. Sie rechnete mit einem Gewinn von zweitausend Pfund. Diesen Betrag wollte sie ihm geben, damit er ihn ihr bei der Verlobung als Brautgabe überreichen konnte. Der Flötenspieler aber, der, als sie sprach, ihr Gesicht, und vor allem, wie immer, wenn sich ihm die Gelegenheit dazu bot, die blitzenden Goldzähne in ihrem Mund betrachtete, ging nicht darauf ein. Mit erhobenen Händen schwor er dreimal beim allmächtigen Gott, lieber wie die Kohle in dieser Wasserpfeife zu verbrennen, als seine Hand nach ihrem Geld auszustrecken oder Vorbereitungen für eine Heirat mit ihr zu treffen, solange er das Geld dafür nicht im Schweisse seines Angesichts – Flöte blasend – verdient hätte.

Asîma konnte die fadenscheinigen, aus der Luft gegriffenen Argumente ihres heuchlerischen Liebhabers nur schwer verdauen. Bis zu diesem Augenblick hatte es ihm nicht das Geringste ausgemacht, von ihrem Geld mitzuleben. Um ein ausschweifendes Leben führen zu können, hatte er bereitwillig genommen, was sie ihm geboten hatte, von den Pfundnoten, die sie ihm hin und wieder in die Hand gedrückt, bis zu ihrem Mercedes, den sie ihm, wann immer er wollte, zur Verfügung stellte. Es wäre ihm niemals möglich gewesen, die Aufrichtigkeit seiner Beteuerungen zu beweisen. Selbst wenn er wie ein Huhn Eier gelegt hätte und dabei hundert Jahre alt geworden wäre, hätte er, der Habenichts, niemals genug Geld für eine Heirat aufbringen können.

Sie bereute ihre Grosszügigkeit und zog es vor, sich von ihm zu lösen. Sie konnte die heimliche Beziehung nicht länger fortsetzen, nicht zuletzt deswegen, weil inzwischen auch Gerüchte kursierten und man ihr vieldeutige Blicke zuwarf. Deswegen zog sie sich zurück und schloss ihre zarten Gefühle in ihrem Herzen ein. Dort konnten sie blühen und Erinnerungen an die wunderbare Zeit spriessen lassen, in der die Liebe ihr Leben gekreuzt hatte, wie ein schöner, unvollendeter Traum. Der Flötist war mit dem Abbruch ihrer Beziehung nicht einverstanden. Mit schönen Worten und leidenschaftlichen Blicken versuchte er, Asîmas Gefühle zurückzugewinnen – nicht ganz erfolglos. Doch selbstverleugnerisch zeigte ihm Asîma die kalte Schulter und bewies, dass nicht nur ihr Körper, sondern auch ihre Standhaftigkeit und Unerbittlichkeit gross waren. Wenn er die Beziehung fortsetzen wolle, dann müsse er sie offiziell heiraten. Eine von ihm vorgeschlagene Heirat ohne Vertrag, die ihn zu nichts verpflichtet hätte, lehnte sie ab. Beharrlich blieb sie dabei, dass die Legitimität der Ehe nicht angetastet werden dürfe – ganz im Gegensatz zur Regierung, die erst ständig behauptete, die Armenfürsorge werde nicht angetastet, und sich dann doch immer wieder daran vergriff, bis sie schliesslich alle ihre früheren diesbezüglichen Behauptungen in den Wind schlug. Asîma beschränkte ihre Beziehung zu dem Flötisten auf das rein Berufliche, die musikalische Zusammenarbeit, da sie ihn wegen des immer noch bestehenden Mangels an Musikern nicht entlassen konnte. Es gelang ihr, dem emotionalen Druck, dem sie der falsche Liebhaber aussetzte, zu widerstehen und sich von ihm zu lösen, obwohl damals zehn der rührseligen Lieder Farîd al-Atraschs nicht ausgereicht hätten, ihren Kummer über ihre jäh beendete Romanze und unglückliche Liebe zum Ausdruck zu bringen. Als der heuchlerische Liebhaber keine friedliche Lösung mehr sah und von ihrem kalten Krieg genug hatte, zeigte er sein hässliches Gesicht und begann, sie auf die übelste Weise blosszustellen. Mit Andeutungen über Einzelheiten ihrer Beziehung beschäftigte er die Phantasie der Öffentlichkeit. Er hoffte, Asîma würde unter diesen Umständen nachgeben oder versuchen, ihn durch Bestechung zum Schweigen zu bringen, um zu retten, was zu retten war.

Asîma aber erschien sein Vorgehen reichlich primitiv. Er war nicht besser als eine Hyäne, ohne Hemmungen, Aas zu zerfleischen. Als solches fühlte sie sich, nachdem er sie so bitter enttäuscht hatte. Ihr glühender Zorn wurde geteilt von dem Musiker, der die erste Rabâba in ihrem Ensemble gespielt hatte. Als guter Freund war er ihr, selbst während ihrer Romanze, immer zur Seite gestanden und bei allen beruflichen und privaten Angelegenheiten zur Hand gegangen. Er war nämlich von ihr überzeugt und hielt sie, nach dem Tode von Muhammad Abdalmuttalib, dem Meister des Mawâl, des volkstümlichen Liebeslieds, für die beste Mawâlinterpretin ihrer Zeit, während er sich selbst, den Abkömmling einer Familie fahrender Musikanten, die sich seit vier Generationen – soweit war ihre Geschichte bekannt – der Volksmusik gewidmet hatte, als begnadeten Rabâbaspieler betrachtete.

Aus dem glühenden Zorn entwickelte sich der Plan, an dem schamlosen Verräter Rache zu nehmen. Gemeinsam beschlossen sie, einen Fachmann für Verstümmelungen, wie sie die Bettler der Hussain-Moschee und sonstwo in Kairo an sich vornehmen liessen, zu beauftragen, den Verflossenen zu kastrieren. Indem sie den Anschein erweckte, ihre Gefühle zu ihm wären neu entbrannt, brachte Asîma ihn eines Abends dazu, mit ihr das Haus des Rabâbaspielers in der Nähe des Friedhofs aufzusuchen. Dort sollte eine Generalprobe aller Mitglieder des Ensembles für das bevorstehende Fest der heiligen Sainab stattfinden. Asîma erprobte ihre Stimme, noch einmal, noch lauter. Einfallsreich improvisierte sie ein neues Lied über den Propheten Muhammad, ursprünglich ein Liebeslied, das Muhammad Abdalwahhâb vor langer Zeit für Faisa Achmad gesungen hatte. Asîma veränderte den Text, so dass daraus ein Loblied auf den Propheten entstand. Die Melodie wurde beibehalten und lediglich an die bei Maulids übliche ekstatische Stimmung angepasst. Die volkstümlichen Schlag- und Saiteninstrumente – traditionellerweise lediglich aus Rabâbas bestehend – untermalten rhythmisch und klangvoll Asîmas heisere Stimme, als sie sang: „Mein Herz neigt sich dir zu."

Nach der Probe verliessen alle Mitglieder der Gruppe das Haus des Rabâbaspielers, ausser Asîma und dem Flötisten. Er sass neben ihr, bereit, ihre Bitte um Vergebung zu erhören und ihr grosszügig zu verzeihen, im Glauben, seine neuerlichen Liebesschwüre hätten endlich ihr Herz erreicht. Es dauerte aber nicht lange, da verfiel er in tiefe Bewusstlosigkeit, denn dem Roséwein, von dem er einige Gläser getrunken hatte, war eine nicht unbeträchtliche Dosis Schlafmittel zugesetzt gewesen. Nachdem man sich von seiner Bewusstlosigkeit überzeugt hatte, wurde er schnell in das grosse Schlafzimmer des Hausherrn gebracht, wo der Kastrationsspezialist, die Begabung seiner mamlukischen Vorväter im Blut, bereits wartete. Als dieser das Glaubensbekenntnis gesprochen hatte, krempelte er die Ärmel hoch und überzeugte sich davon, dass das Schlafmittel noch wirkte und seine chirurgischen Instrumente in dem kleinen Aluminiumtopf mit kochendem Wasser auf der Kochplatte, die gewöhnlich zur Kaffeezubereitung verwendet wurde, desinfiziert sowie genügend Watte, Verbandsmull, Jodtinktur und Sulfonamid vorhanden waren. Dann fasste er in das kochende Wasser und holte, ohne mit der Wimper zu zucken, ein Rasiermesser heraus, ein besonders scharfes, wie es Barbiere verwenden. Damit vollzog er den Schnitt, für den er fünfhundert Pfund – die Hälfte davon im voraus – verlangt hatte. Nachdem der Spezialist die Operation erfolgreich beendet, die Wunde mit Jodtinktur und Sulfonamid versorgt und einen Verband aus Watte und Mull angelegt hatte, brachte man den Flötisten eiligst in seine Wohnung, zu der Asîma aus der Zeit vor ihrer Entzweiung noch immer einen Schlüssel hatte. Dort legte man ihn auf sein Bett, deckte ihn zu und überliess ihn seinem Schicksal, am nächsten Morgen nach langem Schlaf als gutaussehender Eunuch aus seiner Bewusstlosigkeit zu erwachen.

Nachdem man sich an dem falschen Liebhaber gerächt hatte, versuchte der Rabâbaspieler sogleich, dessen Platz einzunehmen, indem er Asîma, obwohl er bereits seit vielen Jahren verheiratet war und Kinder zu versorgen hatte, einen Heiratsantrag machte, den Asîma als Zeichen des Mitleids mit ihr wertete, als Versuch, ihr ihre verletzte Würde wiederzugeben und die Schwätzer zum Schweigen zu bringen. Deshalb dankte sie dem Rabâbaspieler für seinen Edelmut, lehnte aber – aus eher unedlen Motiven – ab. Der Musiker war nämlich auffallend klein, fast nur halb so gross wie sie selbst. Zudem war sie immer noch hoffnungslos in den Flötisten verliebt und wollte lieber mit ihren schönen Erinnerungen an diese Liebe leben, als an einen anderen Mann zu denken oder gar eine Heirat zu planen. Sie erhoffte sich nichts mehr von den Männern und betrachtete ihre Erfahrung als Lektion, durch die sie wieder zu sich finden musste, nachdem sie ihren guten Ruf und ihr Geld aufs Spiel gesetzt hatte, im Glauben, sie könne sich damit Gefühle und Liebe wie irgendeine Ware kaufen.

Das Leben wäre danach für Asîma fast ebenso verlaufen wie in der Zeit, bevor der Flötist aufgetaucht war, hätte sich dieser nicht wiederum für die teuflische Tat, mit der man ihm seinen liebsten Besitz geraubt hatte, rächen wollen. Als er herausgefunden hatte, was mit ihm geschehen war, hielt er es für besser, die Sache zu verschweigen, um sich nicht vor allen Leuten, insbesondere denjenigen, denen er von seinem Verhältnis zu Asîma erzählt hatte, lächerlich zu machen. Er verzichtete auf eine Anzeige bei der Polizei, weil er in seinem Unglück allein gelassen werden wollte und es vorzog, seine Rache unverzüglich selbst in die Hand zu nehmen. Die Mühlen des Staates mahlten langsam. Erst hätte die Polizei getrödelt, dann wäre die Sache vor den Staatsanwalt und vor Gericht gekommen. Auf diese Weise hätte er lange Zeit, vielleicht Jahre, mit seiner Wut und seinem Hass leben müssen. Lieber wollte er sich auf dem Weg der Selbstjustiz sein Recht holen. Er legte sich einen Mehrstufenplan zurecht. Zuerst wollte er sich den Rabâbaspieler vornehmen, den er für den Kopf des Unternehmens hielt. Dann war Asîma an der Reihe. Er würde sich Zeit nehmen und auf kleinem Feuer ein besonderes Gericht für sie garen, um es ihr zur rechten Zeit zu servieren. Als ersten Gang würde er ihr eine Portion Feuerwasser, konzentrierte Schwefelsäure, ins Gesicht schleudern. Mit entstelltem Gesicht konnte sie nicht mehr vor ihr geliebtes Publikum treten. Sie würde so furchterregend aussehen wie der Mann mit dem enthäuteten Bein, mit dem seine Mutter ihm als Kind, wenn er schlafen sollte, immer Angst eingejagt hatte. Ihre Zukunft als Künstlerin wäre ruiniert. Dann wollte er sie schon dazu bringen, sich vor ihm niederzuwerfen und, den Staub in seinen Fussstapfen fressend, auf allen vieren zu ihm hinzukriechen und um Gnade und Vergebung zu betteln.

Der Plan des Flötisten Hussain scheiterte jedoch gleich zu Beginn. Gedungene Mörder überfielen den Rabâbaspieler. Es gelang ihnen aber nicht, ihn zu töten. Schwer verletzt wurde er in die Hussain-Universitätsklinik gebracht und dort von der Polizei und dem Ermittlungsrichter aufgesucht und verhört. Er verriet zwar den Flötisten nicht, identifizierte aber die Verbrecher, die versucht hatten, ihn auf seinem Weg durch den Friedhof zu ermorden, als er von Bab al-Schaarijja zurückkehrte, wo er Asîma besucht hatte, um sie über die Gehälter der neu ins Ensemble aufgenommenen Rabâbaspieler – darunter ein angehender Student am Institut für arabische Musik – zu informieren.

Zu Beginn des Verhörs brachte man die erfolglosen Mörder mit einer kräftigen Ohrfeige zum Sprechen. Daraufhin gestanden sie, sie hätten im Auftrag Hussains, des Flötenspielers, gehandelt. Für den Mord habe er ihnen tausend Pfund geboten, die jeweiligen Anteile sollten sie selbst bestimmen. Hussain wurde vorgeladen und gestand seine Tat, mit der er sich nur für das habe rächen wollen, was man ihm angetan hatte. Die vom Staatsanwalt daraufhin angeordnete ärztliche Untersuchung bestätigte, dass er tatsächlich vor nicht allzu langer Zeit kastriert worden war. Der Verdacht fiel sogleich auf Asîma. Sie versuchte, den Rabâbaspieler aus allem herauszuhalten, und sagte aus, dass er weder direkt noch indirekt etwas mit der Kastration des Flötisten zu tun gehabt hatte. Damit wollte sie die Existenz des Ensembles retten und den Verlust des treuen Sachwalters ihrer Interessen verhindern.

Für ihr Verbrechen, mit dem sie einem Menschen einen schweren, mit Geld nicht wieder gutzumachenden Schaden zugefügt hatte, verurteilte sie das Gericht zu einer Haftstrafe und einer Geldbusse in Höhe von fünfundzwanzigtausend Pfund. Davon zahlte Asîma nicht einen Piaster. Lieber nahm sie eine entsprechend längere Haftstrafe auf sich. Zuvor aber legte sie ihren gesamten Schmuck ab und übergab ihn für die Zeit bis zu ihrer Entlassung dem Rabâbaspieler zu treuen Händen.

Geduldig und zufrieden liess Asîma die Jahre im Gefängnis über sich ergehen. Sie betrachtete ihre Strafe als eine Art Steuer, mit der sie für ihre grosse Liebe, für die sie auch den Tod auf sich genommen hätte, bezahlte. Im Gefängnis lebte sie jeden Augenblick für ihre schönen Erinnerungen an Hussain. Überschwengliche Gefühle erfüllten ihr Herz, wenn sie an diese unverhoffte Liebe ihres Lebens zurückdachte. Ihr einziger Zeitvertreib in den langen Gefängnistagen und -nächten waren die alten Lieder der Umm Kulthum, die den Feuerbrand in ihrem Herzen auflodern liessen. Wenn sie nachts allein war, sang sie sie unermüdlich immer wieder. Diese Lieder waren es auch, die Asîsa Asîmas

Fall noch einmal überdenken liessen. Zuerst hatte sie Asîmas Aussehen gestört und abgestossen. Sie war ihr wie ein nichtmenschliches Wesen, eine Dämonin, erschienen, die plötzlich aus dem Erdboden aufgetaucht war und sich, obwohl in irgendeinem alten Brunnen zuhause, ins Gefängnis verirrt hatte. Aber durch den traurigen, menschlichen Klang ihrer Stimme, wenn sie Umm Kulthums wundervolle Lieder sang, gab sie sich Asîsa zu erkennen, zeigte ihr, dass sie, wie nur ein wahrer Engel, edelmütig und zu tiefen Gefühlen fähig war.

Asîsa beschloss, Asîma in dem goldenen, zum Himmel aufsteigenden Wagen neben Hanna zu setzen, weil Asîma sich Hanna gegenüber besonders grossherzig und mitfühlend gezeigt hatte. Als Hanna einmal zwei Wochen lang krank gewesen war und das Bett hüten musste, hatte Asîma sich wie eine Tochter um sie gekümmert. Sie hatte sie sogar zur Toilette getragen, damit sie ihre Notdurft verrichten konnte, sie gesäubert und gewaschen und wieder zurück in ihr Bett in der Krankenzelle gebracht. Oft versuchte sie lange Zeit geduldig, sie zum Essen zu bewegen, denn weil Hannas künstliches Gebiss sich während der Zeit ihrer Krankheit, in der sie abgemagert war, gelockert hatte, weigerte sie sich, das dunkle Gefängnisbrot zu essen. Asîma feuchtete es an, zerbrach es in kleine Stücke und fütterte sie damit. Dabei sang sie fröhliche Lieder, um sie zum Lächeln zu bringen und aufzuheitern. Dass Asîma eine gute Sängerin war, machte es um so nötiger, sie mitzunehmen. Die Insassinnen des Wagens würden Gesang brauchen, der sie während ihrer langen Himmelsreise aufmunterte. Asîsa bedachte alles genau.

Asîsa genügten wenige Worte, um Asîma ihren geheimen wichtigen Entschluss bei der morgendlichen Wäsche im Bad kundzutun. Asîma wünschte Asîsa freundlich einen guten Morgen. Weil Asîma gerade dabei war, ihr Gesicht einzuseifen, bemerkte sie die schwache Geste nicht, mit der Asîsa ihr antwortete. Sie hörte nur ihre Stimme, die sich mit dem Rauschen des Wassers aus dem Wasserhahn mischte, ohne den Sinn ihrer Worte zu verstehen: „In Ordnung … halte dich bereit.“

Die Kuhgöttin Hathor

Umm al-Chair war die einzige, bei der Asîsa nicht lange zu überlegen brauchte, ob sie sie in ihrem goldenen Wagen zum Himmel mitnehmen sollte oder nicht. Es war Liebe auf den ersten Blick gewesen. Schon bei ihrer ersten Begegnung im Gefängnis hatte Asîsa Vertrauen zu ihr gefasst und sie in ihr Herz geschlossen.

Umm al-Chair hockte damals mit blossen Armen auf dem Boden und bröckelte Brot in einen blauen Blechteller mit aufgelöstem Milchpulver. Damit fütterte sie die Gefängniskatze, die gerade nach einer anstrengenden, die ganze Nacht dauernden Geburt vier Junge zur Welt gebracht hatte. Zwei der noch blinden Kätzchen waren dunkelgrau und schwarz gestreift wie ihr Vater, während die Mutter ein aprikosenfarbenes Fell hatte und daher von den Gefangenen liebevoll Aprikose gerufen wurde.

Asîsa stand in dem langen Gefängniskorridor, an dem, neben allen anderen Zellen, auch diejenige der alten Gefängnisinsassinnen lag. Den Ellbogen auf das Sims des Korridorfensters der Zelle gestützt, rief sie lächelnd zu Umm al-Chair hinein: „Gott schenke dir Gesundheit!“ und zu Aprikose gewandt, die gierig ihren Teller ableckte, fügte sie hinzu: „Gott sei Dank, du hast es hinter dir, kleine Aprikose. Mögen sie so gross und stark werden wie du.“

Als Umm al-Chair den Mund öffnete, sah man ihre Zähne, die für eine Bäuerin von fünfundsechzig in auffallend gutem Zustand waren. „Bei Gott, meine Liebe“, sagte sie, als spräche sie von einer Frau, die gerade eine schwere Entbindung überstanden hat, „die ganze Nacht habe ich kein Auge zugetan. Als ich sie so leiden sah, hatte ich das Gefühl, mir selbst würde man mit einem Messer im Bauch herumschneiden. Immer wieder hab ich gebetet: ‚Gott mach, dass alles gut geht.' Und wirklich hatte Gott Erbarmen mit ihr. Als die Morgensonne sein Lob verkündete, war das erste Kätzchen da." Sie lud Asîsa zu einer Tasse Tee in ihre Zelle ein. Das Angebot war verlockend, weil sie in den Tee ein wenig von der Trockenmilch tat, von der ihr zweitältester Sohn, der die Vorliebe seiner Mutter für Tee mit Milch kannte, bei seinem Besuch einige Tage zuvor eine ganze Dose mitgebracht hatte. Milch entgiftet den Tee, hatte sie immer gesagt, wenn sie ihn oder seine Geschwister Schwarztee trinken sah.

Asîsa trat ein und liess sich neben Umm al-Chair nieder, um Milchtee mit ihr zu trinken und sie in ihr Herz zu schliessen, womit ihr ein Platz im goldenen Wagen zum Himmel so gut wie sicher war. Aufmerksam und interessiert hörte Asîsa Umm al-Chair zu, obwohl sie so langatmig erzählte wie alle Bäuerinnen, sich dabei oft wiederholte, abschweifte oder übertrieb. Asîsa, im Gefängnis oft mürrisch, zeigte sich Umm al-Chair gegenüber freundlich und geduldig. Sie verachtete sie nicht, obwohl sie, wie alle alteingesessenen Städter, die Landbevölkerung ansonsten für unzivilisiert, roh und schmutzig hielt, unerträglich stinkend wie Sabîcha, die Butter- und Käseverkäuferin, die früher immer vom Dorf gekommen und über Nacht geblieben war, um Butter zu Kochfett zu verarbeiten. Davon hatte ihre Mutter jedes Jahr einen Zentner in einem riesigen Tontopf eingelagert, der später mit dem gesamten Hausrat dem Brand zum Opfer gefallen war. Für Asîsa roch Umm al-Chair irgendwie besonders, nicht wie die anderen Bäuerinnen, nicht nach Mist oder wie Sabîchas Haare, die einen ranzigen Geruch verströmten, weil Sabîcha sie nach dem Abwiegen der Butter mit ihren fettigen Fingern glattstrich.

Beim Nachdenken über diesen Geruch, durch den sich Umm al-Chair von allen anderen Frauen im Gefängnis unterschied, war Asîsa einmal daraufgekommen, dass er sie an Säuglinge erinnerte. Es war der Geruch nach Milch, nach Unschuld, Zartheit und Schwäche. Vielleicht erklärte dies, warum sie diesen Geruch, der sie ebenso verzauberte wie der geheimnisvolle Duft der Parfums, die ihr in den schönen Zeiten ihr Stiefvater hin und wieder geschenkt hatte, so sehr liebte. Asîsa selbst hatte diesen Babygeruch nie kennengelernt, weil sie nie Mutter war. Erst im Gefängnis erlebte sie die Freuden der Mutterschaft, sah die Mütter, die sich nach ihren Kleinen sehnten, und beobachtete die stillenden Mütter mit ihren armen Würmchen, die das Schicksal dazu verdammt hatte, bis zu ihrer Entwöhnung hinter diesen hohen Mauern an den Brüsten ihrer Mütter zu saugen.

Vielleicht besteht einer der ganz wenigen Vorzüge von Gefängnissen darin, dass sie zum Nachdenken zwingen und die Möglichkeit geben, Aspekte des Lebens zu entdecken, die sich nur dem offenbaren, der gezwungenermassen einsam und handlungsunfähig ist, ausgeschlossen von allem Leben ausserhalb des Gefängnisses.

Asîsa hegte so grosse Sympathie für Umm al-Chair, dass sie beschlossen hatte, sie in der Kutsche vorn direkt neben sich sitzen zu lassen. Gefasst hatte sie diesen Entschluss, den man vielleicht als emotional bezeichnen konnte, als sie miterlebte, wie sich die Bäuerin der jungen Aida annahm. Asîsa sass in ihrer Zelle, schlürfte Wasser – für sie war es Wein – und rauchte, während sie Umm al-Chair ihre Entscheidung mitteilte. Für die Bäuerin hatte sie ein zweites Glas hingestellt, damit sie zusammen auf die Himmelsreise und den Vorzugsplatz im goldenen Wagen trinken konnten.

Umm al-Chair konnte allerdings weder ihr Glas erheben noch Asîsas wichtigen Beschluss vernehmen, weil sie in ihrer Gemeinschaftszelle, die rechts an Asîsas Zelle grenzte, in diesem Moment die Tochter von Halîma, der Gefängnisaufseherin, zum Schlafen brachte. Es kam oft vor, dass das Kind über Nacht bei Umm al-Chair blieb, weil seine Mutter sich die Mühe ersparen wollte, es jeden Morgen zurechtzumachen, um es ins Gefängnis mitzunehmen; für die Fahrt dorthin in den frühmorgens immer zum Bersten vollgestopften öffentlichen Verkehrsmitteln brauchte sie mindestens eine Stunde. Umm al-Chair hielt das Kind auf dem Schoss und liess es an ihrer grossen milchfarbenen Brust saugen, die jedoch – wie dies bei einer Frau über fünfundsechzig normal ist – ausgetrocknet war und keinen Tropfen Milch enthielt. Statt mit der Milch seiner Mutter oder ihrer eigenen beruhigte Umm al-Chair den noch kein Jahr alten Säugling mit ihrer übergrossen Zärtlichkeit und mit tief in ihrem Gedächtnis verankerten Bauernliedern. Man konnte sich unschwer vorstellen, wie hingebungsvoll sie sich um ihre zehn Kinder und vierzig Enkelkinder, die sie mit ihren jeweiligen Müttern zusammen grosszog, gekümmert hatte. Zehn Kinder, das war alles, was ihr von fünfzehn Schwangerschaften geblieben war. Sechs Monate nachdem das rote Mal der Geschlechtsreife angezeigt hatte, dass ihre weiblichen Organe bereit waren, die mit Schwangerschaft und Geburt verbundenen Aufgaben zu übernehmen, hatte sie geheiratet und war Jahr für Jahr schwanger geworden.

Umm al-Chair hörte Asîsas geheimen Beschluss, sie zum Himmel mitzunehmen, nicht. Statt dessen dachte sie äusserst zufrieden und glücklich an ihre Nachkommenschaft. Ihr ältester Sohn legte unermüdlich einen Groschen auf den anderen, um von Zeit zu Zeit seinen Grundbesitz um ein weiteres Stück zu vergrössern. Der Jüngste lernte fleissig, um einen Studienplatz zu bekommen. Ein Sohn war bei der Armee. Die Mädchen hatte sie alle mit tüchtigen und anständigen Männern verheiratet, und es gab keine, die sie, wenn sie zornig auf ihren Ehemann zu ihr gekommen war, nicht dazu gebracht hätte, freiwillig und gern zu ihm zurückzukehren. Als sie aber an ihren vierten Sohn dachte und sich vorstellte, er könnte jetzt statt ihrer an einem so hässlichen Ort wie diesem sein und wie sie auf einer alten Schaumgummimatratze liegen, auf der schon Dutzende von Schicksalsgenossinnen vor ihr gelegen hatten, schlug ihr Herz rascher und das Blut stieg ihr in den Kopf, bis ihr schwindlig wurde. Und als sie sich ausmalte, wie er den Gefängnisfrass hinunterwürgte, immer nur diese deprimierenden schwarzen Eisenstangen vor Augen, sprach sie hastig ein Stossgebet.

Mit bebender Stimme begann sie, dem Säugling, der sich in ihren Schoss kuschelte, ein Lied zu singen. Damit dankte sie gleichzeitig Gott, dass sie ihrem Sohn, ihrem Augenlicht, ihrem Leben, fünfundzwanzig Jahre Gefängnis – die Höchststrafe für Rauschgifthandel, zu der sie verurteilt worden war – hatte ersparen können. Als die Polizei bei der Durchsuchung ihres Hauses das Rauschgift in dem Korb gefunden hatte, in dem sie Reis aufbewahrte, war sie sofort zur Stelle gewesen, hatte alles auf sich genommen und jegliche Mitschuld ihres Sohnes bestritten.

Als sie sich an die Rettung ihres teuren Sohnes erinnerte, fühlte sie sich plötzlich so glücklich, dass sie die kleine Tochter der Gefängniswärterin hochhob und überschwenglich küsste. Dann warf sie sie in die Luft und fing sie wieder auf. Vor Freude über dieses akrobatische Kunststück jauchzte das Kind und riss den Mund weit auf zu einem etwas missglückten Lächeln. Doch schon hörte Umm al-Chair auf, mit dem Kind zu schäkern und mit ihrer lauten Stimme, die bei jeder Dorfhochzeit Jubeltriller ausgestossen und Lieder zum Besten gegeben hatte, zu singen, weil Lola, die Friseuse, sich über das Getue beschwerte, das Umm al-Chair mit dem Kind der Gefängniswärterin veranstaltete. Lola war gerade dabei, sich selbst die Karten zu legen, nachdem Umm Abdalasîs, der man hellseherische Kräfte nachsagte, sich geweigert hatte, ihr aus der Hand zu lesen, weil sie lieber schlafen wollte.

Asîsa blieb die ganze Nacht wach und dachte über Umm al-Chair, die Bäuerin, nach, die sich trotz der Kinder, die sie Jahr für Jahr zur Welt gebracht hatte, einer erstaunlichen Vitalität und Gesundheit erfreute. Als einzige unter den Gefängnisinsassinnen litt sie nicht an hohem Blutdruck. Auch war ihr Herz vollkommen gesund, wie ihr der Gefängnisarzt bei der Untersuchung bestätigt hatte. Ihre Augen waren so scharf, dass sie einen winzigen Glassplitter mit einer Pinzette aus Asîsas Fingerkuppe entfernen konnte, als einmal das Fensterglas im Arztzimmer zerbrochen war und Asîsa ihre Hand gedankenlos auf das breite Sims legte, das nach Entfernung der grösseren Scherben immer noch mit winzigen, kaum sichtbaren Splittern übersät war. Am meisten bewunderte Asîsa Umm al-Chairs grosse moralische Kraft, ihre Ausgeglichenheit und Gelassenheit. Sie war fast die einzige Gefangene, die Asîsa während ihrer langen Haftzeit weder rauchen noch übermässig viel Tee trinken sah. Und wenn sie einmal Tee trank, dann nur mit Milch.

Während Asîsa nachdenklich dasass, fiel ihr Blick auf jenes seltsame Gesicht, das sie in einer langen Nacht der Langeweile mit einem rostigen Nagel, den sie auf dem Gefängnishof gefunden hatte, in die schmutziggraue, seit vielen Jahren nicht mehr getünchte Wand ihrer Einzelzelle geritzt hatte. Das Gesicht war ihr unbekannt. Warum hatte sie ihm bloss diese rätselhaften Züge verliehen, die sie an niemanden erinnerten? Aber gerade in diesem Moment fiel ihr ein lange zurückliegendes Erlebnis ein. Das passierte häufig, dass sie sich plötzlich an etwas erinnerte, wie ein Sterbender, der sich an seine verblassten Erinnerungen klammert, um sein Leben festzuhalten. Vielleicht war das bei allen so, die aus ihrer Welt verbannt hinter hohen Mauern eingeschlossen leben, unfähig, ihre Gedanken in Taten umzusetzen, um so neue Erinnerungen anzusammeln.

Asîsa dachte an einen Ausflug nach Kairo, den sie als Kind mit ihrem Stiefvater und Geliebten unternahm. Gemeinsam besichtigten sie alle Sehenswürdigkeiten der Stadt. Sie besuchten Altkairo, wo Amr, der Eroberer, sein Feldlager aufgeschlagen hatte, mit der Hängenden Kirche und der Synagoge, Zeugen der Kapitulation der Festung und der

Eroberung der Stadt, die lange schon Tribut geleistet hatte. Im Badeort Helwân sahen sie den japanischen Garten mit den vierzig Statuen. Danach besuchten sie die Parks in Kairo, die inzwischen dem Grossstadtverkehr, der Gleichgültigkeit und der unseligen Tendenz zum Opfer gefallen waren, alles zu vernichten, was grün, schön und natürlich ist. Sie schlenderten durch den Andalusischen Garten und den Fischgarten mit der wunderschönen schattigen Grotte, wo der Geliebte sie so unvergesslich süss und leidenschaftlich küsste. Sie besuchten den Esbekîja-Garten und den Zoo, in dem sie die ersten Zebras ihres Lebens und prachtvolle Pfauen sah. Damals wünschte sie sich, einen solchen Pfau zu besitzen, mit den Jahren aber wurde ihr klar, dass sie selbst nichts anderes war. Asîsa erinnerte sich an den Besuch der Pyramiden, der ehrfurchtgebietenden Sphinx und des Ägyptischen Museums, das einen unauslöschlichen Eindruck hinterliess. Nun sass sie da und versuchte, die vergangenen Szenen, in denen er vorkam, festzuhalten und die vielen miteinander verschlungenen Fäden tief unten im Sack ihrer Erinnerungen zu entwirren.

Im Geiste spazierten sie und der Geliebte wieder Hand in Hand wie ein Paar, das sich offen zu seiner Liebe bekennt, die es so lange im geheimen gepflegt hatte, bis sie reif geworden war und ihren verräterischen Duft verströmt hatte. Da war sie wieder, diese Statue. Nie ganz vergessen, war sie doch mit der Zeit in eine tiefere Schicht ihres Gedächtnisses gesunken, aus der sie sich jetzt mit Macht erhob, um wie damals vor ihr zu stehen. Eine riesige Frau mit einem massigen fruchtbaren Körper, dem Kopf einer Kuh und einem gütigen, sanften Gesicht. An der Hand ein kleines Kind. Als

Asîsa ihren Geliebten und Liebhaber damals über diese Statue befragte, zog er sie ein wenig näher zu sich heran und sagte: „Das ist Hathor, die Göttin der Fruchtbarkeit und der Schönheit. Man hat sie lange Zeit verehrt. Sie beugt sich gerade über den Kindgott Horus." Ihre Wandzeichnung betrachtend, die sie an die antike Statue erinnerte, erzählte Asîsa der nur in ihrer Einbildung neben ihr sitzenden Umm al-Chair, wie der Anblick sie damals betroffen gemacht und ein undefinierbares, unbekanntes Gefühl in ihr ausgelöst hatte, während sie sich an die Brust gefasst und die Bedeutung des für sie neuen Wortes „Fruchtbarkeit" zu ergründen gesucht hatte.

Asîsa war nie in den Sinn gekommen, sie könnte eines Tages wie diese gütige Kuhfrau sein, die sich liebevoll über Kinder beugte. Sie hatte immer gespürt, dass sie zu etwas anderem bestimmt war. Die Zeit gab ihr recht. Damals, als sie beschloss, nicht wie diese Kuhfrau – die Statue vor ihr – zu werden, schien ihr Schicksal besiegelt worden zu sein. Und nun stellte sie fest, dass die Zeichnung, die sie in die Wand geritzt hatte, sie an diese Statue erinnerte. Das war sie, Umm al-Chair mit ihrer grenzenlosen Mütterlichkeit, mit der sie alle, auch Asîsa, umsorgte. Alle Frauen im Gefängnis, mit denen sie zusammenkam, nannte sie ihre Töchter, selbst wenn sie älter waren als sie. Ihre mütterliche Fürsorge erstreckte sich sogar auf die verwöhnte Gefängniskatze, was bewies, dass es sich um die absolute und vollkommene Ausgestaltung dieser Eigenschaft handelte, die Asîsa niemals an sich verspürt und erlebt hatte, nachdem ihr schon als Kind klar geworden war, dass sie nicht für die Fruchtbarkeit, sondern einzig und allein für die Liebe geschaffen war.

Dieser Aufgabe widmete sie sich bis zum Mord und zum Wahnsinn.

Erst Umm al-Chairs grenzenlose Mütterlichkeit gab Asîsa eine Vorstellung von der Bedeutung dieses Wortes, das bis dahin nicht zu ihrem Vokabular gehört hatte. Ihre eigene Mutter verkörperte für sie etwas anderes. Asîsa sah in ihr eher etwas wie eine grosse Schwester oder eine erfahrenere, weil ältere Freundin. Ihre Beziehung war einzigartig. Irgend etwas hatten sie gemeinsam, das sie gleichberechtigt machte. Im Gefängnis erkannte Asîsa, worin diese Gemeinsamkeit bestanden hatte. Einträchtig liebten sie beide ein und denselben Mann, der ihnen gleich viel gab: Geschenke, schöne Kleider, Einladungen in die besten und vornehmsten Lokale Alexandrias – damals noch eine echte Weltstadt, die Menschen aus aller Herren Länder anzog und einen internationalen Geldadel beherbergte – und seinen Körper, mit dem er stets grosszügig war. Asîsa hatte in ihr nie die Mutter gesehen, weil sie nicht mehr und nicht weniger nahm und gab als sie selbst. Niemals musste ihre Mutter auf etwas Schönes verzichten, das sie bekam. Die Mutter ihrerseits machte ihr Glück und ihren Seelenfrieden nie von Asîsa abhängig. Sie betrachtete sie nicht als Trost oder Entschädigung für ihr fehlendes Augenlicht.

Diese Frau aber, die Asîsa in ihrer müden, von langen Jahren der Einsamkeit und Verzweiflung mitgenommenen Phantasie vor sich sitzen sah, war die wahre Muttergöttin, die personifizierte Mütterlichkeit. Ohne zu fragen, betrachtete sie jede sofort als ihr Kind und nahm sie unter ihre Fittiche. Durch die aufsteigenden Rauchkringel hindurch nahm Umm al-Chair für Asîsa die Gestalt der riesigen antiken Statue der göttlichen Kuhfrau an, deren Name Asîsa in diesem Moment nicht einfallen wollte, so sehr sie auch grübelte und das fadenscheinige tränennasse Netz ihrer Erinnerungen auswrang, in dem die wenigen Glücksmomente funkelten wie alter Wein. Die Frau aus Fleisch und Blut unterschied sich von der Statue nur durch die Milch, die aus ihren Brustwarzen quoll und an ihr hinunterlief, bis sie als dünnes Rinnsal von ihren Füssen auf den Boden floss. Asîsa sah, wie es sich zu einem Bächlein verbreitete, schliesslich die Zellentür erreichte und seinen Weg über den Steinboden des langen Gefängnisganges nahm. Gierig kniete sie nieder, um die Milch aufzulecken. Sie erschien ihr funkelnder als jeder Wein, der sie in ihrem früheren Leben trunken gemacht hatte, und weckte ihr Verlangen wie nichts anderes je zuvor. Da ihre Zunge aber nur die alten Fliesen der Zelle schmeckte, die wegen ihrer starken Beanspruchung rauh und brüchig waren, vergoss sie heisse Tränen und hob ihren Kopf erst wieder, als sie der ganzen in ihrem Inneren aufgestauten Traurigkeit und Verzweiflung freien Lauf gelassen hatte.

Seit dieser Nacht, in der Asîsa so traurig war wie sonst eigentlich nur noch selten, weil sie sich an die langen Gefängnisnächte gewöhnt hatte, war sie fest davon überzeugt, dass Umm al-Chair nur eine seit alters verehrte Göttin sein konnte, die aus dem siebten Himmel ins Frauengefängnis herabgestiegen war, um die verlorenen, eingesperrten und einsam dahinschmachtenden Seelen zu retten und ihnen mit ihrer grenzenlosen Güte und ihrem tiefen Mitgefühl Mut zu machen. Einen Beweis für diese wohltuende Vorstellung sah Asîsa in der ihr übernatürlich erscheinenden

Beziehung zwischen der Gefängniskatze und Umm al-Chair, einer Beziehung, wie sie nur eine Göttin zu einem stummen Tier haben konnte. Tagsüber schlief die Katze meist mit der Schnauze auf dem Gesicht Umm al-Chairs, die sie nicht verscheuchte. Oft hörte Asîsa Umm al-Chair die Katze trösten, wenn Kater wieder einmal ihre Jungen aufgefressen hatten, während sie nachts durch die Zellen gestreift war, immer auf der Suche nach Nahrung, die in ihren Zitzen die Milch für ihre Kinder entstehen liess.

Da sie ihre Gefühle ihren Lieben nicht entgegenbringen konnten, verwöhnten die meisten Gefängnisinsassinnen die Katze, die ihre Zärtlichkeiten erwiderte, indem sie sich an ihren Beinen rieb und leise schnurrte, vor allem dann, wenn sie ihr Überreste ihres armseligen Essens zuwarfen oder sie liebevoll am Rücken kraulten. Asîsa beobachtete aber, dass die Katze Umm al-Chair besondere Liebe entgegenbrachte, und es wurde ihr klar, dass dies eine geheimnisvolle Liebe war, die nur einer Göttin zuteil wird. Die aprikosenfarbene Katze mit den dunklen Augen und dem Schwanz, der seit einem nächtelangen Kampf mit einer alten zanksüchtigen Rivalin nur noch dünn behaart war, liebte es, jede Nacht zu Umm al-Chairs Füssen zu schlafen. Sie bewachte sie, wenn sie schlief, und beschützte sie wie ein Schutzengel vor jeder Gefahr. Einmal erbeutete sie eine Maus, die sich in jene Schachtel geschlichen hatte, in der Umm al-Chair ihre ganzen Habseligkeiten aufbewahrte. Ein anderes Mal zog sie eine grosse giftige Spinne aus ihrer Plastiksandale – einem Produkt unserer nationalen Industrie, mit dem man in den sechziger Jahren die siebentausendjährige Kultur der Barfüssigkeit abschaffen wollte –, gerade noch rechtzeitig, bevor Umm al-Chair ihren von der vielen Feldarbeit rissigen Fuss hineinsteckte.

Neben dieser besonderen Beziehung zu einer Katze gab es noch anderes Aussergewöhnliches, durch das sich diese göttliche Bäuerin von allen sonstigen Asîsa bekannten Menschen unterschied. Auffällig war auch ihre Geduld, wie sie ausser ihr höchstens ein uralter Kaktus aufbrachte. Diese Geduld bewies sie gegenüber Aida, der unglücklichen jungen Oberägypterin, die – wie sich im Gefängnis herumgesprochen hatte – an einer seltenen Krankheit litt, die ihr bisweilen für Stunden, manchmal auch Tage, das Gedächtnis und die Orientierung raubte. Dann wusste sie nicht einmal mehr ihren eigenen Namen und erkannte ihre Umgebung nicht mehr. Gegenstände und deren Verwendungszweck waren ihr auf einmal unbekannt. Das schaffte ihr oft Probleme und trug ihr den Spott ihrer Mitgefangenen ein, die das sehr komisch fanden, vor allem, wenn sie merkwürdige und abstruse Dinge tat. Einmal legte sie sich zum Schlafen statt eines Kissens eine kleine Plastikschale unter den Kopf. Ein andermal bot sie Machrûsa, der Gefängniswärterin, die sich zu ihr aufs Bett gesetzt hatte, Tee an, in den sie statt Zucker zwei Löffel schwarzen Pfeffer gegeben hatte. Hätte Machrûsa nicht ein weiches Herz gehabt und gewusst, dass Aida ihr keinen Streich spielen oder sich über sie lustig machen wollte, sondern wirklich krank war, hätte sie ihr sicher, wie jede andere Gefängniswärterin auch, eine kräftige Ohrfeige verabreicht.

Umm al-Chairs Geduld und Langmut wurden Asîsa an jenem Tag bewusst, an dem sie sich bei ihr nach Aidas Geschichte erkundigte und von dem unvorstellbaren Leid erfuhr, das dem armen Mädchen widerfahren war. Dadurch war sie, obwohl sie nahe Verwandte hatte, Waise geworden, hatte alles verloren und erhoffte nichts mehr vom Leben. Damals erwähnte Umm al-Chair das Sprichwort: „Wenn die Flut kommt, dann stell dich auf die Schultern deiner Kinder." Als Asîsa, die bereits überlegte, ob sie Aida in den goldenen Wagen aufnehmen sollte, wissen wollte, was sie damit meine und inwiefern das Sprichwort auf Aida zutreffe, seufzte die erfahrene Bäuerin und liess Asîsa erst zweimal den Segenswunsch auf den Propheten – „Gott segne ihn und schenke ihm Heil" – aussprechen, bevor sie folgende Geschichte erzählte:

Es war einmal ein Kaninchenvater, der lebte zusammen mit seinen Kindern in seinem Bau unter einem alten Baum am Rande eines Feldes. Einmal nun bat er eines der Kinder, hinauszugehen und nachzusehen, ob der Weg frei war und auf dem Feld kein Mensch arbeitete. Wenn dies der Fall sei, sollte es schnell zurückkehren und Bescheid sagen. Dann würde er die Jungen auf das Feld führen, damit sie sich dort in Sicherheit und ohne Angst vor den Menschen satt essen und unbeschwert miteinander spielen könnten. Das kleine Kaninchen hoppelte hinaus und suchte mit den Augen das Feld ab: Es erblickte kein lebendes Wesen ausser einem alten Fuchs, der auf Beutesuche war. Da dachte das Kaninchen: Am besten frage ich ihn, ob er jemanden auf dem Feld oder in der Umgebung gesehen hat. Dann kann ich ganz sicher sein, dass kein Mensch in der Nähe ist, und zu meinem Vater zurückkehren. Das Kaninchen lief zu dem Fuchs und wünschte ihm einen guten Morgen. Es erzählte ihm, warum es aus seinem Bau gekommen war, und fragte ihn nach Menschen.

Da der Fuchs sehr hungrig war, hätte er es gern gleich gefressen. Er beherrschte sich aber noch rechtzeitig, weil ihm der Gedanke kam, das Kaninchen könnte einen Bau in der Nähe des Feldes haben, in dem noch weitere Kaninchen lebten. Wenn er herausfände, wo der Bau lag, könnte er sich jede Nacht hineinschleichen und eines zum Abendessen holen. Dann bräuchte er nicht mehr mühsam nach Beute zu suchen.

Nein, seit dem Morgengrauen habe er keinen Menschen gesehen, teilte er dem kleinen Kaninchen listig mit. Er fürchte aber, es könnte auf dem Rückweg zu seinem Vater von einem Menschen gesehen werden, der ihm etwas antun, es vielleicht sogar töten würde, worüber sein Vater bestimmt sehr traurig und unglücklich wäre. Um unbesorgt sein zu können, wolle er es lieber zu seinem Bau begleiten.

So lief der Fuchs also neben dem darüber höchst erfreuten Kaninchen her und erzählte ihm unterwegs das Märchen von der leichtgläubigen schwarzen Ente. Diese lebte zusammen mit Gänsen, Hennen und Hähnen auf einem Bauernhof. Beim Anblick der weissen Gänse, der roten Hennen und der farbenprächtigen Hähne ärgerte sie sich jedesmal darüber, dass sie selbst kohlschwarz war. Sie glaubte sich vom Leben um das Glück der Farbigkeit betrogen. Dann gab es da noch einen Hofhund. Seine Aufgabe war es, das Federvieh, wenn es die Umfriedung des Hühnerhofes verliess, zurückzuscheuchen und die Gänse beim Schwimmen zu bewachen. Eines Tages wurde er auf die Ente aufmerksam und fragte sie, warum sie so unglücklich und niedergeschlagen sei. Als sie ihm ihr Leid geklagt hatte, riet er ihr, sich in die Vorratskammer im Haus zu schleichen und sich dort im Mehlkorb mit Mehl zu bestäuben. Dadurch würde sie weiss wie Milch. Glücklich kehrte die Ente auf den Hof zurück.

Am nächsten Tag stahl sie sich in die Vorratskammer und wälzte sich im Mehlkorb. Mit Hilfe ihrer Flügel bewarf sie ihren Körper so lange mit dem Mehl, bis sie völlig erschöpft war. Dann lief sie zum Hühnerhof zurück. Als später die Bäuerin den Gänsen das Tor öffnete, damit sie zum nahen Bach laufen konnten, watschelte die Ente schnell hinter den Gänsen her, um gleichfalls ein erfrischendes und reinigendes Bad in dem kühlen Wasser zu nehmen. Beim Bach angekommen, in dem bereits die weissen Gänse schwammen, erblickte sie ihr Spiegelbild. Stolz reckte sie ihren Hals, weil sie jetzt, da ihre schwarzen Federn unter dem Mehl verschwunden waren, so schön weiss wie eine Gans war. Dann warf sie sich ins Wasser. Gleich war das Mehl abgewaschen, und die Wahrheit ihrer schwarzen Federn kam wieder zum Vorschein. Als die Ente das bemerkte, stieg sie traurig aus dem Fluss und kehrte hängenden Hauptes auf den Hof zurück, wo die Bäuerin sie schon zornig mit dem Messer in der Hand erwartete. Inzwischen hatte diese nämlich herausgefunden, dass die Ente im Mehlkorb gewesen war und den ganzen Vorrat durch die Befriedigung eines natürlichen Bedürfnisses verdorben hatte. Daraufhin hatte sie geschworen, sie zu schlachten und zum Abendessen zu verzehren.

Als die beiden nun beim Kaninchenbau unter dem Baum angekommen waren, verabschiedete sich das kleine Kaninchen und schlüpfte in den Bau. Der Fuchs versteckte sich in der Nähe, um den Eingang zu beobachten. Unterdessen erzählte das kleine Kaninchen seinem Vater von der Begegnung mit dem Fuchs. Der Vater, dem sofort klar war, was das bedeutete, wurde sehr traurig. Sie befanden sich jetzt in grosser Gefahr. Der Fuchs würde den Kaninchen nachstellen und dazu den Bau belagern. Er überlegte und überlegte. Traurig blickte er schliesslich auf seinen Sohn und sagte: „Geh noch einmal hinaus. Der Fuchs wartet draussen auf dich. Sobald du ihn siehst, sag ihm, du hättest deinen Vater und deine Geschwister nicht im Bau vorgefunden. Vielleicht seien sie ja in ihrem anderen Bau am gegenüberliegenden Feldrand. Bitte ihn, dich auch dorthin zu begleiten. Sobald ihr angekommen seid, lass ihn allein und komm schnell zurück. Wir warten hier auf dich."

Als das kleine Kaninchen hinauslief und der Fuchs sich sogleich zu ihm gesellte, um es zu dem anderen weit entfernten Bau zu begleiten, war dem Vater klar, dass es verloren war. Es würde den Bau niemals finden. Irgendwann würde der Fuchs den Betrug bemerken, wütend werden und das Kaninchen auffressen. Sobald der Fuchs und sein Sohn aus seinem Blickfeld verschwunden waren, sammelte der Kaninchenvater schnell seine anderen Kinder um sich und verliess mit ihnen den Bau, um künftig an einem Ort zu leben, wo sie vor dem Fuchs sicher waren. Dafür opferte er das kleine Kaninchen und dachte dabei: Wenn die Flut kommt, dann stell dich auf die Schultern deiner Kinder.

„Genauso ist es der armen Aida ergangen", sagte Umm al-Chair zu Asîsa. „Erblicke die Weisheit unseres Herrn in seiner Schöpfung. Was in der Welt der Tiere passiert, kann sich auch in der Welt der Menschen ereignen." Und sie erzählte Asîsa, was sie mit Aida erlebt hatte.

Einmal sonnte sie sich, den Rücken an die Zellensüdwand gelehnt, und jonglierte mit kleinen Ziegelstückchen, nachdem sie bis zum Überdruss Dame gespielt hatte. Aprikose hatte es sich auf dem Teil der al-Ahrâm-Wochenendbeilage bequem gemacht, auf dem die Damenmode des kommenden Winters vorgestellt wurde, und verfolgte mit ihrem Blick ein Ziegelstückchen, das Umm al-Chair in die Luft geworfen hatte, um, noch bevor es zu Boden fiel, schnell ein anderes aufzuheben. In diesem Moment hörte Umm al-Chair klägliche Laute, die an das Winseln einer werfenden Hündin erinnerten. Obwohl sie wusste, dass es im Gefängnis keine Hunde gab, weil diese nicht wie Katzen über hohe Mauern springen oder sich am Wachpersonal vorbei durch das grosse Haupttor schleichen konnten, stand sie auf, um nachzusehen. Sie war erst wenige Schritte gegangen, als sie Aida mit schreckgeweiteten Augen winselnd vor einer Schüssel mit Wäsche sitzen sah. Von der schmutziggrauen Gefängnisseife hatte sie ein Stück abgebissen und kaute nun darauf herum, mit der wilden Entschlossenheit einer Hündin, die im Begriff ist, mindestens sieben Welpen zur Welt zu bringen.

Sie sei auf Aida zugestürzt, berichtete Umm al-Chair, um zu verhindern, dass sie die Seife hinunterschluckte. Mit ihren kräftigen Händen, die oft mit der Hacke den Ackerboden bearbeitet hatten, drückte sie so lange auf die mageren Wangen, bis Aida die Seife restlos ausgespuckt hatte. Als sie sicher war, dass Aida nur noch ihre wenigen vereinzelten Zähne im Mund hatte und die kleine Zunge, die beim Reden immer ins Stottern kam, lockerte sie ihren Griff und beschwor die junge Frau liebevoll, den Kummer, den sie in sich hineingefressen hatte, laut hinauszuschreien. Tatsächlich stiess Aida daraufhin einen langgezogenen Schrei aus, der ihren ganzen Seelenschmerz zum Ausdruck brachte. Man hätte sie für eine Opernsängerin halten können. Dann sackte sie ohnmächtig zusammen.

An diesem Tag verlegte man Aida vorübergehend auf die Krankenstation, die wie ein Gefängnishospital zwischen den Zellen lag. Am Abend war sie immer noch verwirrt und konnte sich an nichts erinnern. Sie hatte kaum etwas gegessen. Umm al-Chair war die ganze Zeit über bei ihr geblieben, hatte ihr zur Erfrischung Zitronenlimonade gebracht und ihre blau angelaufenen Hand- und Fussflächen massiert. Dabei hatte sie immer wieder auf sie eingeredet, sie solle doch den Mund auftun und sich ihren Kummer vom Herzen reden. Wenn sie weiter schweige, werde sie bestimmt noch verrückt werden. Sie solle Vertrauen zu ihr haben und in ihr ihre Mutter sehen. Schliesslich sei Mutterliebe durch nichts zu ersetzen. Bei diesen Worten brach Aida in ein hysterisches Weinen aus, das jeden Weinkrampf Amîna Risks, der Königin der Tränen im ägyptischen Film, in den Schatten gestellt hätte. Umm al-Chair hatte ihren wunden Punkt getroffen. Als wäre sie ihre leibliche Tochter, warf sich Aida Umm al-Chair an die Brust und schrie theatralisch, sie habe keine Mutter mehr, ja, sie habe niemals eine Mutter gehabt. Da konnte auch Umm al-Chair sich nicht länger beherrschen und fing ebenfalls zu schluchzen an.

Im Gefängnis war allgemein bekannt, dass Aida wegen Mordes an ihrem Mann zu lebenslanger Haft und Zwangsarbeit verurteilt worden war. Aber erst als Umm al-Chair alles erfahren hatte, wurden Einzelheiten bekannt, denn von da an erzählte Aida, um sich davon zu befreien, ihre Geschichte ohne Hemmungen oder Scheu jeder Gefangenen.

Ihre inneren Qualen hatten ja bereits ihre Gesichtszüge verändert, die ein lebendiger Beweis für die begeisterte Aufnahme von Kambyses' Heer, etwa fünfhundert Jahre vor Christi Geburt, durch unsere Vorfahren waren. Der melancholische Blick beeinträchtigte die Schönheit ihrer dunklen Augen nicht, über denen sich dichte Brauen wölbten. Ihr langes pechschwarzes Haar fiel ihr ins Gesicht, dessen Teint dunkel und leicht bläulich war und für eine Frau von noch nicht einmal dreissig Jahren unverhältnismässig viele Linien und Fältchen aufwies. Unter der Oberfläche verbarg sich ein Schmerz, der sie fast zum Selbstmord oder zum Wahnsinn trieb.

Aida war dreiundzwanzig, als ihre Familie beschloss, sie mit ihrem mindestens zwanzig Jahre älteren Cousin zu verheiraten. Die Entscheidung fiel, als einmal ihr Onkel, der Bruder ihres Vaters, sie mit seiner Frau besuchte, die ständig damit prahlte, dass sie nachweislich – ein entsprechender Stammbaum befinde sich in Besitz ihrer Familie – vom Propheten Muhammad abstamme. Nach dem gemeinsamen Tee im Empfangszimmer, das mit Stühlen aus Assjût ausgestattet und mit vergrösserten gerahmten Fotografien ihres Vaters, seiner Brüder und einiger längst verstorbener Verwandter dekoriert war, sprachen die beiden Väter die erste Koransure. Daraufhin stiess Aidas Mutter Jubeltriller aus, die im ganzen Haus widerhallten und auch den Nachbarn das glückliche Ereignis verkündeten. Sie rief Aida zu sich und küsste sie vor allen Anwesenden. Nach allen anderen gratulierte ihr auch ihr Vater mit den Worten: „Herzlichen Glückwunsch, Aida, dein Onkel hat dich mit seinem Sohn Mansi verlobt.“ Die Mutter stiess erneut Jubeltriller aus, ebenso die Frau des Onkels, Aidas künftige Schwiegermutter, die sich gewaltig anstrengte, die Jubeltriller länger zu dehnen als Aidas Mutter.

Aida fühlte weder Abneigung noch Zuneigung für Mansi. Sie kannte ihn kaum. Als sie ein kleines Mädchen war, das noch mit Jungen spielen durfte, war er schon ein junger Mann, der nur selten zu Besuch kam und dann wegen familiärer Angelegenheiten, die er ihrem Vater im Auftrag des seinigen überbrachte. Wenn sie zusammen mit ihrer Mutter und ihrem Bruder seine Familie besuchte, setzte er sich kaum einmal zu ihnen, weil ihr Bruder ebenfalls noch klein war. In den letzten Jahren hatte sie ihn fast gar nicht mehr gesehen, da er als Lehrer in einer Stadt arbeitete, die weit von ihrem Dorf entfernt war, und deshalb oft lange Zeit wegblieb.

Vor ihrer Verlobung hatte sie an einer Handelsschule ein Diplom erworben, eines von der Sorte, wie man es staatlicherseits eingeführt hatte, um die ständig wachsende Zahl junger Leute, die einen qualifizierten Beruf ergreifen wollten, zufriedenzustellen. Ihr Onkel bestand auf der Verlobung sofort nach dem Abschluss ihrer Ausbildung. Ihre Mutter war wegen der bevorstehenden Heirat ausser sich vor Stolz und Freude, wie eine Henne, die ein Ei gelegt hat. Der Bräutigam würde als einziger Sohn unter drei Kindern später nicht nur den Löwenanteil vom Land seines Vaters erben, seine Nebentätigkeit als Privatlehrer war zudem so einträglich, dass er in der Lage war, sich über das übliche Mass hinaus an der Möblierung der zukünftigen ehelichen Wohnung zu beteiligen. Neben Teppichen, Lampen und Küchenmöbeln, die er, entsprechend der herrschenden Gepflogenheiten, zu kaufen hatte, brachte er seinen Ventilator in die Ehe mit und montierte ihn im Salon. Dessen Wände tapezierte er mit bunten Tapeten, die zwar nicht mit den von seiner Schwiegermutter ausgewählten vergoldeten Möbeln harmonierten, nichtsdestoweniger aber von allen Familienmitgliedern und Freunden übereinstimmend gelobt wurden und Anlass gaben, seinem Kunstsinn Respekt zu zollen. Die nötigen elektrischen Haushaltsgeräte erstand er von dem Honorar, das ihm die Eltern seiner Privatschüler am Ende eines jeden Monats dafür zahlten, dass er die Wissenslücken ihrer Söhne stopfte, die durch den ständigen Ausfall von Schulstunden entstanden waren.

Der Bräutigam kaufte alles, was seiner Meinung nach zu einem angenehmen und glücklichen Leben gehörte, angefangen beim automatischen Gasfeuerzeug und elektrischen Rasierapparat bis hin zum Videogerät, das er als erster im Dorf besass. Eines unvergesslichen Abends, an dem eine grosse Packung Lipton-Tee und ein Kilo Zucker konsumiert wurden, führte er seiner Mutter, seinem Vater, seinen Brüdern, sowie einer Reihe von Verwandten und Nachbarn in dem grossen alten Haus seines Vaters den Film „Ismaîl Jasîn bei den Soldaten“ vor.

Schon vor ihrer Heirat wusste Aida, dass ihr zukünftiger Ehemann sehr verwöhnt war. Seine Eltern hatten ihm noch nie eine Bitte abgeschlagen. Doch hatte sie nicht gedacht, dass er so jähzornig und brutal sein könnte, wie sie ihn schon bald nach der Heirat erlebte. Erst da wurde ihr klar, warum ihr Bruder lange Zeit gegen die Verbindung gewesen war. Immer wieder hatte er versucht, den Vater davon abzubringen und ihn gebeten, seiner Schwester doch die Gelegenheit zu geben, einen anderen, vielleicht besseren Mann als ihren Cousin zu heiraten, den man so schnell, zu schnell, akzeptiert hatte. Der Vater aber, der seine Autorität in Frage gestellt sah, warf seinem Sohn vor, sich in die Angelegenheiten seines Onkels und dessen Sohnes einzumischen. Er wolle geschieden sein, schwor er, und ihn für immer aus dem Haus werfen, sollte er das Thema noch einmal ansprechen.

Die Beziehung Aidas zu ihrem einzigen Bruder entsprach nicht den üblichen Bruder-Schwester-Beziehungen in abgeschiedenen oberägyptischen Dörfern wie dem ihren. Aidas Bruder war ruhig und sensibel. Dass sie beide in einer Umgebung aufwuchsen, in der ein Mann mehr gilt als eine Frau und alle Rechte besitzt, während das weibliche Geschlecht, schon immer als minderwertig betrachtet und nur zum Kinderkriegen geschaffen, so gut wie rechtlos ist, hatte auf ihren Umgang miteinander keine Auswirkung. Das lag vielleicht daran, dass er nur zehn Monate jünger war als sie, sie also fast gleichaltrig waren. Weil sich die Mutter nach seiner Geburt einer Gebärmutterentfernung unterziehen musste, blieb der Wunsch nach weiteren Kindern unerfüllt, und Aida hörte ihren Vater ständig drohen, er werde wieder heiraten, weil er noch mehr Kinder wolle. Von klein an bekam sie von ihrer Mutter das Gefühl tiefer Verunsicherung eingeflösst. Aida fühlte sich ihrem Bruder so eng verbunden, dass sie am Abend ihrer Hochzeit nicht darüber traurig war, sich von ihren Eltern trennen und das Haus verlassen zu müssen, in dem sie geboren und aufgewachsen war, sondern hauptsächlich, weil sie sich von ihrem einzigen Bruder losreissen musste, zu dem sie von klein an ein inniges Verhältnis gehabt hatte. Vielleicht lag es auch ein wenig an ihrer Zuneigung zu ihrem Bruder, dass sie ihren Ehemann vom ersten Augenblick an hasste. Als ihre Familie gegangen war, schockierte er sie beim Abendessen durch die Art, wie er das Essen – eine Ente und zwei mit grünem Weizen gefüllte Tauben, die ihre Mutter zubereitet hatte – hinunterschlang. Ihr überliess er nur ein paar Reste. Er bemühte sich nicht darum, ihre Liebe zu gewinnen, sondern gab ihr das Gefühl, eine Jahrmarktstänzerin zu sein, von denen sie gehört hatte, dass sie schamlos waren und für Geld kurzfristige Ehen eingingen. Sie hasste es, wenn er mit ihr schlief, weil sie sich beschmutzt fühlte, wie ein Gebetsteppich, über den ein Schwein gelaufen ist.

Sie waren kaum zwei Monate verheiratet, da stritten sie sich schon jeden Tag. Oft schlug er sie wegen Kleinigkeiten, weil sie zum Beispiel Marmelade in den Kühlschrank gestellt hatte, obwohl er ihr doch schon tausendmal gesagt habe, dass er kalte Marmelade nicht mochte, oder weil sie mit einem durchgekauten Kaugummi im Mund schlief. Das machte ihn wütend, weil ihr Speichel beim Küssen einen bitteren Geschmack hatte. Das alles tat Aida nicht, um ihn zu ärgern oder aus Protest gegen ihn, sondern weil sie schon damals unter einer leichten Gedächtnisschwäche litt, die sich im Gefängnis bisweilen zu völligen Absenzen steigerte.

Weil sie in ihrer Mutter ihre engste Vertraute sah, erzählte Aida ihr alles. Oft zeigte sie ihr die blauen Flecken, um ihr einen Eindruck davon zu geben, wie brutal ihr Mann sein konnte. Die Mutter wollte sich aber nie einmischen und war darauf bedacht, dem Vater solche Klagen nicht zu Ohren kommen zu lassen. Sie ging sogar so weit, ihrer Tochter vorzuwerfen, selbst schuld an ihrem Unglück zu sein. Sie sei nicht diplomatisch und nett zu ihrem Mann und zeige kein Verständnis dafür, dass er als einziger Sohn eben verwöhnt war. Wäre sie schlau, dann hätte sie ihn längst um den Finger wickeln können. Aber sie war eine dumme Gans, die das Glück in ihren Händen nicht schätzte und Gott nicht dankte für das, was er ihr gegeben hatte. Was sie denn mehr wolle?! Ihr Mann entstammte einer vornehmen Familie, hatte einen guten Beruf und würde später einmal viel Land erben. Alle Mädchen im Dorf beneideten sie um diese gute Partie. Was bildete sie sich denn ein, dunkelhäutig, vorn und hinten flach, wie sie war. Ohne ihr weiches schwarzes Haar, das sie von ihr geerbt hatte, und ohne ihre grossen Augen hätte kein Mann sie jemals angesehen. Weil ihr Mann edelmütig war, hatte er gewünscht, innerhalb der Familie zu heiraten, obwohl er viel hübschere und süssere hellhäutige Blondinen hätte haben können, weil er eben alles haben könnte, was er wollte.

Die Worte der Mutter überzeugten Aida nicht. Schon als kleines Kind hatte sie sich von ihr immer hartherzig und streng behandelt gefühlt, ohne dass sie sich dies erklären konnte. Sie hatte sich immer gewundert, warum ihre Mutter sie nie verteidigte, wenn ihre Tante zu Besuch kam und sie wegen ihrer dunklen Haut und ihrer Magerkeit verspottete und sagte, sie könne nicht glauben, dass ein solches Mädchen aus dem Bauch ihrer Schwester komme. Bestimmt habe man sie unter einem Haufen Kohle hervorgezogen. Am härtesten traf Aida jedoch, dass ihre Mutter ihr strengstens verbot, ihrem geliebten Bruder von ihren Problemen zu erzählen. Ihr Bruder, so erklärte die Mutter, würde wütend werden und ihren Ehemann beschimpfen. Es käme zu einem Streit, und die Folge wäre die Verfeindung der beiden Familien. Folgsam versuchte Aida, ihre Eheprobleme vor ihrem Bruder geheimzuhalten. Sie spielte ihm die glückliche Ehefrau vor, obwohl ihr Leben die Hölle war.

Die Schwierigkeiten zwischen Aida und ihrem Ehemann erreichten ihren Höhepunkt, nachdem sie ein ganzes Jahr verheiratet waren, ohne dass sie schwanger war oder ihm bereits das erste der vielen Kinder, die er sich wünschte, geschenkt hatte. Aidas Mann hätte sofort eine zweite Frau geheiratet, wenn eine Wohnung und deren Ausstattung nicht so teuer gewesen wäre, dass er seinen Traum von einem angenehmen Leben in Wohlstand dann wohl hätte begraben müssen. Statt dessen begann er, seiner Frau Unfruchtbarkeit vorzuwerfen, obwohl es dafür keine Beweise gab. Zwei dieser Ärzte, die gleich nach Beendigung des Medizinstudiums eine Privatpraxis eröffneten, bescheinigten ihr, völlig gesund zu sein. Eine angesehene, engagierte Ärztin, die sie in Begleitung der älteren Schwester ihres Mannes aufsuchte, meinte dagegen, möglicherweise sei ihre Ovulation etwas schwach. Sie riet ihr, entsprechende Untersuchungen durchführen zu lassen. Ausserdem solle sich aber auch ihr Ehemann untersuchen und seinerseits die nötigen Abklärungen vornehmen lassen. Wieder zu Hause, berichtete sie, was die Ärztin gesagt hatte. Doch kaum war seine Schwester gegangen, schlug er sie so heftig ins Gesicht, dass sie ganz benommen war. Sie würde ihn nur hinhalten und ihm nicht den angemessenen Respekt zollen, warf er ihr vor. Nun erdreiste sie sich auch noch, an seiner Männlichkeit zu zweifeln. Ein Dutzend Kinder könne er inzwischen haben, hätte er damals nur eine andere Frau geheiratet, eine richtige Frau, die schwanger würde und Kinder zur Welt brächte. In der darauffolgenden Nacht versuchte er, ihr seine Manneskraft gleich mehrmals zu beweisen, obwohl sie sich vor ihm ekelte und ihm zum ersten Mal bewusst den Tod oder die Pest an den Hals wünschte.

Als Aidas Mutter ihrer Tochter zwei Jahre später mitteilte, ihr Mann habe ihr seinen Wunsch eröffnet, wieder zu heiraten, war Aidas Freude immens. Sie betrachtete das als eine glückliche Lösung. Auf diese Weise wurde sie ihr Problem los. Sie hatte nie gedacht, dass das so leicht wäre. Ihre Mutter war von ihrer Reaktion überrascht und schalt sie eine dumme, gefühllose Gans. Jede andere Frau an ihrer Stelle hätte geweint und ihr schlimmes Los beklagt. Nach dem Besuch bei ihrer Mutter war sie glücklich und begrüsste ihren Ehemann freundlich, als er spät in der Nacht von seinen Privatstunden zurückkehrte. Fürsorglich setzte sie ihm das Abendessen vor und riet ihm, ein heisses Bad zu nehmen, um Körper und Nerven zu entspannen. Während der nächsten Tage hoffte sie immer, dass er das Thema Heirat ansprechen werde. „Geh mit Gottes Segen!" würde sie sagen und sich mit allem einverstanden erklären, solange er sich nur von ihr scheiden und sie in ihr Vaterhaus zurückkehren liesse, wo sie ihr weiteres Leben in Ruhe und Frieden verbringen wollte.

Eines Abends kam er früher nach Hause als sonst. Nachdem er sie gebeten hatte, Tee für ihn zu machen, sprach er so freundlich mit ihr, wie sie es von ihm nicht gewohnt war. Er lobte ihre Frisur, an der nichts verändert war. Schliesslich sagte er, er habe viel nachgedacht und Gott um die richtige

Eingebung gebeten. Am Ende habe er eine Entscheidung getroffen, die er möglicherweise für den Rest seines Lebens bereuen werde. Er habe vorgehabt, eine andere Frau zu heiraten, sei aber wieder zur Vernunft gekommen und habe diese schlechte Idee aufgegeben. Wörtlich sagte er zu ihr: „Aida, wir sind vom gleichen Fleisch und Blut. Es ist meine Pflicht, dich unter allen Umständen zu beschützen." Er lobte ihren Charakter – es gebe keine, die so sei wie sie –, ihre Bereitschaft, das Leben mit ihm zu teilen, im Guten wie im Bösen. Sie solle einen namhaften Arzt in Kairo aufsuchen, einen Spezialisten für Unfruchtbarkeit. Er versicherte ihr, er sei bereit, jede Operation zu bezahlen, die dieser oder ein anderer Arzt vorschlug, wie teuer sie auch sein mochte. Sein Vertrauen in die wenig erfahrenen Landärzte und die Mittelchen ihrer Mutter und seiner älteren Schwester seien erschöpft. Deutlich vernehmbar schlürfte er den letzten Schluck Tee in sich hinein, bevor er die Bombe platzen liess: Wenn Gott sie schwanger werden lasse, wolle er vor dem Schrein der Heiligen Umm al-Ghulâm, der Fürsprecherin der Kinder und derer, die sie liebten, ein Büffelkalb schlachten und das Fleisch an die Armen und Bedürftigen des Viertels, in dem sich der Schrein befand, sowie an Passanten verteilen.

Dem auf Kinder hoffenden Ehemann war es nicht vergönnt, sein Vorhaben auszuführen, und Aida fand nun, da er sich gegen eine zweite Ehe entschieden hatte, ihre Seelenruhe nicht wieder. Der alte Streit zwischen ihnen entbrannte erneut, nachdem die Aussicht auf die zweite Heirat einen kurzen Waffenstillstand gebracht hatte. Aida war zutiefst enttäuscht. Ihr Mann fing wieder an, sie zu erniedrigen und zu schlagen, und zwar auf eine neue sadistische Weise. Er schlug sie jetzt manchmal mit seinem ledernen Hosengürtel oder mit einem Rohrstock, den er schnell aus seiner Aktentasche hervorholte, um ihn auf alle möglichen Stellen ihres Körpers niedersausen zu lassen. Es war derselbe Stock, den er sonst bei den Halbwüchsigen in der Oberschule gebrauchte, wenn sie durch Zanken oder Schwätzen den Unterricht störten. Eines Abends entdeckte er, dass sie eine Zwanzigpfundnote und seinen Mitgliedsausweis für den Lehrerverband, die in einer Hosentasche gesteckt hatten, mitgewaschen hatte. Als er sie deswegen zur Rede stellte, erwiderte sie ihm ganz gelassen und ohne Angst, da sie sich keiner Schuld bewusst war, sie habe vergessen, die Hosentaschen vor dem Waschen zu leeren. Zuerst beschimpfte er sie, schliesslich wurde er wie immer handgreiflich. Doch dieses Mal kam alles anders. Er war noch dabei, sie zu verprügeln, als es plötzlich an der Tür klingelte. Während sie lief, um sich mit blauem Auge und blutender Nase im Badezimmer zu verstecken, ging er, die Tür zu öffnen. Draussen war kein anderer als Aidas Bruder, in der einen Hand eine Tüte Bananen, in der anderen eine Tüte Orangen, hinter ihm, auf der untersten Treppenstufe, die Mutter mit einem weiteren Mitbringsel für das Paar, einer Schachtel mit Blätterteigkonfekt, hübsch eingeschlagen in farbiges Papier, das mit dem Schriftzug der Konditorei, aus der es stammte, bedruckt war.

Aidas Bruder war kaum eingetreten, da bemerkte er die Blutstropfen auf dem Boden. Sofort fragte er nach seiner Schwester, die aus dem Bad trat, um beim Besucher Schutz zu suchen. Als er sie zerzaust und verheult, mit blutiger

Nase, geschwollenen Lippen und blauem linken Auge sah, konnte er sich vor Wut nicht beherrschen und stürzte sich auf Aidas Mann, um ihn zu verprügeln. Dieser aber, selbst immer noch wütend und höchst erregt, lief in die Küche und kam mit dem grossen Messer wieder, das Aida zum Schlachten der Hühner benutzte. Damit ging er auf den Bruder los, der vor Zorn raste, wie ein Kampfstier in der Arena. Mit einer plötzlichen Bewegung entriss er seinem Schwager das Messer, das dieser ihm in die Brust stossen wollte, und stach damit auf ihn ein, bis er schliesslich zusammenbrach wie jenes Büffelkalb, das er Umm al-Ghulâm hatte opfern wollen. Aida wollte schreien, aber aus ihrem weit aufgerissenen Mund kam nur ein tonloser, heisser Seufzer. Sie wollte das Messer aus dem Rücken ihres mit dem Tode ringenden Mannes herausziehen, aber ihre Mutter, die inzwischen die Tür hinter sich geschlossen hatte, trat schnell dazwischen und hinderte sie daran, sich ihm zu nähern. Man hätte denken können, sie habe den Mord geplant. Aber sie war eben eine Oberägypterin, und als solche hatte sie im Verlauf ihres Lebens in dem abgeschiedenen Dorf, in dem die Rache zum Alltag gehörte, alles über den Tod im allgemeinen und den Mord aus Rache im besonderen gelernt. Mit einer ruhigen Stimme, die den beiden anderen das tröstliche Gefühl gab, sie mache es schon richtig, sagte sie zu ihrer Tochter: „Lass ihn, es ist besser, wenn er stirbt."

Ihr Sohn, fast so schmächtig wie seine Schwester, war auf den nächsten Stuhl gesunken, der Schweiss tropfte von seinem jetzt totenbleichen Gesicht. Die kaltblütige Mutter aber rüttelte ihn und befahl ihm, sich den Schweiss abzuwischen und wieder zu sich zu kommen. Jetzt sei keine

Zeit zusammenzubrechen. Fieberhaft begann sie zu überlegen und zu planen. Ihr Kopf funktionierte wie ein japanisches Präzisionsgerät. Mit strenger, eiserner Stimme sagte sie zu Aida, die immer noch starr vor Schreck und mit angstvoll aufgerissenem Mund dastand: „Hör zu, was passiert ist, ist passiert. Zum Glück ist er tot. Nur Gott weiss, was geworden wäre, wenn er überlebt hätte. Merk dir, Tochter, was ich dir sage, und mach alles so, wie ich es dir rate. Andernfalls wird die Polizei alles herausbekommen, und aus einem Unglück werden zwei."

Der Plan der Mutter war einfach. Ihn auszuführen, erforderte nicht viel Intelligenz. Gleichzeitig war er gut durchdacht. Nachdem sie die Fingerabdrücke ihres Sohnes auf dem Messergriff abgewischt hatte, befahl sie Aida, mit der rechten Hand in ihr mit Rizinusöl eingefettetes Haar zu greifen und dann das Messer so anzufassen, als habe sie den Mord begangen. Nebenbei redete sie ihr ein, ihr Bruder habe keine Schuld an dem Vorgefallenen. Alles sei ihre Schuld, weil sie nicht diplomatisch gewesen sei und entgegen dem Rat ihrer Mutter nicht versucht habe, sich mit ihrem Mann zu vertragen, um die Ehe zu retten. Schliesslich sei sie unfruchtbar und er ein guter Mann gewesen, der sein gottgewolltes Los, keinen Sohn zu haben, der später seinen Namen weiterführte, damit er nicht in Vergessenheit geriet, geduldig trug. Wollte sie ihren Bruder nicht ins Unglück stürzen, müsse sie sich allein zu dem Mord bekennen und die Verantwortung dafür übernehmen. Wenn sie den Mord vor der Polizei und dem Ermittlungsrichter gestand, war die Angelegenheit ein für allemal beigelegt. Wenn jedoch herauskäme, dass ihr Bruder der Täter war, wäre möglicherweise ein unabsehbares Blutvergiessen die Folge, mit einer endlosen Serie von Racheakten zwischen ihrer Familie und derjenigen ihres Onkels. Ihr Schwiegervater müsste ihren Bruder töten, um seinen einzigen Sohn zu rächen. Kein Vertreter der Justiz und kein Gesetz, beides galt bei den Dörflern ohnehin nichts, könnte ihn daran hindern. Am Ende würden sich die männlichen Mitglieder beider Familien gegenseitig umbringen. Ihretwegen würden alle Männer ausgelöscht. An ihr aber würde sich niemand rächen. Weil es sich nicht um vorsätzlichen Mord handle, würde sie nur zu einer kurzen Gefängnisstrafe von wenigen Jahren verurteilt werden. Sie musste nur dabei bleiben, dass sie ihn ohne Absicht in Notwehr getötet hatte.

Die Mutter enthüllte der Tochter jedoch nur einen Teil ihres Plans, hinter den anderen Teil kam Aida, obwohl sie ständig darüber nachgrübelte, erst in dem Augenblick, als sie in die graue Gefängnisseife biss.

Polizisten kamen ins Haus, um sich ein Bild von dem Vorfall zu machen, der das ganze Dorf erschütterte, weil er sich in einer Familie ereignet hatte, bei der niemand so etwas für möglich gehalten hätte. Aida wurde zusammen mit ihrer Mutter im Polizeiauto aufs Revier gebracht. Auf der Fahrt versprach die Mutter, den berühmtesten Anwalt in Kairo mit ihrer Verteidigung zu beauftragen, sich bis zur Urteilsverkündung ständig um sie zu kümmern und sie während ihrer Haftzeit niemals im Stich zu lassen. Die Wirklichkeit sah anders aus. Nie hätte Aida sich vorgestellt, dass es so kommen würde. Lange Zeit konnte sie das alles nicht fassen. Gleich nachdem sie zu lebenslänglicher Haft verurteilt worden war, sagten sich ihre Eltern von ihr los, da sie mit dieser Mörderin, die gegen die Unantastbarkeit der Verwandtschaft und des eigenen Blutes verstossen hatte, bis zum Jüngsten Tag nichts mehr zu tun haben wollten. Für sie war Aida gestorben. Eine Trauerfeier stand ihr nicht zu. Noch mehr jedoch schmerzte, dass ihr Bruder, der sensible junge Mann, von den eigenen Eltern gezwungen wurde, die älteste Schwester des Ermordeten, eine um neun Jahre ältere Witwe, die früh an Kinderlähmung erkrankt war, zu heiraten, um die Familie des Ermordeten zu besänftigen. Aida versuchte auf alle möglichen Arten, Kontakt zu ihrer Familie aufzunehmen. Sie schickte Dutzende von Briefen an sie. Dann liess sie ihnen durch eine Gefangene aus dem gleichen Dorf, die sie erst im Gefängnis kennengelernt hatte, Nachrichten über sich zukommen, als die Frau nach Verbüssung der Hälfte ihrer Strafe wegen guter Führung entlassen wurde. Doch die Wochen und Monate vergingen ohne irgendein Wort von dieser grausamen, hartherzigen Familie. Das liess Aida völlig zusammenbrechen und den Moment bereuen, in dem sie auf ihre Mutter gehört, brav ihren ausgeklügelten teuflischen Plan befolgt und das Geständnis abgelegt hatte. Zwar hatte sie Angst gehabt und gezögert, aber der steinerne Blick ihrer Mutter, der ihr durch Mark und Bein gegangen war, hatte ihr noch mehr Angst gemacht. Ausserdem hatte sie um ihren geliebten Bruder gefürchtet, der ihren Mann doch nur aus Mitleid mit ihr getötet hatte, und um ihr die verlorene Würde wiederzugeben.

Als Aida keine Hoffnung mehr hatte, je wieder in Verbindung mit ihrer Familie und ihrer ehemaligen Welt zu treten, wurde sie traurig und schwermütig und sehnte sich ebensosehr nach dem Tod wie danach, ihren geliebten Bruder wiederzusehen. In ihren Briefen hatte sie ihn immer wieder angefleht, Erbarmen mit ihr zu haben und ihr zu antworten. Es quälte sie ganz besonders, dass gerade er, dessen Sympathie und Mitgefühl sie sich immer sicher gewesen war, dem Druck der Eltern nachgegeben und sich von ihr losgesagt hatte. Obwohl sie sich an einem so schrecklichen Ort befand, hatte er sie vergessen und verweigerte ihr ein paar Worte in einem Brief. Sie wünschte sich vom Leben nichts so sehr, als ihn noch einmal vor sich zu sehen, in seine schönen Augen zu schauen und ihn dafür zu tadeln, dass er so grausam zu ihr war. Dabei war sie doch nur seinetwegen, um ihn zu schützen, damit einverstanden gewesen, die Rolle der Mörderin zu übernehmen.

Eines Tages aber – es war der Tag, an dem sie die Seife essen wollte – traf sie in der Gefängnisküche zufällig einen Installateur, der sie sofort wiedererkannte. Nach ihrer Heirat hatte sie in derselben Strasse gewohnt wie er. Sie erfuhr, dass er wegen Stehlens eines Telefonkabels ebenfalls zu einer Haftstrafe verurteilt war, die er im gegenüberliegenden Männergefängnis absass. Aufgeregt fragte sie ihn nach ihrer Familie. Ihrer Mutter gehe es gut, ebenso ihrem Vater, ihrem Onkel und seiner Frau, berichtete er. Als sie ihn jedoch nach ihrem Bruder fragte, dessen Wohlergehen ihr mehr am Herzen lag als das jeder anderen Person, zögerte er ein wenig, bevor er damit herausrückte, dass er tot war. Eines Morgens habe seine Frau versucht, ihn zu wecken, er habe aber nicht reagiert. Beim nochmaligen Versuch habe sie seinen Tod festgestellt. Plötzlicher Herzstillstand, so die Diagnose des Arztes. Das ganze Dorf aber sei überzeugt, dass seine Frau ihn mit einem seltenen Gift, das keine Spuren im Körper hinterlässt, vergiftet habe. An dieser Stelle verliess Aida ihn und ging hinaus. Ihre Beine trugen sie nicht bis zum Gefängnishof. Mit offenem Mund, wie damals, als ihr Bruder ihren Mann getötet hatte, blieb sie stehen. Dann lief sie in ihre Zelle und raffte ihre wenigen Kleidungsstücke und ihr weisses Bettlaken zusammen. Es war zwar alles noch sauber, aber sie musste jetzt waschen. Aida hatte nämlich herausgefunden, dass sie ihre aufgestauten Emotionen und ihren Schmerz am besten beim Waschen loswurde. Deshalb wusch sie jetzt jedesmal ihre Kleider, wenn es ihr besonders schlecht ging und sie nicht mehr ein noch aus wusste. Aber obwohl sie verbissen wusch und dabei die Kleidungsstücke heftiger rubbelte als nötig, hatte sie diesmal das Gefühl, selbst das sei nicht genug, ihren Kummer zu verdrängen, ihren Rachedurst zu stillen und die Schmerzen in ihrem Inneren zu beseitigen, Schmerzen, die ihr das Herz zerrissen und in ihrem Bauch wüteten wie Geburtswehen. Sie konnte sich nicht länger beherrschen und jaulte los wie eine gebärende Hündin, obwohl sie noch nie in ihrem Leben Wehen und Geburtsschmerzen kennengelernt hatte. Dann machte sie sich daran, die Seife aufzuessen. Das war besser als der Staub, in dem sie sass, obwohl sie auch den noch geschluckt hätte, wenn nicht Umm al-Chair gekommen wäre und ihr kräftig die Wangen zusammengepresst hätte. Von da an bis zu dem Moment, da sie im Bett des Gefängniskrankenhauses wieder erwachte, konnte sie sich an nichts mehr erinnern.

Während Asîsa Aidas Geschichte lauschte, starrte sie ständig auf den Boden und machte nur selten eine Bemerkung, um Umm al-Chair zu bestätigen, dass sie ihr immer noch zuhörte, vor allem wenn diese, um die Spannung zu erhöhen, innehielt oder in einen langsameren Erzählrhythmus verfiel. Das Gehörte veranlasste Asîsa sich vorzustellen, wie diese junge Frau darunter gelitten haben musste, dass ihre Familie sie verleugnete. Sie wunderte sich über die Grausamkeit der Eltern, die ihre Tochter in einer so schwierigen Lage im Stich gelassen hatten. Ausserdem war sie erstaunt über die starren Sitten in Oberägypten und darüber, dass man noch an der Blutrache – Auge um Auge, Zahn um Zahn – festhielt. Das sprach von wenig Lebenserfahrung und der Unfähigkeit, die Bedeutung von Strafe zu verstehen. Wenn man dort so viel vom Leben verstehen würde wie sie, dann wüsste man, dass es eine verborgene Gerechtigkeit gibt, eine Gerechtigkeit mit tausenderlei Arten der Bestrafung. Manchmal rächt sich das Opfer selbst am Täter, indem es in ihm weiterlebt, sein Gewissen martert und ihm Seelenqualen bereitet. Dann gibt es die Vergeltung durch die Zeit. Die Zeit rächt alles im Leben. Unablässig verändert sie, was man für unveränderlich hält, wie die Liebe einer Mutter, die bei Aidas Mutter in äusserste Grausamkeit umgeschlagen war.

Als Umm al-Chair Aidas Geschichte ausführlich erzählt hatte, ohne sie in ihren Grundzügen zu verändern, verfluchte sie den Teufel, hob betend die Hände und bat Gott um Gesundheit und Wohlergehen für ihre Kinder und um gute Menschen, die ihnen helfen sollten, im Leben zurechtzukommen. Währenddessen hatte Asîsa nach reiflicher Überlegung beschlossen, Aida ebenfalls im goldenen Wagen zum Himmel mitzunehmen. Sie teilte das Umm al-Chair aber nicht direkt mit, sondern hielt sie eine Weile hin. Vorher bat sie sie noch, mit ihren geschickten Händen einen Pudding aus Trockenmilch und Stärkemehl zuzubereiten. Sie stand auf und gab ein wenig Zucker in einen Topf – ihr Beitrag zum Pudding. Dabei flüsterte sie ihr zu: „Sag Aida unter vier Augen, dass sie mit uns kommt, so Gott will."

Umm al-Chair machte sich keinerlei Gedanken über Asîsas Worte. Sie war ohnehin überzeugt, dass Asîsa nicht ganz richtig im Kopf war, und nahm sie deshalb nicht ernst.

Im goldenen Wagen zu Besserem

Der alte Steinfussboden in Asîsas Zelle, von dessen einst grauweisser Farbe wegen der starken Abnutzung fast nichts mehr zu sehen war, glänzte jetzt vor Sauberkeit, nachdem die junge Gamalât ihn mit Wasser und Scheuerlappen bearbeitet hatte. Dem Putzwasser hatte sie etwas flüssiges Chlor zugesetzt, das als einziges Reinigungsmittel verwendet werden durfte. Karbolsäure dagegen, von Asîsa wegen des intensiven scharfen Geruchs eigentlich bevorzugt, war verboten, weil sie nicht in durchsichtigen Plastikbehältern, sondern in dunklen Glasflaschen abgefüllt war und man befürchten musste, dass diese bei gewaltsamen Auseinandersetzungen zwischen den Gefängnisinsassinnen Anwendung fänden. Zufrieden schaute Asîsa auf die gewaschenen, in dieser Jahreszeit angenehm feuchten Fliesen am Boden und am unteren Saum der Wand. Ihr eisernes Bettgestell hatte sie einer Mitgefangenen überlassen, die sie gelegentlich traf, aber nie verstanden hatte, warum sie eigentlich einsass und was sie mit der Regierung in Konflikt gebracht haben mochte. So wie sich die Politische Asîsa gegenüber verhielt, schien sie jedenfalls sehr nett zu sein. Eines Tages hatte sie Asîsa im Vorbeigehen gegrüsst, als diese gerade mit der grossen Asîma im Gefängnisgang stand. Da die Politische offen und einladend lächelte, fasste Asîsa den Mut, sie nach ihrer Geschichte zu fragen. Sie vermutete, dass sie entweder Kommunistin war oder zu den Muslimbrüdern gehörte. Das waren die einzigen beiden Arten von Politischen, die sie während ihrer Haftzeit kennengelernt hatte.

Sie muss Kommunistin sein, sie ist ja nicht verschleiert und macht einen fröhlichen und unkomplizierten Eindruck, überlegte Asîsa schnell und schalt sich selbst dafür, dass sie nichts mehr verstand und durcheinander war, im Gegensatz zu früher, als sie geistig noch gesund und rege war. Als sie dann mit ihr sprach, erzählte ihr die Frau dasselbe, was Asîsa schon von den anderen Kommunistinnen, denen sie im Gefängnis begegnet war, gehört hatte. Sie hatte nie begriffen, warum diese Frauen all diese Leiden freiwillig auf sich nahmen. Die meisten, die Asîsa kennengelernt hatte, waren gebildet und aus gutem Haus, hatten einen anständigen Beruf und lebten besser als ein Grossteil ihrer Landsleute. Und hier empfingen sie fast täglich gut gekleidete Besucher und bekamen meist ganze Stangen Zigaretten geschenkt.

Asîsa seufzte. Die Geschichte langweilte sie. Sie enthielt nichts Neues. Dasselbe hatte sie schon von vielen anderen gehört. Für sie war das leeres Geschwätz. Diese Politischen lebten in ihrer eigenen Welt. Sie wussten nichts vom Leben der armen Leute, von denen sie ständig sprachen. Als Asîsa einen Blick in die Zelle der Politischen warf, sah sie darin kein Bettgestell. Auf dem Boden lag nur eine Schaumstoffmatratze. Als die Politische Asîsa ihrerseits nach ihrer Geschichte fragte, machte sie nur kurze ausweichende Andeutungen. Da lächelte die junge Frau Asîsa aufmunternd zu und schenkte ihr eine ganze Schachtel Marlboro. Dafür war Asîsa sehr dankbar und dachte nach, wie sie sich erkenntlich zeigen konnte. Auf dem Weg zurück in ihre Zelle beschloss sie, für sie ein Bettgestell zu besorgen oder wenigstens eine richtige Matratze, die sie auf den Steinboden legen konnte. Jetzt, im Sommer, war es ja heiss. Sie dachte sogar daran, sie in der Stunde Null, wenn der goldene Wagen mit den geflügelten Pferden aufsteigen würde, zum Himmel mitzunehmen. Ihren ersten Gedanken setzte Asîsa tatsächlich in die Tat um. Die junge Gamalât und Asîma, die Mawâlsängerin, halfen ihr, das Bettgestell in die Zelle der Politischen zu tragen. Die Verwirklichung ihres zweiten Gedankens vereitelte die Regierung, die die Politische nach einem Monat bereits wieder auf freien Fuss setzte.

Asîsa bedauerte zunächst sehr, dass sie ihr vor ihrer Freilassung nichts von der Himmelreise erzählt hatte. Sonst hätte sich die Politische bestimmt bemüht, nicht entlassen zu werden und zu den Insassinnen des Wagens zu gehören, der zu einer himmlischen Welt auffuhr, einer Welt, die so schön war, wie die irdische niemals sein konnte. Nach kurzer Überlegung aber dankte sie Gott dafür, dass er die Frau aus dem Gefängnis hinausgeführt hatte. Wäre sie tatsächlich mitgekommen, hätte sie bestimmt über nichts anderes als über Politik gesprochen und ihre Mitreisenden wegen der miserablen Lebensbedingungen im Gefängnis aufgehetzt. Das hätte die Regierung so in Rage gebracht, dass sie sie bestimmt selbst dann noch gefasst hätte, wenn der Wagen schon in den Wolken war. Schliesslich verfügte die Regierung über genug Flugzeuge. Eines davon konnte sie der jungen Frau hinterherschicken, um sie festzunehmen. Das hätte den Aufstieg gestört oder gar verhindert.

Asîsa blickte sich in ihrer grossen Zelle um. Als sie sich vergewissert hatte, dass ihre wenigen Habseligkeiten – die alten Kleider, der Kamm, die Haarnadeln, ein paar Plastikteller und -tassen – an ihrem Platz waren und alles so sauber und ordentlich war, wie man es sich nur wünschen konnte, sah sie Gamalât zufrieden an und meinte: „Danke, Gamalât. Bei Gott, jetzt fühl ich mich gleich besser."

Gamalâts liebes Lächeln liess ihr rundes Gesicht so erstrahlen, dass es eine Bonbontüte hätte zieren können. „Dann bist du also zufrieden, meine Gute?" sagte sie.

Mit gespielter Arroganz, die sie allen gegenüber an den Tag legte, die ihr in ihrem jetzigen Leben näherkommen wollten, liess Asîsa noch einmal den Blick über das ganze Zimmer schweifen. Ein Weile schwieg sie, dann meinte sie: „Wasch bitte noch den Mülleimer aus und stell ihn wieder an seinen Platz, dann komm und iss was, damit du nicht vom Fleisch fällst."

Gamalât ging hinaus, um den Mülleimer auszuwaschen, den sie im Gemeinschaftswaschraum am Ende des Mittelgangs zurückgelassen hatte. Inzwischen legte Asîsa für sie ein Fladenbrot zurecht sowie ein Stück von dem weissen Käse, von dem ihr Asîma etwas abgegeben hatte, ausserdem eine Kleopatra-Zigarette von der Sorte, die nur für den einheimischen Verbrauch bestimmt ist, weil sie, vielleicht aus Sorge um das Wohl der Raucher, reichlich Sägemehl enthält, und eine der ursprünglich vier Guaven von Heroin-Safîja, die von ihren Eltern beim letzten Besuch eine ganze Kiste davon erhalten und sie, bevor sie schlecht wurden, an ihre Freundinnen und alle, die ihr sympathisch waren, verteilt hatte. Währenddessen dachte Asîsa über Gamalâts Situation nach.

Wieder zurück stellte Gamalât den sauberen Eimer in die Zimmerecke, die von Bett und Kleidern am weitesten entfernt war, und setzte sich mit gekreuzten Beinen Asîsa gegenüber auf den frisch gewischten Boden. Sie legte den Käse auf das Brot und biss davon ab. „Ich würde gern über etwas deine Meinung hören, Tante Asîsa", sagte sie kauend.

„Ja?!" erwiderte Asîsa fragend. Ihre Augen, die auf Gamalâts engelhaftes Gesicht gerichtet waren, traten etwas hervor, weil sie annahm, dass jene sie auf den goldenen Wagen ansprechen und den Wunsch äussern würde, mitgenommen zu werden.

Als sie den Käse aufgegessen hatte, stopfte sich Gamalât den letzten Rest Brot in den Mund. Und während sie mit der Zunge ein kleines Steinchen, das ihr beim letzten Bissen zwischen die Zähne geraten war, so plazierte, dass sie es ausspucken konnte, erklärte sie: „Weisst du, ich hab mir gedacht, dass ich meinen Beruf wechsle, wenn ich, so Gott will, hier herauskomme. Stehlen ist sehr schwer geworden. Man muss überall sein, immer laufen und springen, und am Ende hat man nichts davon. Ich hab mir gedacht, ich arbeite wie die Töchter besserer Leute. Ich hab genug von der Plackerei."

Unschuldig sah Gamalât Asîsa mit noch grösseren Augen als sonst an. Was sie ihr anvertraute, hatte sie noch niemandem gesagt. Denn trotz allem, was man im Gefängnis über Asîsa und ihre Verrücktheit erzählte, vertraute ihr Gamalât und fühlte sich ruhig und sicher bei ihr. Sie arbeitete lieber für sie als für die Drogenhändlerinnen, die mit ihrem vielen Geld im Gefängnis alles, selbst die Wärterinnen, kauften und alle, die mit ihnen zu tun hatten und die sie gnädig herablassend für sich arbeiten liessen, überaus grosszügig beschenkten. Gamalât hielt Asîsa zwar für ein wenig verrückt, weil sie ihr, wenn sie sich unterhielten, ab und zu finstere Blicke zuwarf, sie aber im nächsten Augenblick wieder grundlos anlächelte. Trotzdem sah sie in ihr eine gute und mitfühlende Frau, immer bereit, mit anderen zu teilen. Nie war Gamalât mit einer Bitte zu ihr gekommen, die sie nicht erfüllt hätte, wenn es ihr möglich war. Daher kümmerte sich Gamalât nicht darum, wenn die anderen sie warnten und behaupteten, Asîsa könnte einen Wutanfall bekommen und über sie herfallen und sie schlagen. Gamalât hatte zu keiner anderen Frau im Gefängnis ein so gutes und freundschaftliches Verhältnis wie zu Asîsa. So musste es zwischen zwei Gefangenen sein, denn durch ihr gemeinsames schweres Los, einsam und eingesperrt zu sein, waren sie wie zwei von der gleichen Mutter geborene Schwestern, die einander Verständnis und Liebe entgegenbringen. Nun also verriet Gamalât Asîsa ihr Geheimnis, um ihre Meinung über das zu hören, was sie vorhatte, wenn es ihr vergönnt war, diesen Ort irgendwann einmal zu verlassen. Denn Asîsa war alt und verstand mehr von der Welt als sie. Sie war weise und konnte in die Menschen hineinsehen. Im Lauf der Zeit hatte sie das schon öfter bewiesen. Mit tief gesenktem Kopf sass Asîsa Gamalât gegenüber und dachte nach.

„Prostitution ist eine einfache und sichere Sache", fuhr das Mädchen nach langem Schweigen fort. „Wenn man einmal von der Polizei erwischt wird, bestrafen sie einen nur gering. Wenn ich ein paar Jahre lang auf den Strich gehe, kann ich eine ganze Menge zurücklegen. Dann zieh ich mich zurück und mach einen Laden auf oder betreibe einen Handel, von dem ich leben kann. Dann hab ich ausgesorgt."

Asîsa erwiderte nichts, weil sie gerade eine grosse Ameise beobachtete, die versuchte, ein kleines Bröcklein Brot, das

Gamalât beim Essen auf den Boden gefallen war, wegzuschleppen. Asîsa verfolgte sie so lange, bis sie fast in ihrem Loch unter der alten Türschwelle der Zelle verschwunden war, deren Lack an manchen Stellen abgetreten war, so dass das dunkle Holz darunter zum Vorschein kam. Schliesslich sagte sie: „Komm mit nach oben, das ist besser für dich."

Bei diesen Worten verschwand die Ameise endgültig in ihrem Loch. Gamalât, die nicht verstand, was Asîsa meinte, strich sich Strähnen ihres weichen, braunen Haares aus dem Gesicht und sagte: „Weisst du, wenn wir einmal Rindfleisch bekommen, such ich ein fettes Stück Fleisch heraus. Daraus koche ich mit Essig und Knoblauch eine Suppe. Die essen wir dann hier zusammen, du und ich."

Asîsa hob den Kopf und bat Gamalât, aufzustehen und für sie beide Tee zu kochen. Als sie stand, liess Asîsa ihren Blick über ihren etwas fülligen Körper und die weisse, zarte Haut ihrer Beine gleiten. Dabei dachte sie über das nach, was sie vorhin gesagt hatte. Das war neu. So etwas hatte sie von Gamalât, seit sie sich angefreundet hatten, noch nie gehört, obwohl sie sonst alles über das Mädchen und seine Vergangenheit wusste. Asîsa war bekannt, dass Gamalât einer Zigeunerfamilie entstammte, die seit Generationen von Raub und Taschendiebstahl lebte. Die Männer der Familie übten ihr Handwerk in Saudiarabien und den Golfstaaten aus, vor allem zur Zeit der Pilgerfahrt, wenn das bunte Menschengewimmel ein ausgezeichnetes Tätigkeitsfeld bietet. Auch Gamalât war eine professionelle Diebin. Sie lebte zusammen mit ihrer Schwester – ihre Mutter war gestorben – an ihrem Arbeitsort, der Stadt Tanta. Vor allem an den Tagen des Festes des Heiligen Sajjid al-Badawi herrscht dort ein reges

Treiben von Menschen, die sich den Vergnügungen hingeben und den Taschendieben ihre Arbeit leicht machen.

Gamalât wurde aber nicht wegen Diebstahls festgenommen. Der Grund war vielmehr ihre Schwester. Diese, ungefähr drei Jahre jünger und hübscher als Gamalât, aber geistig zurückgeblieben, weil Teile ihres Gehirns während ihrer Geburt, bei der die Mutter starb, geschädigt worden waren, besass weicheres Haar als Gamalât und verführerische honigfarbene Augen und wurde ständig von einem jungen Mann verfolgt, der sie dazu bringen wollte, sich mit ihm einzulassen. Er hatte herausgefunden, dass die beiden Frauen allein in einer möblierten Wohnung lebten, etwas, das die Gesellschaft missbilligt, weil in ägyptischen Filmen Bewohnerinnen solcher Unterkünfte generell als unanständig dargestellt werden und man gemeinhin annimmt, dass sie Beziehungen zu Touristen aus den Ölländern unterhalten, die angeblich dafür verantwortlich sind, dass das Geschäft mit der Vermietung solcher Wohnungen zu ungesetzlichen und unmoralischen Zwecken blüht. Die formvollendete, aber einfältige Schwester interessierte sich für Kaugummis und geröstete Erdnüsse, nicht aber für diesen jungen Mann, von dessen Existenz und Interesse an ihr sie ebensowenig wusste wie er von ihrer Zurückgebliebenheit. Gamalât aber hatte Angst, dass dieser Mensch einmal zu weit gehen und ihre Schwester verführen könnte, mit der unliebsamen Folge, dass ihre Schwester ein drittes Geschöpf in die Welt setzte, für das sie zu sorgen hätte. Ihr reichte schon die Schwester. Sie war wie ein Kreuz, das ständig auf ihrem Rücken lastete und ihr Tag und Nacht das Leben vergällte. Nie wurde sie es los, selbst wenn sie wegging. Wenn sie ihre Schwester zuhause zurückliess, musste sie die Fenster gut schliessen und den Schlüssel von aussen ein paarmal im Schloss umdrehen, weil die Einfältige sonst aufmachen und jemanden in die Wohnung lassen konnte. Selbst wenn Gamalât weit weg war, quälte sie ständig die Sorge, dass ihre Schwester mit einem scharfen Gegenstand hantieren oder ein Feuer legen könnte.

Einmal hatte Gamalât versucht, ihre Schwester selbst zu ihrem Lebensunterhalt beitragen zu lassen. Sie wollte ihr die Grundlagen des Stehlens und einfache Tricks beibringen. Doch ihre Schwester brachte sie fast in Schwierigkeiten, weil sie einem alten Mann auf der Strasse einen Maiskolben, von dem sie abgebissen hatte, an die Brust hielt und ihn ganz offen aufforderte, das Geld, das er bei sich trug, herauszurücken. Nicht auszudenken, was gewesen wäre, hätte der Alte das ganze nicht für den netten Streich eines kleinen Mädchens gehalten.

Gamalât riet dem jungen Mann, einem Lehrling im Damenfriseurladen im Erdgeschoss des Hauses, in dem sie wohnte, die Finger von ihrer Schwester zu lassen, sonst würde sie ihn verprügeln, wie er noch nie verprügelt worden sei. Er solle sich verdrücken und sie beide in Ruhe lassen. Eines Tages klopfte er aber doch an ihre Wohnungstür. Sie machte auf und wollte gerade sagen, dass er es gefälligst unterlassen solle, sie bis zur Wohnungstür zu verfolgen, als er sie einfach beiseite stiess, um in die Wohnung zu gelangen. Da holte sie schnell das heisse Bügeleisen, mit dem sie eben noch die rote, aus einem bekannten Geschäft entwendete Seidenbluse gebügelt hatte, und schleuderte es dem jungen Mann an den Kopf. Die Folge war eine Gehirnerschütterung, wie die Ärzte im allgemeinen Krankenhaus feststellten.

Kurze Zeit dachte Asîsa, dass Lola, die Friseuse, versucht haben könnte, Gamalât zu beeinflussen. Lola war eine professionelle Zuhälterin. Sie kam häufig ins Gefängnis, weil sie mehrere Zuhälterringe betrieb. Zu ihren Opfern gehörten sowohl Studentinnen als auch Beamtinnen und Frauen aus der besseren Gesellschaft. Diesen Gedanken liess Asîsa aber fallen, weil Gamalât Lola abgrundtief hasste und sie, seit sie über ihre Neigung Bescheid wusste, ständig verspottete. Ohne erklärlichen Grund versuchte Lola immer, sich an Gamalât heranzumachen und sie auf anzügliche Weise zu berühren, wenn sie sie im Gefängnishof stehen sah. Anfänglich erklärte sich Gamalât das als einen Beweis der Zuneigung und war sehr glücklich darüber, weil sonst niemand nett zu ihr war und sich um sie kümmerte. Eines Tages dann badete sie in der Gefängnisbadewanne. Das Wasser tröpfelte wegen eines schon einen Monat dauernden Defektes an einer der Verteilstellen der städtischen Wasserversorgung nur schwach aus dem Hahn, und weil es nicht ausreichte, bat Gamalât Lola, ihr einen Eimer voll Wasser zu bringen. Als diese hereinkam, um das Wasser in die Badewanne zu schütten, erbot sie sich, ihr mit Schwamm und Seife den Rücken zu waschen. Dabei entdeckte Gamalât aber, dass es Lola gar nicht darum ging, ihr behilflich zu sein und sie da zu waschen, wo sie selbst nicht hinkam. Stöhnend pries Lola Einzelheiten von Gamalâts Körper, der, obwohl etwas füllig, tatsächlich schön war, bis Gamalât, die keiner weiteren Beweise für Lolas Schamlosigkeit und Verdorbenheit bedurfte, sie hinauswarf. Damit nicht genug, sie stellte sie im

Gefängnis bloss, vor allem vor denen, für die so etwas ein gefundenes Fressen war: den Alten in ihrer Gemeinschaftszelle und Umm Ragab, dem Auge der Gefängnisleitung. Die Blossstellung brachte Lola zwar auch einen Vorteil, da Airport-Sanîja, die grösste Drogenhändlerin, die eine lebenslange Haftstrafe abbüsste, weil sie in Flugzeugen Drogen aus dem Ausland eingeschmuggelt hatte, die Geschichte derart amüsierte, dass sie sie in den Kreis ihrer Freundinnen aufnahm. Doch Gamalâts beissender Spott, den Lola bei jeder Begegnung mit ihr zu spüren bekam, vergiftete ihr das Leben und beschämte sie, weil sie nichts darauf erwidern konnte. Nicht weil sie zu gute Manieren besessen oder sich gescheut hätte, unanständige Worte in den Mund zu nehmen, sondern weil sie dieses Mädchen, auch wenn es sie beleidigte und das Ganze aussichtslos war, tatsächlich so liebte, dass sie ihretwegen schlaflose Nächte hatte.

Asîsa konnte nicht wissen, durch wen und mit welchen Argumenten Gamalât sich hatte verleiten lassen, ihre Zukunftspläne zu ändern, denn sie hatte Huda noch nicht kennengelernt. Huda war der jüngste Neuzugang in der Zelle der Krätzigen und erst seit einer Woche bei ihnen. Obwohl sie mit ihren sechzehn Jahren die jüngste unter den verheirateten Frauen im Gefängnis war, dabei aber schon Mutter zweier Kinder, war sie es, die Gamalât dazu überredet hatte, eine Laufbahn einzuschlagen, die nach ihrer kurzen, aber gründlichen Lebenserfahrung erfolgversprechender und angenehmer sei als Gamalâts frühere Tätigkeit.

Huda war auf ungeahnten, verschlungenen Pfaden auf die schiefe Bahn geraten. Dieser Weg hatte seinen Anfang ein paar Jahre zuvor genommen, als sie mit ihrer Mutter zum ersten Mal eine Polizeistation betrat, nicht als Beschuldigte oder Angeklagte, sondern um Anzeige wegen eines getöteten Huhns zu erstatten. Dieses Huhn war eine der fünfzehn Legehennen ihrer Mutter gewesen, die diese selbst aufgezogen hatte, seit sie geschlüpft waren. Hudas Mutter wollte ihre Nachbarin anzeigen, die in einer dieser vielen Stadtrandsiedlungen, die innerhalb weniger Jahre entstanden und zu Riesendörfern anwuchsen, in einer Bruchbude neben ihrer eigenen hauste. Zuerst war die Mutter zum staatlichen Krankenhaus gegangen, aber nicht wegen ihres Auges, das ihr die kräftige Nachbarin bei ihrer Auseinandersetzung mit einem grossen Ziegelstein ausgeschlagen hatte. Der Arzt war eher geneigt gewesen, Massnahmen gegen die Nachbarin zu ergreifen, als für das ermordete Huhn einen Totenschein auszustellen, als Beweis dafür, dass das Tier erwürgt worden war. Als der Arzt Hudas Mutter zu verstehen gab, dass er für das Huhn kein Attest ausstellen werde, ihr jedoch die Körperverletzung, das ausgeschlagene Auge, bescheinigen konnte, hatte sie ihn stehen lassen. Er war eben auch nur einer von der Regierung, die nie verstand, worum es eigentlich ging. An der Tür der Polizeistation traf sie auf einen adretten Polizeiwachtmeister, den der zarte, weisse Körper des jungen Mädchens, das ängstlich an seiner Mutter klebte und scheu alles mitverfolgte, mehr interessierte als das verlorene Auge der Mutter oder das gemeuchelte Huhn, das regungslos unter einem Zipfel ihres langen schwarzen Überwurfs lag. Er bot ihnen – auf einer Polizeistation völlig ungewöhnlich – auf seine Rechnung ein kühles Getränk an und versprach der Mutter, ihre Feindin, die Verbrecherin, auf jeden Fall zur Rechenschaft zu ziehen. Dann fragte er sie über das Mädchen aus, und es verging keine Viertelstunde, da hielt er schon um die Hand der Tochter an ihrer Seite an.

Die Mutter war so überrascht, dass sie ihr Auge, die gemeuchelte Henne und die brutale Nachbarin sofort vergass. Nicht einmal in ihren kühnsten Träumen hatte sie sich vorgestellt, es könnte irgendwann einmal in ihrem Bekannten- oder Verwandtenkreis eine Person geben, die etwas mit der Regierung zu tun hatte, geschweige denn in so angesehener Position. Deshalb überlegte sie nicht lange und gab sofort ihre Einwilligung zur Heirat, während sie voller Bewunderung die bunten Streifen auf seinem Ärmel betrachtete, die ihn als Polizeiwachtmeister auswiesen und von einem einfachen Polizisten unterschieden. Sie war überzeugt, dass das Schicksal ihn geschickt hatte, um sie aus ihren äusserst bescheidenen Verhältnissen zu befreien und in ein besseres Leben zu führen. Das Angebot, das er ihr machte, war sehr grosszügig. Er versprach ihr dreissig Pfund als Anzahlung auf die Morgengabe und noch einmal den gleichen Betrag zur Begleichung der Kosten für Brautkleid und Auslagen der jungen Braut. Ausserdem erklärte er sich bereit, seiner Braut einen goldenen Armreif zu kaufen, und zwar in einer Filiale von Gamâl, jener Ladenkette, die spezialisiert war auf den Verkauf von vergoldetem und mit dem offiziellen staatlichen Garantiestempel versehenen Messingschmuck – für arme Bauern, weil unerschwinglich, um so begehrenswerter.

Zwei Monate später war der Polizeiwachtmeister der Ehemann des noch nicht dreizehnjährigen Mädchens, nachdem es ihm gelungen war, die Hürde des gesetzlichen Heiratsalters mit Hilfe einer Altersbescheinigung zu nehmen, die er einem Arzt abgekauft hatte, der sich auf illegale Tätigkeiten verlegt hatte, Abtreibungen vornahm, heiratswilligen Mädchen ihre verlorene Jungfräulichkeit zurückgab und eben auch Altersbescheinigungen für Mädchen ausstellte, die noch nicht das vorgeschriebene Heiratsalter hatten. Der Standesbeamte, der dieses Papier den Heiratsunterlagen als offizielles Dokument hinzufügte, war damit rechtlich abgesichert und somit in der Lage, die Heiratsurkunde für den Polizeiwachtmeister auszustellen, obwohl er selbst von der Minderjährigkeit der Braut überzeugt war.

Schon nach einem Jahr gebar Huda ihrem hochgeschätzten Polizeiwachtmeister einen hübschen Jungen, der ihr ähnlich sah. Wieder ein Jahr später kam ein Schwesterchen dazu, das ständig weinte und nie Ruhe gab, weil es rauschgiftsüchtig war wie seine Mutter, deren Drogenabhängigkeit daher rührte, dass ihr Mann seit Beginn der Ehe keinen Abend ohne Opium oder Haschisch in den Taschen nach Hause gekommen war; dieses hatte er bei Razzien im Rauschgiftmilieu konfisziert oder von den Dealern im Viertel, die sich dadurch sein Stillhalten erkaufen wollten, geschenkt bekommen. Durch seine interessante Tätigkeit, bei der ihm tagtäglich Dutzende der unterschiedlichsten menschlichen Charaktere begegneten, lernte Hudas Mann dann eine andere Frau kennen, weswegen er immer seltener nach Hause kam und seine kleine Familie schliesslich sich selbst überliess. Nun musste Huda ihr Leben allein meistern und sich einerseits nach einer Erwerbsmöglichkeit umsehen, mit der sie ihren und ihrer Kinder Lebensunterhalt bestreiten konnte, andererseits nach einer Ersatzdroge für ihr an täglichen Rauschgiftkonsum gewöhntes Nervensystem. Was lag da näher als der Einstieg ins älteste und einfachste Gewerbe der Welt.

Gamalât gehörte zwar nicht wie Huda zu den Bewohnerinnen der Krätzezelle, aber weil sie sich mit ihr angefreundet hatte, verbrachte sie den grössten Teil ihrer Zeit dort, während die meisten anderen Gefängnisinsassinnen den Umgang mit den Angehörigen des Krätzeclubs mieden, weil sie Angst hatten, sich bei ihnen anzustecken. Diese Krätzigen nämlich waren so arm, dass sie sich nicht einmal ein ordentliches Stück billige Seife leisten konnten, mit der man sich anständig waschen und seine Kleider reinigen konnte; sie mussten mit den Seifenkrümeln auskommen, die die Gefängnisverwaltung kostenlos ausgab. Das Stück dagegen, das sie eigentlich erhalten sollten, verschwand in den Taschen der Vertragslieferanten und der kleinen Gefängnisangestellten, und so waren die zumeist jugendlichen Körper der Zellenbewohnerinnen ein Schlaraffenland für winzige Parasiten. Hudas temperamentvolles Wesen, ihre Geselligkeit und ihre ständigen Witze übten eine anziehende Wirkung auf Gamalât aus. Ausserdem veranstaltete sie zusammen mit den übrigen Mädchen in ihrer Zelle Tanz- und Gesangsfeste, an denen auch Gamalât teilnahm. Dabei bemühte sich Huda, die Stimme des von ihr heissgeliebten Farîd al-Atrasch nachzuahmen, was ihr aber nicht gelang. Dennoch war sie der unbestrittene Star dieser Feste und, trotz ihrer Jugend, die Wortführerin in der Krätzezelle. Alle ihre Mitbewohnerinnen hatten sich an ihre Anordnungen zu halten, die vor allem die Verteilung der Schlafplätze und die Aufgaben beim Putzen betrafen, das aber aufgrund fehlender Reinigungsmittel nur in sehr begrenztem Mass stattfand. Ausserdem kümmerte sie sich darum, dass tagsüber das Abfallpapier auf dem Gefängnishof aufgelesen wurde, das man nachts verbrannte, und zwar im vergeblichen Versuch, die Mücken loszuwerden, die sich, eingeladen durch die offenen Entzündungen der Zelleninsassinnen, zu den Krätzemilben gesellten. Der Rauch, der sich dabei entwikkelte, war aber eher dazu angetan, Lungenkrankheiten hervorzurufen, als die Mücken zu vertreiben.

Asîsa zündete sich eine Zigarette an und dachte traurig darüber nach, wieviele Männer wohl den edlen Wein dieses zarten Körpers schlürfen würden, der da vor ihr stand, wenn Gamalât tatsächlich begänne, ihren Körper an jeden zu verkaufen, solange er nur zahlt. Sie stellte sich all die Männer vor, die alten, die grossen, die kleinen, die fettwanstigen und drogensüchtigen mit ihren schwarzen schmutzigen Zähnen, die den letzten Tropfen jugendlicher Frische aus Gamalâts Körper pressen und ihre Seele nach und nach zerstören würden, bis sie am Ende nur noch ein verbrauchter menschlicher Lumpen war. Warum, fragte sie sich, sollte es das Schicksal eines solch hübschen jungen Mädchens sein, diesen ganzen Schmutz zu ertragen und das Leben, das kaum begonnen hatte, auf eine Weise zu verbringen, die nur in einer Sackgasse enden konnte. Warum sollte Gamalât nicht einen Mann haben, der ebenso nett und wohlgeraten war wie sie, dem sie Herz und Körper schenken konnte und der ihr wiederum alles gab, was ein Mann einer Frau nur geben konnte. Sie grübelte weiter und stellte sich schliesslich vor, dass Gamalât, wenn sie den von ihr geplanten Weg tatsächlich einschlug und zu einer professionellen Hure wurde, die allen Liebe verkauft, die dafür bezahlen können, eines Tages unausweichlich zu einer zweiten Lola würde, zu einer raffinierten Kupplerin, die nicht nur ihren eigenen Körper, sondern auch die Körper anderer Frauen verkauft.

Hier schlug Asîsas Traurigkeit in rebellischen Zorn um. Sie hob ihren Kopf, blickte zu den Gitterstäben im Fenster hinauf und starrte auf das mit dunkelgrauen Wolken verhangene Stück Himmel. Bedrückt erhob sie ihre Stimme im Protest gegen eine unsichtbare höhere Macht, die sie für alles verantwortlich machte, was diesem hübschen sympathischen Mädchen mit seiner reinen unschuldigen Kinderseele gegenwärtig und in Zukunft widerfuhr: „Hörst du eigentlich? Siehst du eigentlich? Die Sache geht langsam zu weit. Das darf man unter keinen Umständen länger hinnehmen." Dann wandte sie sich ab und sagte herausfordernd: „Gut, beim Grab meiner Mutter, das Mädchen kommt mit uns, so Gott will. Sie wird bei mir sitzen. Zuerst muss sie ein heisses Bad nehmen und sich mit Phenolseife waschen, damit sie niemanden ansteckt. Dann ist sie bereit, duftend wie Jasmin und schöner als alle."

In diesem Moment wurde Gamalât, die damit beschäftigt gewesen war, sich zwischen den Fingern zu kratzen, bewusst, dass Asîsa redete. Sie schenkte ihre Aufmerksamkeit wieder dem Tee und goss ihn in zwei Tassen auf einem Tablett. Da sie ihn zu lange hatte ziehen lassen, leuchtete er rot wie Rubin. Verwundert fragte sie Asîsa, wie immer, wenn sie gut gelaunt war, ihren Kosenamen gebrauchend: „Sprichst du mit mir, mein Mond?"

Gnade vor Recht

Machrûsa, die Wärterin, erhob ihr Gesicht aus einem Teller Bienenhonig, und Heroin-Safîja begann sofort, den Honig einzureiben, bevor ein Tropfen davon zu Boden fallen konnte. Dabei malte sie Machrûsa in leuchtenden Farben aus, wie weich und strahlend ihr Gesicht sein würde, wenn sie es nachher ohne Seife, nur mit Wasser, wusch, nachdem sie, Safîja, es mit einem Zwirn geglättet und allen Flaum um Kinn, Backen und Nase entfernt hatte, der es am Leuchten und Strahlen gehindert hatte.

Machrûsa setzte eine fröhliche Miene auf, als sie sich die Veränderung ihres Aussehens vorstellte. Schon wollte sie mit ihrer heiseren, rauhen Stimme ein heiteres Lied für freudige Anlässe anstimmen, das während ihrer Jugendzeit vor dreissig Jahren sehr beliebt gewesen war. Doch statt dessen seufzte sie und sagte: „Stell dir vor, Kind, Safîja, als ich noch jung war, hatte ich eine traumhaft glatte Haut."

„Nicht möglich!" erwiderte Safîja und fügte hinzu: „Kummer und Sorgen. Sie überfallen jeden, selbst den Vollmond der Vollmonde. Ja, Machrûsa, die Zeit hat dir übel mitgespielt. Gott steh dir bei."

Machrûsa wurde es schwer ums Herz, und ihr durch die Epilation schon gerötetes Gesicht wurde noch röter. Sie stöhnte unter der Hitze. Dann begann sie, einen schwermütigen Gassenhauer zu singen: „Das Buch meines Lebens, Geliebter ... la, la, la." Abrupt hörte sie auf zu trällern und sagte aus tiefer Überzeugung: „Hast du eine Ahnung! Jede andere, die das gleiche mitgemacht hätte wie ich und gesehen hätte, was ich gesehen habe, hätte sich wahrscheinlich umgebracht oder sonst was getan und wäre als Ungläubige gestorben. Und bei Gott, sie hätte wahrlich Grund dazu gehabt. Aber, Gott sei tausendmal gedankt, ich nicht. Mein Herz ist weisser als das Tuch, das du auf dem Kopf trägst, Safîja. Mein Leben lang hab ich allen Menschen nur Gutes gewünscht. Und bei Gott, unser Herr belohnt jeden Menschen nach seinem Verdienst."

Safîja gab ihr Recht und erinnerte sie an das schlimme Erlebnis mit der jungen Samîcha. Machrûsa hatte eines Tages entdeckt, dass diese unter ihren Sachen eine leere Karbolsäureflasche versteckte, die sie aus dem Gefängniskrankenhaus entwendet hatte, um sie irgendwann einmal bei einer ihrer ständigen Rangeleien mit den anderen Gefangenen als Waffe einzusetzen. Diese Geschichte gab Safîja Anlass, Machrûsas Gutherzigkeit zu rühmen, denn eine andere Wärterin hätte sicherlich dafür gesorgt, dass es Samîcha schlecht ergangen und sie von der Gefängnisleitung aufs härteste bestraft worden wäre. Wie leicht hätte ein Unglück geschehen können, wenn Samîcha dieses gefährliche Werkzeug tatsächlich benutzt hätte. Dann wäre die Gefängnisleitung zur Verantwortung gezogen worden. Machrûsa aber liess es dabei bewenden, Samîchas hässliches Gesicht links und rechts zu ohrfeigen. Dabei schwor sie beim Grab ihrer teuren Mutter, sie auf ihre Art Mores zu lehren, falls sie noch einmal gegen die Regeln und Vorschriften der Gefängnisleitung verstiesse. Diese Art hätte darin bestanden, Samîcha zu fesseln und mit zwei getrockneten Dattelkernen an den weichen Stellen ihrer Oberschenkel zu kneifen. Das ist äusserst schmerzhaft und hinterlässt auf der Haut, die an dieser Stelle empfindlich und zart ist, dunkelblaue Flecken. So hatte Machrûsa ihre eigenen Töchter gezüchtigt, wenn sie etwas so Schlimmes angestellt hatten, dass eine Standpauke oder eine Ohrfeige nicht Bestrafung genug waren.

Machrûsas Herz war nicht weiss wie Safîjas Kopftuch, sondern schwarz wie der wolkenbedeckte Himmel einer kalten Winternacht. Und so wenig dessen Schwärze von einem hellen Stern durchbrochen wird, so wenig fiel in Machrûsas Herz ein Licht, das die rabenschwarze Niedertracht beseitigt hätte, die sich im Lauf der Zeit dort festgesetzt hatte und sich gegen die Menschen, das Leben und die Zeit, vor allem aber gegen ihren Ehemann richtete, der sie in ihren besten Jahren mit dem ganzen Junggemüse am Hals allein zurückgelassen hatte. Zuvor hatte er sich noch schadlos an ihr gehalten und ihr alles geraubt: ihren ganzen Schmuck – einen achtzehnkarätigen Goldring mit einem billigen künstlichen Karneol – , ihren gesamten Hausrat, von dem sie jedes einzelne Stück sauer verdient hatte, in verschiedenen Häusern, wo sie von Sonnenaufgang bis nach Sonnenuntergang geschuftet hatte, um ihn und die Kinder zu ernähren, und schliesslich ihr Herz, mit dem er von jeher grausam umgegangen war, bevor er es damals endgültig gebrochen hatte. Einmal hatte er ihr sogar ins Gesicht hinein gesagt, dass er sie hasse, weil sie abstossend und hässlich sei, ja, die hässlichste Frau, die Gott geschaffen und er jemals gesehen habe.

Der armen Machrûsa war diese Wahrheit, die aus dem Munde ihres Ehemanns kam, bevor er ihr davonlief, nicht unbekannt. Sie wusste, dass sie tatsächlich hässlich aussah, mit diesem breiten Gesicht, der plattgedrückten Nase und den Froschaugen, deren finsterer Blick durch ihren matten dunkelbläulichen Teint noch verstärkt wurde, und dem grossen Mund, der über einem kugeligen Kinn sass. Aber es war eine Sache, sich dieser Wahrheit bewusst zu sein, eine andere, sie von dem Menschen, der einem am nächsten steht, ins Gesicht gesagt zu bekommen. Damals ging ihr ein eigenartiger Schmerz durch die Seele, und etwas in ihrem Inneren zerbrach, ohne dass sie etwas dagegen tun konnte, weil ihre Hässlichkeit schliesslich ihr naturgegebenes Schicksal war. Dennoch arbeitete sie, wohl wissend, dass sie nie schön sein würde, unermüdlich an ihrem Äusseren, um wenigstens akzeptabel auszusehen und ein unauffälliges Gesicht zu haben. Ständig färbte sie ihr mattes Haar mit Henna und brachte es darin zur Meisterschaft. Einmal verrührte sie Hennapulver in kochend heissem Wasser mit den Schalen von Auberginen und roten Zwiebeln, ein anderes Mal mit Kamille und Schwarzteeblättern, die sie gekocht hatte, bis sie zerfallen waren. Ständig war sie bemüht, ihre Haut weich und glatt zu bekommen. Sie verwendete alle möglichen Schönheitsmittelchen, die sie teils selbst kaufte, teils von den Frauen, bei denen sie putzte, geschenkt bekam. Ihr grösstes kosmetisches Problem, das ihr schlaflose Nächte bereitete, betraf das Lackieren ihrer Fingernägel, denn bei der Arbeit musste sie die Hände ins Wasser tauchen, wobei sich jedesmal der Lack löste.

Machrûsa litt darunter, dass ihr Ehemann ihre immensen Anstrengungen, schöner zu werden, in keiner Weise würdigte. Genauso wenig dankte er es ihr, dass sie zum Lebensunterhalt beitrug. Dabei schlief er Nacht für Nacht mit ihr, ganz gleich, wie sie sich fühlte. Diese seine Intimitäten, die ein halbes Dutzend Kinder zur Folge hatten, vier Mädchen und zwei Jungen, genoss sie nicht einen Augenblick, zumal er auch noch lungenkrank war. Trotzdem wies sie ihn niemals zurück und wurde nie müde, ihn zu bedienen, fest davon überzeugt, Krankheit wie Gesundheit seien gottgegeben. Gott stellt die Menschen auf die Probe und ernährt, wen er ernähren will. Niemals hörte sie auf, ihrem undankbaren Ehemann zu gehorchen, weil sie ehelichen Gehorsam ganz einfach für ihre Pflicht Gott gegenüber hielt. Immer war sie um ihn besorgt, sparte täglich einen halben Liter Milch für ihn auf und versorgte ihn mit dem besten Essen, das man ihr in den Häusern, in denen sie arbeitete, mitgab. Oft verzichtete sie selbst auf das gute Essen, das zuzubereiten sie sich nie hätte leisten können, vor allem nachdem er seine Arbeit als Polsterer aufgegeben hatte, weil durch den Staub aus den Baumwollfüllungen und den alten Matratzen seine Lungen schwer geschädigt waren.

Auch als er dann wie ein Häufchen Elend krank und schwach und beschäftigungslos zu Hause herumsass, sorgte Machrûsa weiterhin für ihn und gab ihm das nötige Geld, damit er wie jeder gesunde Mann, der für seinen Lebensunterhalt sorgt und Geld verdient, ins Café gehen konnte und nicht sein Selbstwertgefühl verlor und trotz der Krankheit, die ihn daran hinderte, wie ein Mann für seine Familie zu sorgen, nicht das Gefühl hatte, arm und zu nichts nütze zu sein.

Doch er vergalt das Gute mit Bösem, mit Grausamkeit, Rohheit und Undankbarkeit. Ständig beschimpfte und beleidigte er sie aus dem lächerlichsten Anlass und wegen der kleinsten Fehler, die ihr aus Zeitmangel oder Erschöpfung unterliefen. Einmal schlief sie ein, während sie Joghurt zubereitete, weil sie so erschöpft war, dass sie nur noch ihre müden Glieder ausstrecken wollte. Das Joghurt gerann und musste weggeschüttet werden. Als er das entdeckte, bedachte er sie, ihre Eltern und ihre ganze Ahnenreihe mit den schlimmsten Beschimpfungen. All das konnte sie ertragen, aber dass er sich beklagte, mit so einem morschen Gerippe geschlagen zu sein, das auf dem Frauenmarkt keinen Silberling wert sei, traf sie zutiefst. Später begann er, sie und die Kinder beim geringsten Anlass zu schlagen. Es kam so weit, dass er an ihrer Treue zweifelte, weil sie oft spät von der Arbeit nach Hause kam. Gott allein weiss, dass sie sich nur deshalb verspätete, weil sie ihre Arbeit gründlich machte und ein Haus erst verliess, wenn es in bestem Zustand war, damit ihre Arbeitgeberinnen zufrieden waren und sie nicht entliessen, sondern ihr zusätzlich Geld und Essen zusteckten. All das ertrug sie geduldig, wenn auch nicht leicht, weil sie nach Sicherheit suchte und glaubte, einen Mann zu haben, sei auf jeden Fall besser, als allein dazustehen. Besonders schlimm wurde es allerdings für sie, als er in seiner Feindseligkeit ihr gegenüber so weit ging, sie zu bestehlen. Eines Abends, nach Stunden mühseliger Arbeit – sie hatte die Wohnung eines reichen Geschäftsmannes geputzt, die aus sechs Zimmern, einer grossen wohlausgestatteten Küche und drei Bädern bestand, in denen jede Kachel einzeln zu polieren war, bis sie glänzte –, musste sie entdecken, dass er den Fernseher verhökert hatte. Dabei war Fernsehen ihr einziges Vergnügen. Wie lange hatte sie darauf gewartet, einen Fernsehapparat zu besitzen, bis sich ihr schliesslich die einmalige Gelegenheit geboten hatte, einen solchen billig und auf Raten einer Frau abzukaufen, deren Mann aus dem Land des Propheten mit einem zweiten grösseren Fernsehgerät zurückgekehrt war. Es waren seltene glückliche Momente, wenn sie sich zum Abendessen mit den Kindern vor dem Fernseher versammelte, um sich Theaterstücke und Filme anzuschauen, bis der Schlaf sie übermannte und sie auf dem Sofa einschlief; regelmässig träumte sie, wie die Mädchen in den Werbespots hellhäutig und blond zu sein, die schönsten Kleider zu tragen und den Männern den Kopf zu verdrehen. Der Kummer über den Verlust des Fernsehgeräts raubte ihr den Appetit.

Es sollte aber noch schlimmer kommen. An einem rabenschwarzen Tag, an dem die Sonne für Machrûsa nicht aufging, verschwand auch die Waschmaschine. Was das für ein Schock für sie gewesen sein musste, kann nur ermessen, wer weiss, dass sie die Waschmaschine für die grösste Errungenschaft der Menschheit seit Adam und Eva hielt, weil dieses Gerät sie aus der Sklaverei befreite, für ihre sechs Kinder, ihren Mann und sich selbst mit der Hand waschen zu müssen. Ihre Wertschätzung und Hochachtung für die Maschine zeigte sich darin, dass sie diese nach jedem Waschen sorgfältig trockenwischte und mit einem hübschen bunten Tuch abdeckte, das einmal als Kopftuch gedient und das ihr eine ihrer Arbeitgeberinnen zusammen mit Lumpen und altem Kram grosszügig überlassen hatte.

An jenem schweren Tag blieb sie nicht so ruhig wie an dem Tag, da er den Fernseher verscherbelt hatte. Sie stritt mit ihm und sagte ihm ins Gesicht, sie wisse schon, dass er mit dem Abschaum des Viertels im Café pokere, und zwar um Geld. Dann weinte sie bitterlich um die teure Waschmaschine, wie wohl jeder arme Bauer um seine einzige Büffelkuh geweint hätte. Sie beklagte ihr schweres Los und rief ihre Mutter, die seit vielen Jahren im Armengrab lag, herbei, um zu sehen, wie dreckig es ihr gehe. Die Waschmaschine war ein Glücksfall gewesen, wie er sich, nach Machrûsas Einschätzung, nur einmal im Leben ereignete. Nach zähem Feilschen um Preis und Qualität hatte sie sie einem fahrenden Altwarenhändler für dreissig Pfund abgekauft, die sie sich mühsam von ihren Einkünften erspart hatte. Ein günstiger Preis für eine Maschine, die wie neu aussah, weswegen Machrûsa vermutete, dass sie gestohlen war.

Nach langem Martyrium wurde Machrûsa von ihrem kranken und spielsüchtigen Ehemann und Peiniger verlassen, allerdings nahm er auch noch ihr einziges goldenes Schmuckstück mit, das sie sich für ganz schlechte Zeiten aufgehoben hatte und das ihr soviel bedeutete wie ein Kleinod aus König Salomons Schatz. Mitten in der Nacht – bei Sonnenaufgang sollte für sie ein harter und anstrengender Arbeitstag beginnen, aber noch schlief sie wie eine Tote – zog er ihr den Ring mit dem unechten Stein vom Finger; sie hatte ihn – welch seltener Glücksfall – in der Innentasche eines alten Mantels gefunden, den ihr eine Griechin, bei der sie eine Zeitlang in Stellung gewesen war, schenkte, bevor sie nach dem Abzug der Ausländer im Jahr 1956 ebenfalls das Land verliess.

Während der Abwesenheit ihres flüchtigen Ehemanns – Machrûsa glaubte nicht mehr an seine Rückkehr – sah sie sich gezwungen, verschiedenste Arbeiten anzunehmen. Als Hausmädchen, das sie gewesen war, hatte sie nicht viel verdient. Dienstpersonal war nicht mehr gefragt, seit die Leute sich elektrische Geräte anschafften, ihre Möbel nach praktischen Gesichtspunkten, Pflegeleichtigkeit und Zweckmässigkeit, auswählten und ihnen – es war die Mittelschicht, bei der sie meistens gearbeitet hatte – ausserdem die ständigen Preiserhöhungen zu schaffen machten.

Anfänglich kochte Machrûsa Kuschari – Makkaroni, Reis und Linsen in Öl – und verkaufte dieses Gericht portionenweise auf der Strasse. Als sie sich finanziell gerade etwas erholt hatte, wurde sie von der Stadtverwaltung vertrieben. Diese erhob Abgaben und machte Auflagen für die Benutzung des Gehsteigs, der Eigentum der Regierung sei und die deshalb nach Gutdünken darüber verfügen könne. Machrûsa hörte auf, Kuschari zu verkaufen, als sie feststellte, dass ihr das nichts mehr einbrachte, weil die Abgaben und Bestechungsgelder höher waren als ihr Gewinn und am Ende, wenn sie dem Händler die auf Pump gekauften Makkaroni und Linsen und den Reis bezahlt hatte, nichts mehr übrigblieb.

Danach stieg sie in die Produktion ein, vielleicht um mit der Politik der wirtschaftlichen Öffnung Schritt zu halten, die Fabriken hatte entstehen lassen, deren Produkte kaum ernst zu nehmender waren als diejenigen, die Machrûsa damals herstellte. Was sie auf der Strasse an weggeworfenem Verpackungsmaterial fand, las sie auf und fertigte daraus Clownshüte und Papierfächer. Diese befestigte sie an Ruten aus alten Körben, die sie auf dem Markt im Abfallhaufen fand. Sie klebte die Clownshüte und Fächer mit Reisstärke und bemalte sie mit grellen, bei Kindern beliebten Farben, die sie aus Gemüseresten und sonstigen Abfällen herstellte.

Damit ging sie dann auf den Markt oder zu Heiligenfesten, wo sie jedes Stück für ein paar Groschen verkaufte.

In dieser schwierigen Phase überredete sie ein Nachbar, in seinem wandernden Puppentheater mitzuarbeiten, genauer gesagt hinter dem Vorhang mit ihrer rauhen Stimme den Part der zwischen Tochter und Schwiegersohn Streit und Unfrieden stiftenden Schwiegermutter zu sprechen und mit ihm zusammen einige kurze Spottlieder zu singen, die die Leute zum Lachen brachten. Bereitwillig übernahm Machrûsa diese Arbeit, die ihr, obwohl sie dem Nachbar auch noch das Essen kochen und die Kleider waschen musste, einfach erschien und sie weder überfordern noch ihre durch fortschreitenden Gelenkrheumatismus angeschlagene Gesundheit strapazieren würde. Die Arbeit im Puppentheater wuchs ihr sehr ans Herz, weil sie spürte, dass die Menschen, vor allem die Kinder, sie mochten. Wenn sie ihre Rolle spielte oder sang, lachten sie und klatschten begeistert. Das gab ihr das Gefühl, liebenswürdig und sympathisch zu sein. Zuvor hatte sie immer darunter gelitten, dass ihr niemand solche Gefühle entgegenbrachte. Was ihr jedoch die Puppenspielerarbeit mehr als alles andere schmackhaft machte, war das gute Einkommen, das sie ihr täglich verschaffte. Ausserdem brachte die Arbeit ständig Überraschungen mit sich. Eines Tages engagierte sie der Besitzer eines grossen Cafés für das Beschneidungsfest des Sohnes eines reichen Mannes, des ersten Sohnes nach sieben Töchtern von drei verschiedenen Frauen, von denen erst die letzte seinen Traum von einem leiblichen Sohn hatte erfüllen können, der nach seinem Tode sein Erbe sein und seinen Namen weiterführen würde.

Machrûsa bewies bei ihrer Arbeit Talent und brachte eigene Ideen ein. Sie begann, dem Publikum zwischen den verschiedenen Teilen eines Stückes Rätsel zu stellen, um so die Vorstellungsdauer zu verlängern und mehr Publikum anzulocken. Eine ihrer Fragen war: „Was schwimmt im Meer, ohne nass zu werden?" Dass sie mit dem Meer den Nil meinte, war den Leuten sofort klar, da sie ihn voller Respekt und Stolz selbst so nannten. Ein gewisser Nabîh im Publikum gab die Antwort: ein Büffelkalb im Bauch seiner Mutter. Denn auch wenn sie trächtig war, konnte eine Büffelkuh gut im Nil schwimmen. Machrûsa bat um Applaus für den Schlaumeier, während der Kasper eine bekannte Melodie von Hasab-Allah für ihn spielte. Das zweite der vier Machrûsa bekannten Rätsel war zugleich ein Wortspiel, das die Antwort – Licht – bereits enthielt. Das dritte Rätsel fand sie selbst am schwierigsten: in einem Gefäss ein Gefäss, versunken im Meer, mit Perlen gefüllt und kupfern umhüllt. Alle Anwesenden waren ratlos, aber Machrûsa bat sie, doch ein wenig nachzudenken. In der Zwischenzeit ging sie durch die Zuschauerreihen, um das Eintrittsgeld einzusammeln. Als sie wieder ihren Platz an der Seite des Kaspers eingenommen hatte, löste sie das Rätsel auf. Gemeint war ein Granatapfel. Der vierten und letzten Frage folgte meist ein Akt, den sie mit dem Kasper zusammen spielte.

Obwohl Machrûsa die Arbeit Spass machte, gab sie sie doch bald auf, denn der Kasper verlangte nicht nur, dass sie mit ihm schlief, sie sollte es auch mit anderen Männern tun und auf den Strich gehen. Was sie so als Prostitutierte verdiente, sollte sie mit ihm teilen, weil er sie schützte und ihr die Männer zuführte.

Nachdem Machrûsa das Wandertheater verlassen hatte, machte sie mit ihren Kindern eine sehr harte Zeit durch. Sie bettelte auf der Strasse, um die sechs kleinen, ständig hungrigen Mäuler stopfen zu können. Sie wurde für Abräumarbeiten eingestellt und schleppte Ziegel, bis ihr Rükken kaputt war und sie einen schweren Lendenwirbelschaden hatte. Nicht genug damit: Eines Nachts wurde sie auf ihrem langen Heimweg von ihrer Arbeitsstelle in einem abgelegenen Neubaugebiet am Rand von Heliopolis von drei Soldaten, keiner älter als ihre älteste Tochter, nacheinander vergewaltigt, nachdem sie sie mit ihren Koppeln geknebelt und gefesselt hatten. Als sie wieder von ihr abliessen, war sie übel zugerichtet. Sie wusste kaum noch, welchen Weg sie einschlagen musste, um nach Hause zu kommen.

In den darauffolgenden Tagen durchwühlte Machrûsa Mülltonnen nach Essensresten. In den Mülleimern von Geflügelmetzgereien fand sie Hähnchenfleischreste und Innereien. Diese kochte sie und setzte sie ihren Kindern vor, damit sie ihr Brot nicht ganz trocken essen mussten. Schliesslich jedoch gefiel es dem Allwissenden und Allmächtigen, sich ihr in Barmherzigkeit zuzuwenden. Eines glücklichen Tages begegnete ihr nämlich ein Verwandter ihres Mannes, der als Gefängnisaufseher arbeitete. Als sie ihm ihre Lage geschildert und er sich mit eigenen Augen von ihrem Elend und der Not ihrer Kinder überzeugt hatte, kaufte er eine Dose Sesamhalwa für die Kinder, mehrere Fladen Weissbrot und ein Päckchen Tee. Als er dann beim Essen mit ihnen zusammensass, beruhigte er Machrûsa, drückte ihr drei Pfund, fast seine ganze Barschaft, in die Hand und versprach, nach einer Arbeit mit geregelter Bezahlung für sie Ausschau zu halten, damit sie aus ihrer verzweifelten Situation herauskäme und nicht mehr betteln müsste. Keinen Monat später trug Machrûsa schon den graublauen Mantel einer Aufseherin, als die man sie im Frauengefängnis eingestellt hatte, weil sie mit ihrer kräftigen Statur, ihrer strengen Miene und ihrem einschüchternden Blick den Vorstellungen der Gefängnisverwaltung von einer Wärterin aufs vollkommenste entsprach.

Im Verlauf ihrer Tätigkeit tat sich Machrûsa eine neue erstaunliche Welt auf. Sie begegnete Frauen, mit denen sie trotz all dem Merkwürdigen und Schlimmen, das ihr schon widerfahren war, zuvor nie Kontakt gehabt hatte. Jede Gefangene hatte ihre eigene Tragödie. Das machte Machrûsa tröstlich bewusst, dass sie nicht die einzige Elende auf der Welt war, wie sie geglaubt hatte, und nicht der einzige Mensch, der vom Unglück verfolgt war. Es gab ausser ihr noch viele Frauen, mit denen das Leben übel umgesprungen und denen das Glück versagt geblieben war. Weil sie bei ihrer Arbeit entschlossen, streng und autoritär auftreten musste, gewann Machrûsa mit der Zeit Selbstvertrauen und wurde eine starke Persönlichkeit. Das alles aber vermochte nicht, Licht in ihr dunkles Herz zu bringen, sie die bitteren Jahre vergessen zu lassen, ihr ständiges Gefühl des Zukurzgekommenseins zu beseitigen oder ihr den Glauben an die Gerechtigkeit wiederzugeben. Aber sie gewann Verständnis für die Situation der Gefangenen und bat Gott um Barmherzigkeit und Nachsicht im Umgang mit ihnen. Sie verstand, dass Gnade vor Recht walten musste. Nur wenn die Menschen barmherzig und gütig miteinander umgingen, würde es weniger Elend und Not auf der Welt geben. Daher sprach sie nie schlecht über die Gefangenen, unterdrückte und beraubte sie nicht, erpresste sie nicht wie manch andere Wärterinnen und verlangte von ihnen nicht, Arbeiten umsonst für sie zu verrichten.

Als Heroin-Safîja einmal einen Schal für sie gehäkelt hatte, brachte sie ihr dafür ein ganzes gekochtes Huhn von Zuhause mit. Dies hiess aber nicht, dass sie nicht gern Geschenke von Gefangenen annahm, die diese ihr von Herzen machten, ohne eine Extrabehandlung zu erwarten. So hatte sie auch den Teller mit Bienenhonig, in den sie eben noch ihr Gesicht getaucht hatte, gern von einer Gefangenen angenommen, deren Familie zahlreiche Bienenstöcke besass. Jedes Geschenk, das ihr eine Gefangene machte, legte sie zunächst auf die Waagschale der Gerechtigkeit, um es dann anzunehmen als Beweis der Liebe, Barmherzigkeit und Sympathie, die man einander in der rauhen Welt des Gefängnisses entgegenzubringen hatte.

Zwischen Machrûsa und Safîja, die alle im Gefängnis Heroin-Safîja nannten, weil sie mit dieser Droge gehandelt hatte, bestand ein besonderes Verhältnis. Dabei spielte der Zeitfaktor eine grosse Rolle, denn Safîja gehörte zu den ältesten Insassinnen des Frauengefängnisses; sie hatte die meiste Zeit ihres Lebens hier verbracht und war deshalb mit diesem Gefängnis bestens vertraut. Das erste Mal betrat sie es mit sechzehn, um ein Jahr wegen Diebstahls abzusitzen. Mit neunzehn schloss sie sich einer Bande bewaffneter Räuber an. Dafür wurde sie zu sechs Jahren Haft mit Zwangsarbeit verurteilt. Nach ihrer Entlassung heiratete sie einen Verwandten, der zwar arbeitslos war, aber von seiner

Mutter eine Dreizimmerwohnung mit Salon geerbt hatte. Diese bot Bequemlichkeit und Schutz. Safîja verkaufte eine gestohlene goldene Uhr, die sie bei ihrer Festnahme stillschweigend zurückbehalten hatte. Vom Erlös erstand sie bei einem Händler in der al-Ashar-Strasse preisgünstigen Stoff. Zusätzlich kaufte sie billige Plastikhausschuhe und maschinell hergestellte Kettchen, Armreife und Ohrringe. All diese Dinge bildeten den Grundstock für einen bescheidenen kleinen Handel. Mit einem Bauchladen ging sie von Haus zu Haus, um den Frauen ihre Waren anzubieten. Weil sie beredt war, das Vertrauen der Kundinnen zu gewinnen wusste und nicht zuletzt, weil sie ihr Angebot erweiterte, kam das Geschäft ganz allmählich in Schwung. Für manche Kundinnen bereitete sie eine Paste aus Zucker und Zitronensaft zur Entfernung von Körperhaaren. Ausserdem häkelte sie Decken und Mützen aus Wolle und mischte selbst einige Hautcremes und Haaröle zusammen, deren übelriechende Ingredienzien sie sich samt den jeweiligen Rezepturen bei Parfumhändlern besorgt hatte. Schliesslich erweiterte sie ihren Leistungskatalog noch dadurch, dass sie Bräute für die Hochzeit schmückte. Ihre vielfältigen Dienste, die sie jeweils zur vollsten Zufriedenheit ausführte, wurden von vielen Frauen in Anspruch genommen. Ihre Kundinnen hatten keine Ahnung von ihrer kriminellen Vergangenheit. Ihre Situation entwickelte sich bestens und sie lebte so zufrieden, wie sie es sich nie hätte träumen lassen.

Fünf Jahre nach ihrer Heirat schenkte Safîja zwei Jungen, Zwillingen, das Leben. Trotz ihrer Schmächtigkeit und ihren deutlich eingedellten Hinterköpfen waren sie ihr ganzer Stolz. In ihren Augen waren sie die herrlichsten Geschöpfe, die die menschliche Rasse jemals hervorgebracht hatte. Zum ersten Mal wusste sie, wohin sie gehörte, hatte eine Familie, sie, die Waise, die nach dem Tod ihres Vaters unter einem Stiefvater eine schreckliche Kindheit durchlebt hatte und mit vierzehn gezwungen gewesen war, von zu Hause wegzulaufen. Von ihrem Dorf im Delta fuhr sie damals nach Kairo, wo sie tagelang ziellos in den Strassen herumirrte und sich ihr Essen erbettelte, bis der Besitzer eines Brühhauses, wo geschlachtete Tiere gebrüht wurden, auf sie aufmerksam wurde, weil sie sich oft in der Nähe seines Ladens im Basar aufhielt. Er nahm sie bei sich auf. Dafür musste sie helfen, die gebrühten Mägen und Beine von Kühen und Ziegen zu säubern. Danach musste sie die Aluminiumtassen und -teller reinigen, in denen er seinen Kunden die Brühe mit Fleisch und eingeweichtem Brot vorsetzte. Dafür durfte sie nachts in der Küche des Lokals schlafen und erhielt etwas zu essen.

Obwohl Safîja schon fast vierzehn Jahre alt war, hatte sie das, was praktisch jedem von zu Hause ausgerissenen oder herumirrenden Mädchen in einer Höllenstadt wie Kairo widerfährt, nicht erleben müssen. Nicht etwa durch ein Wunder, oder weil es in der Stadt nicht genug Wölfe gegeben hätte, die darauf lauerten, jedes weibliche Wesen, das ihren Weg kreuzte, zu erbeuten, sondern weil sie einen natürlichen Schutz besass. Safîja hatte nur ein Auge. Das andere hatte sie schon früh verloren, als ihr Stiefvater ihr einmal eine kräftige Tracht Prügel verabreichte, weil sie das Glas der Wasserpfeife zerbrochen hatte, als sie sie ihm nach dem Essen bringen wollte. Sie suchte Schutz bei ihrer

Mutter, die gerade dabei war, ihm eine Wollmütze mit einem Zickzackmuster zu häkeln – jenem Motiv, das in der altarabischen Kunst die Wellen des Nils darstellt und im Volk bewahrt geblieben ist. Doch das arme Kind, das sich aus Angst vor dem aufgebrachten Stiefvater in den Schoss seiner Mutter flüchten wollte, fiel mit dem Gesicht auf die Metallnadel. Sie bohrte sich in sein Auge und zerstörte es. Seither sah Safîja nur noch mit einem Auge, das andere war aus Glas. Ihr Stiefvater, eigentlich ein ganz anständiger Mensch, hatte es ihr gekauft, getrieben von seinem schlechten Gewissen, weil er sich für das, was dem Mädchen zugestossen war, verantwortlich fühlte. Denn obwohl er Safîja eigentlich hasste und schlecht behandelte, hatte er ihr doch niemals eine Verletzung zufügen wollen, die sie ihr Augenlicht kosten würde. Safîjas natürlicher Schutz vor einer Vergewaltigung bestand aber nicht nur aus ihrem Glasauge, wesentlichen Anteil daran hatten auch ihre Magerkeit und Zierlichkeit, die über ihr wahres Alter hinwegtäuschten. Mit vierzehn sah sie aus wie acht. Sie war winzig, praktisch flachbrüstig, mit einem kleinen Kopf und einem Hals, der kaum über ihre Schultern emporragte. Vielleicht hielt es deshalb der Schaffner in dem Zug, mit dem sie vom Delta nach Kairo fuhr, nicht für nötig, nach ihrer Fahrkarte zu fragen, da sie überdies ganz ruhig neben einem alten Bauern sass und mit ihrem einen Auge die Landschaft und die Dörfer, die Baumwoll- und Gemüsefelder betrachtete, an denen der Zug vorüberraste. Das einzige Erlebnis Safîjas, das man noch am ehesten als versuchte Vergewaltigung bezeichnen konnte, hatte sie mit einem Jungen, der um Jahre jünger war als sie.

Es war am Tag des Fastenbrechens, am Ende des Ramadân. Der Brühhausbesitzer hatte ihr eine Galabija aus dikkem Baumwollstoff geschenkt, der in leuchtenden Farben mit Hasen, Gänsen und Hähnen bedruckt war, ausserdem Stoffschuhe zum Binden mit Gummisohlen in schmutzunempfindlichem Braun, Schuhe von der Art, wie sie dank der inzwischen verstaatlichten Bata-Werke überall im Land verbreitet waren. Darüber hinaus hatte er ihr noch zehn Piaster Taschengeld für das dreitägige Fest spendiert. Dafür war sie ihm sehr dankbar gewesen, hatte ihm seine beiden feisten Hände gedrückt und mehrmals geküsst. Als erstes hatte sie sich eine Portion Bohnenklösschen mit Bohnenmus und etwas Tachîna gekauft. Ein Menü, vergleichbar mehreren Variationen über eine einzige Melodie. Sie ass im Gehen und betrachtete die Schaufensterauslagen. Dabei verguckte sie sich in ein Paar Plastikohrringe, die sie für zwei Piaster kaufte. Anschliessend ging sie ins Kino, wo gerade ein Film mit Schâdija und Tahîna Karjûka lief. Während letztere ihren Bauch, ihre Brust und ihr Hinterteil durch kunstvolle, blitzschnell ausgeführte und kaum nachvollziehbare Bewegungen zum Vibrieren brachte, spürte Safîja eine Hand an ihrer Brust, die sich zu ihren kleinen Warzen tastete, um damit zu spielen. Dabei hatte sie ein Lustgefühl, das sie ganz starr werden liess. Während sie den Film mit einem Auge verfolgte, glaubte sie, Alice im Wunderland zu sein. Die Hand ihres Nachbarn blieb aber nicht stehen, sondern tastete sich in andere Bereiche ihres Körpers vor und bereitete ihm dadurch noch mehr Lust und versetzte ihn in einen Zustand bislang unbekannter Erregung. Das Ganze endete abrupt, als plötzlich das Licht anging, angeblich für eine kurze Pause, in Wirklichkeit aber, weil der Kinobesitzer Erfrischungsgetränke und geröstete Erdnüsse verkaufen wollte. Als Safîja wieder zu sich gekommen war, war der Stuhl neben ihr leer und der Junge verschwunden. Vielleicht hatte er sich geschämt, als das Licht angegangen war, vielleicht aber hatte er auch einen kurzen Blick auf ihr Gesicht geworfen und dabei das Glasauge bemerkt. Als Safîja nicht mehr daran glaubte, dass er zurückkehren würde, stellte sie fest, dass sie grossen Durst hatte, und kaufte sich eine Pepsi-Cola.

Mit der Zeit wurde Safîja zu einer richtigen Kairoerin. Sie entwickelte einen Sinn für die Freuden, die diese scheinbar aus mehreren Städten bestehende Stadt voll pulsierenden Lebens zu bieten hat. Wenn ihr Arbeitgeber sie losschickte, etwas zu kaufen oder etwas Privates oder Geschäftliches bei anderen Händlern im Basar zu erledigen, nahm sie sich dafür mehr Zeit als nötig. Sie bummelte durch die Strassen und betrachtete die Auslagen der grossen Warenhäuser und die eleganten Frauen aus den besseren Kreisen, die aus Langeweile und Konsumsucht den grössten Teil des Vormittags einkaufend verbrachten. Eine Weile hatte Safîja keinen sehnlicheren Wunsch, als rote Stöckelschuhe zu besitzen. Zwei Monate später ging dieser Traum in Erfüllung, nicht allein durch Zufall, sondern auch dank ihrer guten Beobachtungsgabe und der Geschicklichkeit ihrer Hände. Als sie an einer Schuhreparaturwerkstatt vorüberging, bemerkte sie ein Paar kleiner roter Schuhe neben einem Haufen reparaturbedürftiger. Sie fand sie so schön, dass sie in der darauffolgenden Nacht träumte, ihr Stiefvater würde sie küssen, ihr über den Kopf streichen und ihr die Schuhe über die Füsse streifen. Weil ihr das Bild der roten Schuhe immer noch vor Augen stand, litt Safîja am nächsten Tag echte Qualen. Das brachte sie auf die Idee einer kleinen List. Als der Brühhausbesitzer seine Schuhe ausgezogen hatte, um das Nachmittagsgebet zu verrichten, trennte sie mit einem scharfen Messer einen Absatz ab. Nachdem der Mann sich, um Gott um Gesundheit und Erfolg zu bitten, dann zweimal niedergeworfen und seine Schuhe wieder angezogen hatte, stellte er fest, dass einer seiner Füsse, die in weinroten Socken steckten, den Boden berührte. Wütend verfluchte er das Schusterhandwerk und seine betrügerischen Vertreter und schwor, sein ganzes Leben lang keine Schuhe mehr in dem Laden zu kaufen, aus dem dieses Paar stammte. Safîja versuchte ihn zu beruhigen. Es gebe keinen Grund, sich aufzuregen und die Nerven zu verlieren. Nachdem sie ihm versprochen hatte, nicht eher zurückzukehren, als bis der Schuh vollständig repariert war, lief sie eilig damit zum Schuster.

Eine Stunde später kehrte sie mit drei Schuhen zurück, darunter dem roten Paar ihrer Träume. Es war ihr gelungen, den Schuster davon zu überzeugen, dass er den Schuh umgehend reparieren müsse; sie arbeite für einen hohen Beamten und seine Frau, die sehr streng sei und sie, wenn sie nicht bald zurückkäme, schlagen würde. Ihre Einäugigkeit, ihre Schüchternheit, die Geschichte von ihrem Stiefvater und wie dieser sie behandelt hatte erregten das Mitleid des Schusters. Er trug ihr auf, ihm etwas zum Mittagessen zu holen. Sie kaufte gebratene Auberginen- und Kartoffelscheiben. Als er fertig gegessen hatte, holte sie ihm vom nächsten Café eine Tasse Tee. Während er ihn trank, reparierte er den Schuh des Brühhausbesitzers. Als er danach, einem natürlichen Bedürfnis folgend, die Toilette über dem Laden aufsuchte, ergab sich eine günstige Gelegenheit für Safîja, sich der roten Schuhe zu bemächtigen. Flink ergriff sie den gerade fertiggestellten Schuh und das rote Paar. Leicht wie ein Vögelchen flog sie damit fort, zurück zum Brühhaus.

Die roten Schuhe, deren Absätze, wie sie feststellte, noch nicht repariert waren, bedeuteten den Beginn eines völlig neuen Abschnitts in ihrem Berufsleben, da sie sie veranlassten, ihre Situation zu überdenken. Zum ersten Mal hatte sie das Gefühl, die vielen Freuden und Genüsse des Lebens zu verpassen, und ihr wurde bewusst, dass die Armut sie daran hinderte zu bekommen, was sie wollte. Ihre Schlussfolgerungen führten sie zu einer neuen Erkenntnis, dass nämlich der Besitzer des Brühhauses, den sie bis zu diesem Augenblick als Verkörperung der göttlichen Fürsorge betrachtet hatte, der sie vor allem Bösen und vor der Schande bewahrte, sie in Wirklichkeit auf das Schlimmste ausnutzte. Jeden Tag arbeitete sie von sechs Uhr morgens bis in die Nacht hinein, mit Ausnahme einer kurzen Mittagspause. Dafür bekam sie gerade genug, um ihren Hunger zu stillen, eine kleine Portion gekochter Hammelfüsse oder Fleisch vom Kopf mit Reis und etwas Brühe. Manchmal sah sie sich gar gezwungen, die Reste auf den Tellern der Kunden, die nur selten etwas übrigliessen, zu vertilgen. Zu trinken erhielt sie täglich eine oder zwei Tassen Tee. Mitunter fielen auch ein paar von den Früchten ab, mit denen er sie von Zeit zu Zeit zu seiner Frau nach Hause schickte. Gern hätte sie ihr Haar geschmückt, es mit einem Reif aus bunten Perlen zusammengefasst oder ihre Lippen, zu ihren Schuhen passend, rot geschminkt, wie die Frauen es taten, die sie auf den Strassen der Stadt sah und deren Anblick ihre Wut auf diesen Brühhausbesitzer noch vergrösserte, weil er ihr nicht gab, was sie sich wünschte. Neben der Entdeckung, dass er sie ausbeutete, machte sie eine weitere, noch wichtigere Feststellung, nämlich, dass es in dieser Stadt möglich und sehr einfach war zu stehlen, ja sogar notwendig, wenn man ebenso leben wollte wie viele von denen, die durch ihre Strassen flanierten. Von diesem Augenblick an verlor das Brühhaus in Safîjas gesundem Auge an Bedeutung. Es war nur noch eine Frage der Zeit, bis die Stadt der tausend Freuden die Arme weit für sie öffnen würde, vorausgesetzt, dass sie ihre ganze Schläue und ihre ganze Fingerfertigkeit aufbot und zu jenen Erfolgreichen gehörte, die vom Stehlen leben konnten.

Solange sie im Brühhaus wohnte, konnte sie keine grossen Dinge stehlen, nur kleine, die leicht zu verstecken waren. Schon bald nach dem eher unbedeutenden Vorfall mit den roten Schuhen häufte sich bei ihr ein Sammelsurium an billigen Ohrringen, Kämmen, Anstecknadeln und Herren- und Damensocken an, weil sie sich damals noch darauf beschränkte, die Händler zu bestehlen, die auf der Strasse, auf Tüchern ausgebreitet, allen möglichen Kleinkram feilboten. Später fand sie heraus, dass nichts einfacher war, als Liebespärchen in den Kinos zu bestehlen, vor allem wenn sie, die sich eben noch in der Rolle des starken Helden oder der schönen Heldin des Films wähnten, unter dem Eindruck der hehren Gefühle und der verstohlenen Küsse im Dunkeln die Spätvorstellung verliessen. Hier konnte man hauchdünne

Chiffonschals stibitzen, die kokett aus den Handtäschchen eleganter Damen und Mädchen heraushingen, oder auch ein Schlüsselbund, der aus der Hosentasche eines eitlen Burschen ragte. Weil es sich um kleine Gegenstände handelte, bemerkte niemand etwas und Safîja war stets erfolgreich.

Eines schwarzen Tages jedoch, der Safîja unvergesslich bleiben sollte, fiel sie der Polizei in die Hände. Nichts sollte sie je so bereuen wie ihre damalige Unvorsichtigkeit. Seit ihrem ersten Diebstahl waren ungefähr drei Monate vergangen. Müde trottete sie durch die Grossstadtstrassen. Sämtliche Knochen taten ihr weh. Dass sie gerade ihre Tage hatte, beeinträchtigte zusätzlich ihr Befinden. Da bemerkte sie eine Dame mit einem, wie die meisten Ägypterinnen, voluminösen Hinterteil, neben ihr ein kleines Mädchen, kaum älter als sechs Jahre. Es hatte ein goldenes Halskettchen um, dessen Anhänger, ein kleiner Koran mit einem blauen Edelstein in der Mitte, ihm auf die Brust fiel. Sie gingen von einem Kindermodegeschäft zum nächsten und sahen sich die Auslagen an. Als sie gerade wieder stehengeblieben waren und die Mutter die Waren prüfend betrachtete, um etwas für ihre Tochter auszusuchen, streckte Safîja die Hand nach dem Verschluss des Kettchens aus, um ihn zu öffnen. Die Kleine bemerkte das aber sofort und schrie auf, worauf die Mutter sich umwandte, Safîjas Arm packte und die Passanten um Hilfe bat.

Unglücklicherweise war die Dame die Tochter eines hohen Polizeioffiziers. Deshalb kam Safîja nicht um eine zünftige Tracht Prügel herum. Verabreicht wurde sie ihr von Spezialisten, die wussten, wie man folterte, ohne Spuren zu hinterlassen. Als sie nach vielleicht einer Stunde ihre

Arbeit beendet hatten, glaubte Safîja zuerst, nun sei ihrem rechten Auge dasselbe widerfahren wie vor langer Zeit dem linken. Am folgenden Tag wurde sie dem Staatsanwalt vorgeführt, der Anklage erhob. Das Gericht verurteilte sie zu ihrer ersten Gefängnisstrafe von einem Jahr. Dieses Jahr bedeutete den Beginn einer langen Beziehung zwischen Safîja und dem Gefängnis, in dem sie schliesslich den grössten Teil ihres Lebens verbringen sollte.

Es schien, als ob die Zeit Safîja immer wieder aus dem Hinterhalt anfiel, um ihr zu beweisen, dass sie ein wichtiger Faktor im Leben der Menschen war, so willensstark sie auch waren und so sehr sie auch nach einem ruhigen Leben voll ungetrübten Glücks strebten. Es gibt Menschen, deren Schicksal von ihrer Geburt an geradlinig verläuft. Safîja dagegen fand trotz ihrer beiden Söhne und ihres Ehemannes – diesem Fels in der Brandung, der sich lieber der Erziehung seiner Söhne und der Hausarbeit widmete, als einer Arbeit ausserhalb des Hauses nachzugehen – keine Ruhe im Leben. Während ihr Mann sich zuverlässig und liebevoll um die Söhne kümmerte, konnte Safîja ihrer Hauptaufgabe nachgehen, Geld herbeizuschaffen und die Familie zu ernähren. Da es ihr gelang, den Bedarf der Familie in jeder Hinsicht zu decken, wurde der Traum, die Söhne studieren zu lassen, zu einem Muss, an dem es nichts zu rütteln gab. Seit Präsident Nasser eine Schulgeldfreiheit für alle verkündet hatte, teilten Millionen von Armen und Namenlosen diesen Traum. Safîja und ihr Mann sahen darin die einzige Möglichkeit für ihre Söhne, es zu etwas zu bringen. Safîja arbeitete soviel sie konnte, um ihren Kindern das gleiche zu bieten, was ihrer Meinung nach den Kindern reicher Eltern zur Verfügung stand. Sie war bedacht darauf, dass sie stets sauber gekleidet waren und dass die Wohnung anständig aussah und darin kein modernes Gerät fehlte, das als Massstab für Fortschrittlichkeit galt. Ihre Kinder sollten nicht das Gefühl haben, weniger modern zu sein als die anderen. Deswegen kaufte sie einfach alles, egal wie teuer oder praktisch, vom Gasfeuerzeug über Insektenvernichtungsmittel, Raumsprays, verschiedene Shampoos, einen Föhn bis hin zu grossen Elektrogeräten wie Waschmaschine, Kühlschrank, Herd, Fernseher und Video. Im Bemühen, die ständig neuen Bedürfnisse zu erfüllen, die das Leben in einer modernen Welt ihrer glücklichen Familie aufzwang, geriet Safîja mit tragischer Unausweichlichkeit in die Welt Tafîdas, der grössten Drogenhändlerin im berüchtigten Darb-al-Achmar-Viertel.

Diese Tafîda hatte ihr ausgedehntes Netz so raffiniert organisiert, dass sie vor der Polizei sicher war. Obwohl diese über ihre Aktivitäten weitgehend Bescheid wusste, konnte sie aufgrund mangelnder Beweise doch nichts gegen sie unternehmen. Ausserdem waren viele, die sie bespitzelten, gleichzeitig auch ihre eigenen Spitzel. Safîja war für Tafîda ein wertvoller Neuzugang, da sie in vielen Häusern verkehrte, über zahlreiche Beziehungen und Bekanntschaften verfügte und nirgendwo Verdacht erregte. Deshalb wurde sie für schwierige Verteilungsaufgaben eingesetzt und erhielt dafür mehr Geld, als der ganze Vorrat an Stoff und Kurzwaren, mit dem sie handelte, wert war. Ihre finanzielle Situation entwickelte sich so günstig, dass sie für ihren Mann und ihre beiden Söhne einen Laden kaufen konnte, der zu einem Umschlagplatz für den cineastischen Müll aus den USA – Gewalt-, Horror- und Karatefilme – und niveaulose

Produktionen der ägyptischen Filmindustrie wurde. Nur durch Zufall kam die Polizei der Glasäugigen auf die Schliche. Einmal überbrachte sie gerade einem Dealer aus Tafîdas Organisation seinen Anteil in einen Kairoer Vorort, als die Polizei das Gebäude, in dem dieser Händler wohnte, stürmte, um ein Mitglied einer militanten islamischen Vereinigung festzunehmen. Auf der Suche nach Bomben, Sprengkörpern und Feuerwaffen von der Art, wie sie solche Vereinigungen in ihrem Kampf gegen den Staat benutzen, durchkämmten die Polizisten eifrig und gewissenhaft sämtliche Wohnungen. Kein Fleckchen liessen sie bei ihrer Durchsuchung des Gebäudes aus, das sowohl als Beispiel für den Niedergang der Baukunst in Ägypten als auch als Beweis für die zunehmende Gewissenlosigkeit städtischer Angestellter dienen kann; ebenso für den grossen Einfluss der Stahlbetonhändler und ehrloser Architekten im Bausektor, sah es doch aus wie eine aufrechtstehende Schuhschachtel mit Löchern und Luken. Die Farbzusammenstellung des Aussenanstrichs liess jeden Sinn für Ästhetik vermissen. Zu Safîjas Pech kam einigen Polizisten ihre elegante Chamoistasche verdächtig vor, die sie auf eine Weise unter dem Arm trug, die nicht zu einer Frau mit einem Glasauge und einem Körper, kaum umfangreicher als die Tasche, passte. Sie befahlen ihr, sie zu öffnen und fanden unter bunten Stoffen, Männersocken und seidenen Schals, die aus der Freihandelszone von Port Said stammten, die Beutel mit dem Rauschgiftpulver.

So kehrte Safîja ins Gefängnis zurück, aber diesmal nicht verzweifelt wie früher. Im Gegenteil, sie war völlig mit sich und der Welt zufrieden, da sie ihre Lebensaufgabe aufs vollkommenste erfüllt hatte. Ihre beiden Söhne waren tatsächlich an der Universität. Der älteste studierte mit grossem Erfolg Landwirtschaft, allerdings würde er nach seinem Examen nicht auf diesem Gebiet arbeiten, denn die Zeit der Landwirtschaft war vorbei, jetzt war die Zeit des Tourismus, der Makler und Agenten und der sogenannten Geschäftsleute. Safîja hatte dafür gesorgt, dass ihre Söhne finanziell abgesichert waren, so dass der zweite Sohn sich mit einer Kommilitonin hatte verloben können, die er liebte und heiraten wollte. Safîja war diesmal auch deshalb unbekümmert, weil sie den grössten Teil ihrer Einnahmen aus dem Rauschgifthandel in Goldschmuck angelegt und diesen auf dem Friedhofsgrundstück versteckt hatte. Dieses hatte sie einige Zeit vor ihrer Festnahme gekauft und dort zwei Grabstätten anlegen und solide einzäunen lassen. Den Schlüssel zu dem massiven schmiedeeisernen Tor aber händigte sie dem Friedhofswärter nicht aus, weil sie bereits mit allem gerechnet und vorausgesehen hatte, dass die Regierung ihre gesamte bewegliche und unbewegliche Habe konfiszieren und schonungslos alles ruinieren würde, was sie auf legalem oder illegalem Weg im Schweisse ihres Angesichts erarbeitet hatte.

Safîja wurde zu lebenslänglicher Haft verurteilt. Dafür dankte sie später Gott immer wieder, denn schon bald nach ihrer Verurteilung wurde die Todesstrafe für Rauschgifthandel und Rauschgiftschmuggel eingeführt. Das harte Gefängnisleben und das Dahinfliessen der Zeit drückten jedoch auf ihr Gemüt und liessen sie schnell altern. Ihre Haftzeit kam ihr wie ein ganzes Jahrhundert vor. Der Gedanke quälte sie, einsam und fern von ihren beiden Söhnen sterben zu müssen, ohne sie noch einmal zu sehen. Sie verbrachte ihre Nächte damit, sich an sie zu erinnern, und vergoss viele Tränen, bis der Schlaf sie übermannte. In ihren Träumen unterhielt sie sich mit ihnen, als ob sie noch immer mit ihnen zusammenlebte. Das waren die schönsten Momente ihres Gefängnislebens. Dann ermahnte sie ihren jüngsten Sohn, seine Verlobte nicht gar zu sehr zu verwöhnen, damit sie nicht auf die Idee käme, ihn um den Finger zu wickeln, und eines Tages mit ihm machen könnte, was sie wollte. Dem Älteren, der farbenblind war und vor allem blau nicht von grün unterscheiden konnte, half sie beim Auswählen seiner Kleidung. Ihren Ehemann hatte sie in guter Erinnerung, weil er der einzige Mann auf der Welt gewesen war, der sie in die Arme genommen und ihr Zuflucht gewährt hatte, als der Zufall sie zu ihm führte. Als sie damals, nach ihrer Entlassung aus dem Gefängnis, im Handel tätig gewesen war und etwas Geld besass, hatte sie einen Brief an ihre Mutter geschrieben, die weit weg auf dem Dorf lebte. Sie hatte ihr daraufhin mitgeteilt, dass ihr Mann gestorben war, und ihr die Adresse eines ihrer Verwandten in Kairo gegeben. Zu diesem war sie gegangen, um bei ihm zu wohnen. Nachdem er herausgefunden hatte, dass sie freigebig war, ihn nichts kostete und ihm nicht vorenthielt, was Gott ihr gegeben hatte, fand er, dass es bei allen vernünftigen Erwägungen am nützlichsten für ihn war, wenn er sie heiratete, da er bei seinem schweren Leben keine bessere Frau bekommen konnte als sie. Ein Entschluss, den er niemals bereuen sollte.

Je länger Safîja im Gefängnis war, desto grösser wurde ihr Zorn auf die Regierung, die an ihrer ganzen Misere und der

Trennung von ihren Söhnen schuld war. Es blieb ihr unverständlich, warum man gegenüber jemandem wie ihr so viel Härte zeigte. Sie konnte ja verstehen, dass sich die Regierung einschaltete, wenn es um Diebstahl, Raub oder Mord ging. Aber Rauschgift, warum?! Die Leute kauften es doch freiwillig, und wenn sie es einnahmen, wurden sie heiter und fröhlich. Nach Safîjas Ansicht war alles, was man im Fernsehen über Rauschgift sagte, dumm und übertrieben. Wenn man nicht Mass hielt, war ja selbst essen schädlich. Sie war sicher, dass auch in den Zeitungen nur Lügen standen, weil diejenigen, die etwas zum Thema Rauschgift sagten, immer logen. Egal, worüber sie sprachen, niemals sagten sie die Wahrheit. Vielleicht kann man Safîja deswegen keinen Vorwurf machen, denn in ihrem Leben waren Gut und Böse immer sehr nahe beieinander gewesen, und oft hatte sie erlebt, dass Böses verteidigt oder verharmlost wurde.

Und so machte sie ihrem Ärger über das vermeintliche Unrecht, das ihr durch die Regierung angetan wurde, dadurch Luft, dass sie ständig über die juristische Fakultät schimpfte und sie nach jedem Gebetsruf, insbesondere zum Morgen- und Abendgebet, verwünschte, weil sie glaubte, dass ihr Gebet zu diesen Zeiten eher erhört wurde. Ihr Lieblingsfluch lautete: Mein Gott, lass die juristische Fakultät einstürzen. Denn aus dieser Fakultät war ihrer Meinung nach der voreingenommene Richter hervorgegangen, der das ungerechte und niederträchtige Urteil gefällt hatte, sie für fünfundzwanzig Jahre von ihren Söhnen zu trennen. Unentwegt beschwerte sie sich bei allen zuständigen Stellen, einschliesslich der Regierung und dem Parlament, über das ungerechtfertigte und unangemessene Strafmass. Diese Beschwerden waren Teil dessen, was Safîja mit Machrûsa verband. Denn Machrûsa stand mit Safîjas Familie in Verbindung und kümmerte sich darum, dass die Petitionen geschrieben und abgesandt wurden. Was die beiden sonst noch miteinander verband, war in erster Linie der geringe Altersunterschied und die Sorge um ihre Kinder, die sie beide in ihren Herzen trugen. Was die Beziehung der beiden Frauen aber in ganz besonderem Mass festigte, war die enorme Grosszügigkeit Safîjas Machrûsa gegenüber. Safîja enthielt Machrûsa nichts von dem vor, was ihr die beiden Söhne mitbrachten, wenn sie sie im Gefängnis besuchten. Angefangen beim Essen bis hin zu Kleidung und Schuhen. Sogar Medikamente erhielt Machrûsa von Safîja, vor allem Medikamente gegen Rheumatismus und Schnupfen, die jeden Winter, aus Gründen, die den obersten Verwaltungsgremien der Privatfirmen sehr wohl bekannt sind, aus den Apotheken verschwinden.

Darüber hinaus betrachtete Machrûsa Safîja als ihre persönliche Kreditbank. Ständig lieh sie sich Geld von ihr. Sie bekam es nicht im Gefängnis, denn die einzige dort im Umlauf befindliche Währung waren Zigaretten. Gegen die konnte man allerdings alles eintauschen, denn mindestens 99 Prozent aller Gefängnisinsassinnen waren Raucherinnen. Wieviele Schachteln jede einzelne rauchte, hing von ihrer finanziellen Situation und dem Grad ihrer Abhängigkeit ab, und natürlich rauchten die Rauschgiftsüchtigen und die Prostituierten mehr als die übrigen Gefangenen. Machrûsa erhielt ihre stets zinslosen Kredite von Safîjas Söhnen, wenn diese ihre Mutter im Gefängnis besuchten oder wenn Machrûsa zu ihnen nach Hause kam. Die Beziehung zwischen den beiden lauteren Schwestern war so gut, dass Safîjas Mann zu einem sehr anständigen Monatslohn von einer Tochter Machrûsas, die ein Handelsdiplom hatte, in ihrer Videothek eingestellt wurde. Er versuchte sogar einen Streit zwischen dem Mädchen und seiner Mutter zu schlichten, als erstere einen Automechaniker, der um ihre Hand angehalten hatte, heiraten wollte, letztere das jedoch entschieden ablehnte.

Die Mutter hatte sich nämlich geschworen, dass keine ihrer Töchter heiraten sollte, solange sie noch am Leben war. Für sie waren die Männer aus einer Rippe des Teufels geschaffen und daher allesamt böse. Ihre anderen Töchter teilten diese Überzeugung, vielleicht weil Gott sie als getreues Ebenbild ihrer Mutter geschaffen hatte. Die Jüngste dagegen hatte helles, weiches Haar, was vieles gutmachte. Sie hatte es bis zur Mitte ihres Rückens wachsen lassen und besass damit gute Chancen bei den Männern. Mit vierundzwanzig bezirzte sie den kahlen Automechaniker; dass er dann tatsächlich um ihre Hand anhielt, war allerdings wohl das Werk der Schminke, die Machrûsas Tochter in allen Farben, rot, blau und grün, auflegte, um ihr Gesicht zu verschönern. Dem Ehemann der guten Safîja zuliebe willigte Machrûsa schliesslich nach vertraglicher Vereinbarung einer später zu zahlenden hohen Brautgabe in die Heirat ein, in der Hoffnung, die Ehe werde bald scheitern und ihre verlorene Tochter wieder in den Kreis ihrer männerfeindlichen Töchter, die an die Lehre von der teuflischen Rippe glaubten, zurückkehren.

Über viele Jahre beobachtete Asîsa aus der Nähe, wie die Beziehung zwischen Machrûsa und Safîja enger wurde und sich zwischen den beiden eine Freundschaft entwickelte. In langen Nächten schlürfte sie ihren imaginären Wein und sog den Rauch der Zigaretten, die sie pausenlos paffte, tief ein in ihre Brust, die darauf brannte, den beiden Frauen auf Erden Gerechtigkeit und Barmherzigkeit widerfahren zu lassen. Während all der Zeit, in der sie Gelegenheit gehabt hatte, das Frauengefängnis gründlich kennenzulernen, hatte sie selten eine so ehrliche und herzliche, auf aufrichtiger Zuneigung gegründete Beziehung erlebt wie diejenige zwischen Machrûsa und Safîja. Allein wegen dieser Beziehung dachte sie daran, die beiden in den goldenen Wagen zum Himmel aufzunehmen, obwohl sie Safîja nicht leiden konnte, weil sie ihrer Meinung nach ein geborenes Luder und eine Verbrecherin von Natur aus war, die man nie würde bekehren können, solange sie auch lebte. Trotzdem würde sie sie zum Himmel mitnehmen, um Machrûsas willen, jener Machrûsa mit ihrer engelhaften Seele und ihrem teuflischen Gesicht, ihrem reinen Geist und Körper, die durch ihre vielen vor Schmerz und Qual vergossenen Tränen zu einer echten Heiligen geworden war, der ein Platz im Himmel zustand. Und Asîsa wollte sie nicht von der einzigen Brust – Safîjas Brust – reissen, die sie in dieser Welt zärtlich liebte. Asîsa war bereit, Safîja noch eine Chance zu geben. Vielleicht würde sie durch den Aufstieg zum Himmel von ihrer Bosheit gereinigt, und vielleicht tilgte das Leben, das sie dort zusammen mit den anderen Insassinnen des goldenen Wagens als Engel führen würde, die Schmutzflecken der irdischen Existenz von ihrer Seele. Auf jeden Fall hatte auch sie – ihr Verhältnis zu Machrûsa war Beweis dafür – ihre guten Seiten. Ihr Herz war nicht völlig schwarz. Es gab gute, helle Bereiche in ihr, die sich vielleicht ausdehnen und sie ganz mit ihrem Licht überfluten würden, sobald sie, unter günstigen Bedingungen, Gelegenheit dazu hatten. Doch es kam anders. Asîsas bescheidener Wunsch sollte nicht in Erfüllung gehen. Ungefähr zwei Wochen nach dem Tag der Honigmaske fand man Safîja eines Morgens tot in ihrem Bett liegen. Den Gefangenen, die sich um die Leiche versammelt hatten und sie betrachteten, kam es vor, als sei ihr gläsernes Auge ein richtiges, das traurig und wehmütig auf das Stück blauen Himmel starrte, das man durch das vergitterte Zellenfester, in dessen Nähe ihr Bett stand, sehen konnte. In ihren früher so geschickten, fingerfertigen und flinken Diebeshänden hielt Safîja eine Fotografie. Glücklich lächelnd blickten darauf ihre beiden Söhne furchtlos in die Zukunft.

Wie einst Zenobia

Bahîga Abdalhakk, die Ärztin, wurde, was im Frauengefängnis sehr ungewöhnlich war, von allen mit grossem Respekt behandelt, sogar von der Gefängnisleitung, der die Gefangenen nach Möglichkeit aus dem Wege gingen und in den seltenen Fällen, wenn ein Kontakt unvermeidlich war, mit Vorsicht, Angst und Unterwürfigkeit begegneten, eingedenk der Devise: hier die Herrscher, dort die Beherrschten, wofür die Geschichte den Ägyptern zahlreiche Lektionen mit einem hohen Preis an Blut und Menschenleben erteilt hat. Zum ersten Mal zur Zeit der Pyramidenerbauer, dann in den chaotischen Jahrhunderten unter der sechsten und den darauffolgenden Dynastien, die durch ihre Willkürherrschaft und die erzwungene Ungleichheit unter den Menschen ihren Untergang herbeiführten, später unter den Persern, den Ptolemäern, den Römern, den Arabern, den Mamluken, den Türken, den Franzosen und den Engländern, schliesslich während des Brotaufstands im Winter 1977.

Diese Lektionen lehrten die ägyptische Bevölkerung, dass jeder Protest und jedes Aufbegehren zwecklos war, wenn die Kraft und Stärke nicht ausreichten, die Regierung zu beseitigen und zu ersetzen. Diese Erfahrung hatte sich oft bewahrheitet, durch das Scheitern all derer, die zu tragischen Helden wurden, weil sie die Lektionen nicht gelernt hatten, wie Echnaton, der Philosoph auf dem Pharaonenthron, und Humam Suhagi, dessen Unabhängigkeitstraum die Zentralmacht in Kairo, die ihm zuhause in Oberägypten nichts anhaben konnte, zerschlug, indem sie ihm die Königswürde entzog.

Der Respekt für Bahîga Abdalhakk beruhte nicht darauf, dass sie eine kultivierte junge Frau war, die eher in einer Welt der Unschuld und der Ehrlichkeit zuhause war als in einer des Hasses und mörderischen Kampfes, den die Menschen mit allen Mitteln gegeneinander führen. Er erklärte sich vielmehr daraus, dass sie Ärztin war. Allein aus diesem Grund wurde sie geachtet, wie jede andere Person, die dem Ärztestand dieses Landes angehört, in dem seit eh und je enge Beziehungen zwischen der Medizin und der Regierung bestehen, während die Mehrheit der aus armen Bauern bestehenden Bevölkerung in den Ärzten Propheten sieht, die allerdings nicht ihre Seelen, für die sich kaum jemand interessiert, von ihren Qualen erlösen, sondern ihre Körper von den chronischen Leiden und Krankheiten, die ihr unabwendbares Schicksal zu sein scheinen. In den Augen der Gefangenen war das, was man Bahîga vorwarf, keineswegs so schlimm, dass sie eine Gefängnisstrafe verdient hätte, selbst wenn sie tatsächlich den Tod eines neunjährigen Kindes durch einen Narkosefehler bei einer Mandeloperation in einem Privatkrankenhaus verschuldet haben sollte. Es kam oft vor, dass Kinder starben. Das war auf dem Land und in der Stadt etwas ganz Alltägliches, nicht anders, als wenn kleine Katzen oder Küken krepierten. Nach Meinung der Gefangenen musste man das Problem in seiner natürlichen Grössenordnung sehen und sollte nicht übertreiben, wie die Regierung es im Fall von Bahîga Abdalhakk tat. Jede Frau, der Gott nicht den Segen der Fruchtbarkeit und Gebärfähigkeit vorenthielt, konnte jedes verlorene Kind schnell wieder ersetzen, egal ob dieses durch einen Operationsfehler gestorben war oder an Austrocknung, Darmkatarrh oder den üblichen Fiebererkrankungen, die es wegen Trinkwassermangels, unzureichender Kanalisation und der höchstens symbolischen Präsenz des Gesundheitsministeriums auf dem Land sehr häufig gab. Vielleicht erklärt dies, warum wir – Gott sei's gedankt – seit siebentausend Jahren als Volk existieren und trotz Unterdrückung und Barbarei, Besatzung und Unterwerfung, Austrocknung des Nils und der Kinder und trotz aller Hungersnöte, deren schlimmste in die Zeit des Kalifen Mustansir fielen, nicht untergegangen sind.

Doch weder die kurze Haftzeit von nur drei Jahren, zu der man sie verurteilt hatte, noch der grosse Respekt, den sie im Gefängnis genoss, oder die zahlreichen Vergünstigungen, die ihr die um ihr Wohlbefinden besorgten Gefängnisaufseherinnen gewährten, die ihre Dienste – medizinische Betreuung und ärztlichen Rat – schätzten, konnten ihre Verbitterung und ihren Hass auf die Menschen, das Leben und die Welt im allgemeinen mindern. Jeden Augenblick ihrer Tage im Gefängnis würgte sie an diesem Hass, der sie ständig an Selbstmord denken liess. Doch sie hatte nicht den Mut, ihn tatsächlich zu begehen. Statt dessen kaute sie unablässig an ihren Fingernägeln, so dass ihre Nagelhäute immer eingerissen waren, was sich die anderen nicht erklären konnten. Dauernd spielte sie nervös mit Strähnen ihres Haars, dabei blickte sie traurig, düster und hoffnungslos drein. Ihr Magen hatte sich in optimaler Weise ihrem aufgewühlten Gemütszustand angepasst, indem er unermüdlich und unkontrollierbar Säure ausschied und damit auf eine Magenschleimhautentzündung hinarbeitete, die schon in wenigen Jahren einem Geschwür Platz machen würde.

Bahîga gehörte zu den Menschen, die sich vom Leben einiges erwarten. Ihrer Meinung nach – und dies entsprach durchaus der Realität – besass sie Talente und Fähigkeiten, derentwegen sie ein Stück von dem Kuchen verdient hätte, den das Leben grosszügig an andere verteilte. Das wäre das mindeste an Gerechtigkeit gewesen. Bahîga, obwohl sehr intelligent, nahm sich nicht die Zeit, darüber nachzudenken, dass Gerechtigkeit ein sehr vager und dehnbarer Begriff ist und viele Formen angenommen hat, seit sie von Hammurâbi zum ersten Mal gesetzlich festgeschrieben wurde. Vielleicht erklärt dies zum Teil Bahîgas tragische Persönlichkeit. Seit sie sich ihrer selbst bewusst war, hatte sie sich immer bemüht, ihrer Vorstellung vom idealen Menschen exakt zu entsprechen, weil sie glaubte, dadurch werde ihr allumfassende Gerechtigkeit und ein Platz an der Spitze zuteil. Dies erforderte von ihr ständige, grosse Anstrengungen, da sie sich gegen ihre voreingenommene Umgebung, die sie einzuengen versuchte, durchsetzen musste.

Alles begann damit, dass sie die Gelegenheit erhielt, eine Schule zu besuchen, während ihre beiden älteren Schwestern diese Möglichkeit nicht gehabt hatten und somit verurteilt waren, für immer einer sozial niedrigeren Welt anzugehören. Ihre Fähigkeit, Gelegenheiten zu nutzen, bewies sie durch erstaunliche schulische Leistungen, und das, obwohl sie mitten im Winter über einem langen Kleid aus dickem Baumwollstoff, aus dem eine ihrer Schwestern hinausgewachsen war, nur eine dünne Leinenschürze trug und ständig Hunger hatte, weil ihr Vater so schlecht verdiente, dass sie nur wenig zu essen und dann auch nur Nahrung von minderwertiger Qualität erhielt. Von dem Tag an, da sie in die Zauberwelt der Schule eintrat, waren die beissende Kälte, die ihr das Blut in den Adern gefrieren liess, wenn sie auf dem nur mit Matten bedeckten Boden ihres Zimmers hockte und mit einem Bleistiftstummel ihre Hausaufgaben machte, und eine leichte Kopfhautentzündung, hervorgerufen durch das Kerosin, mit dem ihre Mutter Läuse bekämpfte, ihre ständigen Begleiter, die ihren Weg zum Erfolg erschwerten. Trotzdem war sie vom ersten bis zum letzten Schuljahr immer Klassenbeste.

Bahîga hatte Glück, denn sie ging in einer Zeit zur Schule, die untypisch war für unsere düstere Geschichte, in der, seit den Anfängen des ägyptischen Priestertums, das Lernen immer einer kleinen gesellschaftlichen Elite vorbehalten war, die ihren Herrschaftsanspruch mit verschiedenen Mitteln, darunter ihrem Wissen, absicherte. In dieser untypischen Zeit drückte Bahîga, die Tochter eines Wachmannes, die Schulbank zusammen mit der Tochter eines Ministers, und beiden wurde dasselbe Wissen vermittelt. Allerdings täuschte die Schulgeldfreiheit eine Gerechtigkeit vor, die in Wirklichkeit niemals bestand, denn die Tochter des Wachmannes war keinen einzigen Tag der Tochter des Ministers gleich. Niemals ass sie das gleiche Essen wie jene, niemals schlief sie in einem ebenso weichen und bequemen Bett. Niemals konnte man sich für sie Privatunterricht bei den Lehrern ihrer Schule leisten. Aber dadurch, dass sie Zugang zum geistigen Wettbewerb hatte und sich doppelt Mühe gab und all ihre intellektuellen Fähigkeiten und ihren ganzen trotzigen Ehrgeiz aufbot, schaffte es die Tochter von Abdalhakk, dem Wachmann, sich zu behaupten und besser als alle übrigen Schülerinnen des Gymnasiums zu sein, einschliesslich der Tochter des Ministers. Deshalb konnte sich Bahîga an der medizinischen Fakultät immatrikulieren, wodurch sich ihr Leben grundlegend änderte, und eine schwierige Phase ihres Kampfes begann, den sie in erster Linie einem inneren Drang folgend aufgenommen hatte. Dieser innere Drang entsprach ihrem Wunsch, einen Traum ihres Vaters zu verwirklichen, der als Wachmann bei einem pharmazeutischen Betrieb gearbeitet und in den Ärzten seine grössten Idole gesehen hatte, besonders wenn er versucht hatte, das ständige Haushaltsloch der Familie dadurch zu stopfen, dass er einer gewinnbringenden Freizeitbeschäftigung nachging: er verpasste den Kranken im Viertel, wenn sie nicht zur Apotheke gehen konnten oder nachts keine Krankenschwester zur Verfügung hatten, um diese Aufgabe zu übernehmen, Spritzen in Muskeln und Adern. Mit den kleinen Beträgen, die er dafür erhielt, bestritt Abdalhakk so manche Ausgaben der Familie, die durch die Inflation infolge verfehlter staatlicher Wirtschaftspolitik immer weiter anstiegen.

Es war dem Wachmann nicht vergönnt gewesen, seinen Traum in der Person seiner intelligenten Tochter verwirklicht zu sehen. Kurz nachdem sie die Oberschule abgeschlossen hatte, war er infolge einer alten Bilharzioseerkrankung an Blasenkrebs gestorben. Bahîga, die ihrem Vater insgeheim gelobt hatte, immer die Erste zu sein, erneuerte ihren Schwur alljährlich an seinem Todestag, wenn sie mit ihrer Mutter und ihren beiden Schwestern sein Grab besuchte, wo sie die erste Sure des Korans sprachen, ausserdem diejenige, die mit den Worten „Sprich, es gibt nur einen einzigen Gott“ beginnt. Bei der Erinnerung an ihn vergoss sie so manche sehnsuchtsvolle Träne, während sie grüne Palmzweige und gelbe Kamillen auf sein Grab legte und ihm herausragende Leistungen im kommenden Studienjahr versprach, trotz der damit verbundenen grossen Strapazen, die sie wie ein Soldat im Kriegsgetümmel geduldig ertrug. Die Studiengebühren waren immens, gemessen am Familieneinkommen, das sich durch den Tod des Vaters noch verringert hatte. Ein weiteres Problem war, dass sie vor den anderen sozusagen nackt dastand, weil es keine Uniform gab, die ihre Armut kaschiert hätte. Sie konnte sich nicht mit den Töchtern und Söhnen der Mittel- und Oberschicht messen, die den Campus dazu benutzten, die neuesten Modetrends vorzuführen. Doch obwohl dies alles sie belastete, gelang es ihr, das Gesicht zu wahren, indem sie einfache, aber geschmackvolle Kleider trug, die sie sich selbst nach den Anleitungen einiger verbreiteter Zeitschriften nähte, darunter „Eva“, die einzige Frauenzeitschrift, für die Bahîga einige Groschen von dem bisschen Geld opferte, das ihr zur Verfügung stand. Einmal schrieb sie an dieses Blatt einen Brief, in dem sie um Rat bat, wie sie die dunklen Ringe um ihre Augen loswerden könne. Da ihr Brief aber verlorenging, erhielt sie nie eine Antwort. So versuchte sie, ihr Lebensschiff durch die stürmische See zu steuern, um schliesslich den Traum ihres Vaters zu verwirklichen.

War Bahîga in Medizin die Erste, so war sie in der Liebe die Letzte. In ihrem dritten Jahr an der Universität verliebte sie sich in einen Kommilitonen. Sie traf sich mit ihm auch ausserhalb der Universität, im Zoo, im Fischgarten, am Nil und an anderen für ein Rendezvous geeigneten Orten, wo man nicht mehr bezahlen musste als die Fahrtkosten dahin und den Preis für ein imperialistisches Getränk wie Coca Cola oder Pepsi und ein Bohnensandwich. In dieser schönen Zeit verwandte Bahîga sehr viel Zeit und Mühe darauf, zu den Treffen mit ihrem Freund – dem Ehemann in spe – so attraktiv wie möglich zu erscheinen. Sie machte sich Gesichtsmasken aus Salzteig, um Pickel zu entfernen und die Haut zu entfetten. Manche Nacht schlief sie unruhig, wegen der Lockenwickler und Haarnadeln, die sie im Hinblick auf den kommenden Tag vor dem Schlafengehen auf ihrem Kopf befestigte. Damals glaubte sie noch daran, alle ihre Wünsche und Ziele verwirklichen zu können. In zwei Jahren schon würde sie ihr Examen machen und in den Lehrkörper aufgenommen werden. Schliesslich war sie immer Erste gewesen, obwohl den wohlhabenden Studenten von den Professoren heimlich Privatlektionen erteilt wurden, für phantastische Summen aus dem Geldbeutel der Eltern, die ihren Reichtum aus den Ölländern mitgebracht, der öffentlichen Hand geraubt oder durch das Handeln mit allen möglichen Dingen, mit denen man in kurzer Zeit den grösstmöglichen Gewinn machen konnte, angehäuft hatten. Dass sie für ihren Freund, der seine Prüfungen immer nur knapp bestand, keine glänzende Zukunft vorhersah, hinderte sie nicht daran, ein gemeinsames Leben zu planen. In vielerlei Hinsicht erschien er ihr passend als zukünftiger Ehemann. Er gehörte einer etwas höheren Gesellschaftsschicht an als sie. Sein Vater war einer der ranghöchsten Beamten in der unteren Finanzverwaltung. Was er verdiente, reichte kaum für die grosse Familie, und die Mutter trug als Näherin zum Unterhalt der Familie bei. Bahîga und ihr Freund würden also, wenn sie heirateten, ihr Nest mit ihrer vereinten Kraft und ihrer beider Schweiss aus dem Nichts bauen müssen. Er würde Arzt sein wie sie. Das war gut. Sie legte Wert darauf, einen Mann zu heiraten, der einen mindestens ebenso hohen Universitätsabschluss aufweisen konnte wie sie.

Nach zwei Jahren voller Hoffnungen, Träume und brennender Liebe entdeckte Bahîga, dass sie die Taube auf dem Dach nicht fangen, aber auch den Spatz in der Hand – den Geliebten, den zukünftigen Mann, dessen sie sich immer so sicher gewesen war – nicht halten konnte. Er verliess sie wegen einer Kommilitonin, die weitaus mehr an weiblichen Reizen zu bieten hatte als Bahîga, da sie mit dem Geld ihres Vaters, der ein bekanntes Schuhgeschäft in der Stadt besass, über die Zaubermittel der Kosmetik verfügte, die ihre dicken glanzlosen Haare in goldene Seidenfäden verwandelten, die ihr Gesicht, ein Produkt von Max Factor, Helena Rubinstein, Yardley, Lancôme und anderer internationaler Kosmetikhochburgen, anmutig umspielten. Jeden Tag trug sie ein neues elegantes Kleid, bei dessen Kauf finanzielle Zwänge keine Rolle gespielt hatten. Ausserdem gab diese Frau, die die Freude aus Bahîgas Herzen stahl, ihm mehr, als sie selbst je zu geben bereit gewesen war, da sie sich vorgenommen hatte, den Beweis für ihre Keuschheit und Unberührtheit erst in der Stunde Null, in der Hochzeitsnacht, zu liefern.

Auch sonst ging sie leer aus. Sie musste erfahren, dass der erste Platz, der ihr in der Grund-, Mittel- und Oberschule, ja auch während der Studienzeit unstreitig überlassen worden war, ihr nun bei ihrer Entlassung ins Berufsleben verweigert wurde. Unter Nasser hatten die Mächtigen der Medizin eine Parole: Auto, Landsitz, Praxis. In den Besitz dieser drei Dinge zu gelangen, war höchstes Ziel eines jeden Arztes. Danach, in der Zeit der wirtschaftlichen Öffnung, wollten die Ärzte noch weitaus mehr, nämlich grosse Sanatorien, an deren Eingangstor jeder Kranke stirbt, der die enormen Behandlungskosten nicht schon im voraus bezahlt.

Diese Mächtigen liessen es niemals zu, dass eine Person wie Bahîga Abdalhakk, die Tochter eines Wachmannes, ihr Allerheiligstes mit ihnen teilte und mit ihnen im Lehrkörper sass, der die am Firmament der Medizin leuchtenden Sterne heranzog, welche sich in der Hoffnung auf schnelles Geld nach Saudiarabien und in die Golfstaaten begaben oder sich an Vermittler- und Maklergeschäften beteiligten. Bahîga Abdalhakk stiessen diese Mächtigen aus ihren Träumen hinunter in die bittere Realität unserer Gesellschaft. In den mündlichen Prüfungen liessen sie ihr kaum Gelegenheit zum Antworten. Durch den Verlust des Freundes in einer schlechten psychischen Verfassung, konnte sie nur stottern und stammeln. Ihr Selbstvertrauen schmolz dahin angesichts der Herren in Anzügen mit eleganten Krawatten, die Pfeife und ausländische Zigaretten rauchten, deren Geruch sich mit dem Duft berühmter Markenparfums aus den Hauptstädten der Ersten Welt mischte, während sie selbst nur ein bescheidenes Kleid trug und ihr Haar zu einem Knoten zusammengefasst hatte. Am Ende erteilten sie ihr nur die Note „gut". So wurde Bahîga Abdalhakk nur eine Ärztin unter den Tausenden vergessener Ärzte in den

Krankenhäusern des staatlichen Gesundheitsdienstes, der selbst ein grosses Krankenhaus benötigt hätte, um von seinen chronischen Leiden geheilt und in die Lage versetzt zu werden, seinerseits die Gesellschaft von ihren ständig Menschenopfer fordernden Krankheiten zu heilen.

In den Jahren nach ihrem Universitätsabschluss erlebte Bahîga, wie bescheiden ihre soziale Stellung als Ärztin war. Der Regierung war sie nur ein Gehalt von einhundertzwanzig Pfund wert, soviel wie ein oder vielleicht auch zwei Kleider kosteten, in denen man zur Arbeit gehen konnte, oder vier Paar Schuhe, die nach zwei, drei Monaten verschlissen waren. Auch wenn man dann Absätze und Sohlen von einem ehrlichen Schuster flicken liess, konnte man den Kauf eines neuen Paares bestenfalls um einen weiteren Monat hinauszögern. Anders gesagt, betrug ihr damaliges Gehalt genauso viel, wie eine Dame der oberen Mittelschicht bezahlte, wenn sie sich die Haare auf ihrem hohlen Kopf färben liess. Diese obere Mittelschicht war allerdings im Begriff, durch die sozialen Veränderungen aufgefressen zu werden, unter denen auch Wissen nicht mehr belohnt wurde. Wer danach strebte, dem brach der Westen das Genick. Mit dem Ende des Nasserismus verschwand auch der „Tag der Bildung“ aus dem löchrigen Gedächtnis der Gesellschaft, an dem Nasser, nicht nur als Präsident der Republik, sondern auch als aufrechter Führer und Hoffnungsträger aller Völker zwischen dem Golf des schwarzen Öls und dem Atlantik, an dessen Gestade es nicht einmal Pilze gibt, mit denen die Menschen dort ihr Leben fristen könnten, alljährlich die besten Schüler und die herausragenden Studenten an Instituten und Universitäten auszeichnete.

Trotz der mühevollen und harten Jahre, in denen sie gleichsam Felsen mit den Fingernägeln bearbeitete, um voranzukommen, blieb Bahîga gesellschaftlich auf demselben Stand. Sie fragte sich daher ständig, was für einen Sinn ihr Leben eigentlich hatte. Mit der Zeit wurde sie deswegen psychisch gestört, was jedoch nicht auffiel, weil ihre ganze Situation sehr widersprüchlich war. Sie wurde respektiert, aber nicht honoriert. Bahîgas leichte Schizophrenie fiel auch deshalb nicht auf, weil Millionen von Menschen darunter litten. Während der Arbeit war sie, wie gewohnt, gesetzt und ernst, wie es innerhalb eines Ärzteteams und im Umgang mit Kranken erwartet wurde. Manchmal war sie auch unfreundlich, schimpfte mit den Krankenschwestern und war hart zu den Kranken, die sich nicht an ihre Anweisungen hielten. Aber sobald sie das Krankenhaus verlassen hatte und zu Fuss nach Hause ging, fühlte sie sich minderwertig und klein angesichts der vorbeifahrenden prächtigen Autos mit strahlenden eleganten Frauen am Steuer, die wie Filmschauspielerinnen aussahen. Dieses Gefühl verstärkte sich, wenn sie vor den Geschäften stehenblieb und die Preisschilder an den Dingen las, die sie gern gehabt hätte. Zu Hause angelangt, verwandelte sie sich in ein anderes Wesen als das, das sie während der Arbeit gewesen war, und passte sich den bescheidenen alten Möbeln an, dem immer gleichen, armseligen Essen, das ihr ihre Mutter vorsetzte, und den anderen Alltäglichkeiten in ihrem Leben, die sich seit ihrer Kindheit nicht wesentlich verändert hatten.

Bahîgas unmerkliche Schizophrenie hatte ihren eigentlichen Grund darin, dass sie ständig auf der Suche nach ihrem Platz in der kleinen unsichtbaren Pyramide war, die sie, wie jeder Mensch, in sich trug, als Massstab, an dem sich die Meinungen und das Verhalten des Individuums seiner Umgebung gegenüber ausrichten, indem es allen, die weiter oben stehen, Hochachtung und Respekt zollt und jeden Tieferstehenden verachtet. Vielleicht erklärt die uralte Vorliebe der Ägypter für Pyramiden die Tatsache, dass es bei ihnen die meisten Höflichkeitsfloskeln und schmeichelnden Redensarten gibt. Die Widersprüche, die Bahîga bezüglich ihres Platzes in der Pyramide feststellte, veunsicherten sie. Während ihrer Arbeit war ihr Platz ein anderer als während der übrigen Zeit des Tages. Ausserdem war ihr Gehalt niedrig. Weil die Preise ständig in die Höhe schnellten, reichte es kaum aus, ihre täglichen bescheidenen Bedürfnisse zu befriedigen, so dass sie nun auch nicht besser lebte als in ihrer Studentenzeit.

Mit der Zeit gelangte sie zu der Überzeugung, dass einen Mann zu finden ein echtes Problem für sie war, was sie früher nicht bedacht hatte. Obwohl sie ganz passabel aussah, hatte sie doch wegen ihrer Arbeit im staatlichen Krankenhaus nicht die Möglichkeit, einen geeigneten Partner fürs Leben kennenzulernen. Im Krankenhaus, das praktisch der einzige Ort war, wo sie soziale Kontakte knüpfte, war sie umgeben von Männern, die entweder verheiratet und älter waren als sie und ausserdem im staatlichen Gesundheitsdienst geblieben waren, weil sie keinen Ehrgeiz hatten – denn wer schlau war, blieb hier nicht lange, sondern versuchte sein Glück im privaten Sektor, wo man gut verdiente, oder im öffentlichen Sektor, wo man praktische Erfahrungen sammeln und seine beruflichen Möglichkeiten verbessern konnte –, oder junge Leute, die bei ihrem geringen Einkommen nicht ans Heiraten zu denken wagten und sich statt dessen mit flüchtigen Liebesabenteuern begnügten, meist mit den Krankenschwestern der Klinik oder mit Frauen, die solche Spielregeln akzeptierten, zu denen Bahîga Abdalhakk allerdings nicht gehörte und auch niemals gehören würde.

Ein weiteres Problem war Bahîgas familiäre Situation. Von ihren vier älteren Geschwistern waren die beiden Schwestern nicht zur Schule gegangen. So hatte die eine einen Kanalarbeiter geheiratet, die andere grosse Schwierigkeiten gehabt, überhaupt einen Mann zu finden, weil sie, bevor die staatlichen Impfaktionen eingeführt wurden, an Kinderlähmung erkrankt und seither gehbehindert war. Schliesslich hatte sie einen Witwer gefunden, der drei Kinder zu versorgen hatte und unregelmässig als öffentlicher Schreiber bei den staatlichen Gerichten arbeitete. Bahîgas nächstälterer Bruder hatte die Mittelschule abgeschlossen, allerdings nicht ohne mehrere Klassen zu wiederholen, weil er lieber auf der Strasse mit einer ausgestopften Socke Fussball spielte, als die Gründe für den Feldzug der Franzosen gegen Ägypten auswendig zu lernen. Mit diesem, seiner Meinung nach hohen Ausbildungsstand war er als Freiwilliger in die Armee eingetreten und damit der Arbeitslosigkeit entgangen, die sein sicheres Los gewesen wäre, wenn er seine Ausbildung fortgesetzt hätte. Ausserdem gefiel es ihm, einer machtvollen Organisation anzugehören. Der andere Bruder war mit einem Down-Syndrom geboren worden. Neunzehnjährig hatte Gott ihn sterben lassen. Erst mit der Zeit wurde Bahîga klar, wie gross ihr Problem tatsächlich war. Denn heiratswillige Ärzte und andere Männer in gleicher sozialer Stellung sahen in ihr keine gute Partie. Im Gegenteil, die bescheidenen Verhältnisse ihrer Familie schreckten sie eher ab. Aus welchem Grund sollte man den Bund der Ehe mit einer Frau eingehen, die weder schön noch reich war noch einer angesehenen Familie entstammte. Hatte doch schon der Prophet gesagt: „Verlobe dich mit einer Frau aus vier Gründen: wegen ihres Geldes, ihrer Schönheit, ihrer edlen Abkunft und ihrer Frömmigkeit. Nimm dir eine Fromme, sie tätschelt dir die Hand." In dieser Zeit wünschten aber nur die Mitglieder der islamischen Vereinigungen, eine fromme Frau zu ehelichen. Und sie warfen keinen Blick auf Bahîga, die sich weder verschleierte noch viel mit religiösen Fragen beschäftigte, auch wenn sie alle Gebete verrichtete. Während ihrer Studienjahre war sie sogar überzeugt gewesen, dass Beten ihr dabei half, ihre Ziele zu erreichen.

Mitfühlende Verwandte und Nachbarn Bahîgas versuchten, Heiratskandidaten für sie zu finden, aber in deren Umgebung gab es nur Männer, die Bahîgas Ansprüchen nicht genügten. Einige von ihnen besassen nur mittlere Schulabschlüsse und hatten nur bescheidene Regierungsposten inne. Andere hatten zwar ein sehr gutes Einkommen, aber einen beschränkten geistigen Horizont, wie dieser Haushaltswarenhändler, der um ihre Hand anhielt. Seine Ausbildung hatte allein im Besuch der Grundschule bestanden und trotzdem konnte er kaum richtig lesen und schreiben, weswegen er zur Unterzeichnung offizieller Dokumente, insbesondere seiner Steuererklärungen, einen Siegelring verwendete. Nur einmal hätte sie fast geheiratet, als der Besitzer einer Apotheke in ihrem Wohnviertel, dessen Frau kurz zuvor gestorben war und ihn mit vier Kindern zurückgelassen hatte, sie um ihre Hand bat. Sie schob den Gedanken jedoch von sich, als sie erfuhr, dass sein ältester Sohn fast so alt war wie sie.

So gab Bahîga die Hoffnung auf eine Heirat auf und trug sich mit einer neuen Hoffnung, dass sie eines Tages, wie andere, die Gelegenheit erhalten möge, in ein Ölland zu fahren, um dort zu arbeiten und so in kurzer Zeit gesellschaftlich aufzusteigen und ein anderes Leben zu führen. Vielleicht würden dann Männer um sie anhalten, vielleicht hätte sie dann, wenn Geld keine Rolle mehr spielte, Gelegenheit, unter ihren Kollegen – Ärzten mit begrenztem Einkommen wie sie, die sie vielleicht bei ihrer Arbeit im Krankenhaus kennenlernte – einen passenden Partner zu wählen. Doch anstatt in ein Land der Volvos und Mercedesse, dessen Bürger, um die Welt zu bereisen, ein Flugzeug mit derselben Selbstverständlichkeit besteigen wie sie einen Bus, verschlug es Bahîga an einen Ort, den sie vielleicht auf der Karte ihres Heimatlandes gar nicht vermutet hatte, nämlich ins Frauengefängnis.

Zuvor hatte Bahîga in einer jener kleinen Praxen gearbeitet, die vor allem in dem Gürtel aus neuen planlosen Städten, die Kairo und seine alten Vororte wie Krebsgeschwüre umwuchern, um den ununterbrochenen Strom von Zuwanderern auf der Suche nach einem besseren Leben aufzufangen, wie Pilze aus dem Boden schossen. Sie hatte die Arbeit dort aufgenommen, nachdem sie, veranlasst durch die Arbeitsbedingungen im staatlichen Gesundheitsdienst, eine Spezialausbildung zur Narkoseärztin absolviert hatte. Sie arbeitete weiterhin allmorgendlich im staatlichen Krankenhaus und verdiente sich hin und wieder etwas hinzu, indem sie beistand, wenn in der Praxis kleinere Operationen durchgeführt wurden. Nur so war sie vom Monatsersten bis zum Monatsletzten in der Lage, den Ansprüchen des Lebens gerecht zu werden, während sie zuvor gezwungen gewesen war, sich immer wieder kleinere Beträge von ihren Schwestern und deren Ehemännern zu leihen, die sie jedesmal zurückzahlte, sobald sie ihr Gehalt bekommen hatte. Unglücklicherweise aber gab sie einmal einem kleinen Kind eine so hohe Dosis Betäubungsmittel, dass es noch während der Operation verstarb. Darauf klagte die Familie des verstorbenen Kindes gegen sie und den Arzt, dem die Praxis gehörte. Das Gericht verurteilte sie zu drei Jahren Gefängnis. Der Arzt dagegen musste wegen grober Fahrlässigkeit mehrere tausend Pfund Strafe bezahlen.

Nach langen Monaten der Einsamkeit, der Qual und der Niedergeschlagenheit, unter der sie im Gefängnis litt, weil sie sich dieser Welt, von deren Existenz sie keine Ahnung gehabt hatte, nicht anpassen konnte, lernte Bahîga, nachdem man sie in eine neue Zelle verlegt hatte, Madame Sainab kennen. Madame Sainab – alle Gefängnisinsassinnen, die mit ihr zu tun hatten, und selbst manche Aufseherinnen, bestanden darauf, sie so zu nennen, weil Sainab Mansûr auf eine besondere Weise allen Achtung und Respekt abnötigte. Sie war vor allem sehr schön. Ihre Stimme klang weich und sanft, ihre schläfrig blickenden Augen waren gross und klar, von einem hellen Mandelbraun, das gut zu ihrem hellen Teint und ihrem schwarzen Haar passte, das im Nacken kurz war und lockig in die Stirn und über die Ohren fiel, so dass man nicht müde wurde, sie anzusehen. Da sie einer alten Adelsfamilie entstammte, deren Mitglieder zum Teil hohe und wichtige Posten im Staatsapparat bekleideten, verfügte sie im Gefängnis über Macht, weshalb sie von der Gefängnisleitung gut behandelt und nicht schikaniert und verspottet wurde wie manch andere, die keinen solchen Schutz besassen. Ausserdem war sie eine reiche Frau, die ihre Gunst einer nicht unbeträchtlichen Zahl von Gefängnisinsassinnen schenkte, vor allem denen, die sie bedienten, für sie kehrten, putzten und ihren Platz in der Gemeinschaftszelle in Ordnung hielten, ja, sogar ihre Kleider wuschen und Essen für sie zubereiteten. Der Hauptgrund für ihre Beliebtheit war aber ihre Bescheidenheit und Toleranz. Diese Eigenschaften machten sie für die anderen Gefangenen zur Schiedsrichterin, wenn Streitigkeiten zwischen ihnen zu schlichten waren, und zur Ratgeberin in persönlichen Angelegenheiten. Wegen des Einflusses, den sie dank ihrer mächtigen Verwandten hatte, wandten ihre Mitgefangenen sich an sie, wenn sie innerhalb oder ausserhalb des Gefängnisses Hilfe benötigten.

Sainab Mansûr war im Gefängnis, weil sie ihren Schwager, den Onkel ihrer minderjährigen Kinder, getötet hatte – und zwar mit der Kaltblütigkeit einer Berufskillerin. Niemand hätte sich je vorgestellt, dass diese kleine, zierliche, schöne Frau, die so zerbrechlich schien wie feines Kristallglas, zu so einer Tat fähig wäre. Nur Sainab Mansûr selbst wusste, warum sie dies so einfach und ruhig hatte tun können, und war überzeugt, dass sie fähig war, wenn es sein müsste und sie wieder in der gleichen Situation wäre, das gleiche auch ein zweites, drittes und viertes Mal zu tun.

Früher führte Sainab ein so bewegtes und glanzvolles Leben, dass man darüber gut einen Film hätte drehen können, möglichst aber keinen ägyptischen, der unweigerlich trivial geraten wäre. Sainab war die einzige Tochter eines ehemaligen Grossgrundbesitzers aus einer ursprünglich rein mamlukischen Familie, deren Blut sich durch die aufsehenerregende Vermählung eines ihrer Vorfahren mit der Tochter eines Asharscheichs zu einer Zeit, als die Ashar sowohl religiöse als auch weltliche Macht besass, mit ägyptischem Blut vermischte. Der Reichtum der Familie war durch die Revolution von 1952 und durch die darauffolgende Landreform mit ihrer Begrenzung von Grundbesitz zusammengeschmolzen. Danach verlegte ihr Vater sich ganz auf den Handel mit Alteisen und wurde darin bald führend in Ägypten.

Zu jener Zeit war Sainab ein junges Mädchen, das auf den ausgelassenen Parties und in den Clubs der Kairoer Gesellschaft allgemeine Aufmerksamkeit erregte und bei den Modeschauen in atemberaubenden Kleidern der berühmtesten Pariser Couturiers den Mannequins die Schau stahl. Sie war die Heldin der berühmtesten Liebesgeschichten, die man sich hinter vorgehaltener Hand in den Salons erzählte. In diesen Geschichten blieben für gewöhnlich verzweifelte Liebhaber zurück, die sich keine Hoffnung auf ein Wiedererstehen ihrer Beziehung zu dieser bezaubernden Frau machen durften, die sich mit der Leichtigkeit Schehresâds von einer Geschichte zur nächsten bewegte. Eisen wird nur durch Eisen scharf. Dieses Sprichwort traf auf Sainab zu, die sich eines Tages auf einer ihrer häufigen Reisen in den Westen verliebte. Der Glückliche war kein Geringerer als der Kapitän des Flugzeugs, mit dem sie flog, ein erfahrener Frauenheld. Allerdings war der Kreis seiner Opfer niemals sehr gross gewesen, weil ihn seine Arbeit über den Wolken ausfüllte und er keinen Wert darauf legte, Filmschauspielern wie Omar Scharif oder Abdalhalîm Hâfis Konkurrenz zu machen.

Der gutaussehende Flieger war nicht weniger begütert und vornehm als Sainab. Seine Familie kam ursprünglich aus dem Iran und hatte sich vor etwa zweihundert Jahren in Kairo niedergelassen und dort eine berühmte Teppichmanufaktur gegründet. Er war gezwungen gewesen, fliegen zu lernen, weil die damals kostenfreie Ausbildung vielen seiner Mitschüler auf dem staatlichen Gymnasium das Tor zur Universität geöffnet hatte, während sie ihm wegen seiner mässigen Noten verschlossen geblieben war. Er hatte daher eine private Fliegerschule besucht und den angesehenen Beruf des Piloten erlernt. Seit dem romantischen ersten Zusammentreffen zwischen ihm und Sainab waren keine zwei Jahre vergangen, da war er schon Vater zweier Jungen, von denen Sainab durch Kaiserschnitt entbunden worden war. Die Regeln der Vererbung hatten beide ausserordentlich gut geraten lassen. Sie verbanden die wunderschönen Augen der Mutter mit dem hochgewachsenen Körper des Vaters und einer Auslese aus den gleichermassen schönen Gesichtszügen beider Eltern. Doch es war des Allmächtigen und Allwissenden Wille, dass sich das Glück von dem sich liebenden Paar abwendete: Sainabs Mann kam bei einem Flugzeugabsturz ums Leben. In Sainab Mansûrs Leben begann damit ein neues Kapitel. Der Schicksalsschlag, der ihre Träume jäh beendete, die zu verwirklichen sie sich für die nächsten Jahre vorgenommen hatten – Sainabs Mann wollte, um bei seiner Familie bleiben zu können, seine Arbeit aufgeben und statt dessen ein Geschäft gründen –, konnte zwar weder die Familie aus der Bahn werfen noch Sainabs Leidenschaftlichkeit ersticken, doch er bewirkte eine seltsame, tiefe Veränderung ihrer Persönlichkeit. Jeder, der Sainab früher gekannt hatte, hätte bestätigt, dass sie nun eine ganz andere war. Sie legte keinen Wert mehr auf Eleganz und schminkte sich nicht mehr. Nur noch selten ging sie aus und trug die einfachsten Kleider, die ihre Schönheit am wenigsten zur Geltung brachten. Mit anderen Menschen hatte sie kaum noch Kontakt. Nach der Heirat mit ihrem Piloten hatte sie noch Parties besucht, jetzt nicht mehr. Sie verkörperte sozusagen die ideale ägyptische Witwe, die sich als Asketin in einen Tempel zurückzieht und sich bis auf wenige Ausnahmefälle ausschliesslich der Erziehung ihrer Kinder widmet, dieser armen Halbwaisen, denen ihre ganze Liebe und Fürsorglichkeit galt.

Da Sainab zufrieden war mit ihrem neuen ruhigen Leben, in dem eine stille, durch die Erinnerung an die schöne Vergangenheit genährte Traurigkeit sie ständig begleitete, hätte es eigentlich ohne nennenswerte Störungen und Zwischenfälle verlaufen können, wäre da nicht der Onkel der Kinder gewesen, der einzige Bruder des Verstorbenen, der Sainab nicht in Ruhe liess, obwohl sie nichts anderes wollte, als ihre Söhne so gut wie möglich zu erziehen. Er steckte seine Nase in ihre Angelegenheiten, nicht weil er um die Zukunft der beiden Söhne seines verstorbenen Bruders besorgt war, sondern weil er das beträchtliche Vermögen an sich reissen wollte, das ihr Vater ihnen hinterlassen hatte. Der Grundstock dieses Vermögens waren jene Waren, die ihr Vater aus aller Herren Länder, in die er beruflich geflogen war, mitgebracht hatte, obwohl deren Einfuhr unter Nasser eigentlich verboten war. Doch so mancher Ladenbesitzer in einem der exklusiven Vororte der Stadt wurde durch den Schmuggel damit reich.

Der Onkel versuchte wiederholt, sich der kleinen Familie als inoffizieller Vormund aufzudrängen, aber Sainab war wachsam und vereitelte seine Pläne. Sie lehnte alle seine Angebote ab, das Geld der beiden Söhne mit guten Zinsen anzulegen, ebenso wies sie alle seine Vorschläge zurück, Wohnungen zu kaufen, um sie möbliert zu vermieten, denn sie traute seinen Absichten nicht und hatte das ständige Gefühl, dass er sie in Schwierigkeiten bringen wollte. Als seine Bemühungen erfolglos blieben, versuchte er, sich an sie heranzumachen und ihre Liebe zu gewinnen. Dies gipfelte darin, dass er ihr einen Heiratsantrag machte. Höchst befremdet lehnte sie ab. Sie hätte nie gedacht, dass er das wagen würde, wo er doch wusste, wie sehr sie ihrem Mann immer noch verbunden war. Auch hätte sie nie geglaubt, dass er so wenig Sinn für Gefühle hatte. Als er keine Möglichkeit mehr sah, die Vormundschaft über die beiden Kinder nach der Methode Dimnas und Bidpais, des Philosophen, zu erhalten, sann er über gerichtliche Möglichkeiten nach, da sich inzwischen zu seinem Wunsch, die Vormundschaft zu bekommen, Hassgefühle gegen die Frau seines verstorbenen Bruders gesellt hatten, weil sie seinen grosszügigen Heiratsantrag mit den kränkenden Worten abgelehnt hatte, tausend Männer seien nicht in der Lage, ihr den geliebten Mann zu ersetzen. Zuerst streute er Gerüchte über sie aus, die ihrem guten Ruf und ihrer Ehre schaden sollten. Doch sie kümmerte sich nicht darum, weil sie wusste, dass jedes Feuer, das keine Nahrung findet, irgendwann erlischt, und weil einige ihrer Verwandten, die sie in die Sache eingeweiht hatte, ihm die Zunge abzuschneiden drohten, falls er es noch einmal wagen sollte, sie zu verleumden. Da wurde er durch einen Film mit Jachja Schahîn, nach dem Roman „Sturmhöhe“ von Charlotte Brontë, auf eine teuflische Idee gebracht. Er beschloss, Beweise zu sammeln, die zur Entmündigung der Witwe seines Bruders führten. Da ihre Eltern, an die die Vormundschaft für die beiden Jungen übergegangen wäre, nicht mehr lebten, würde zwangsläufig er ihr gesetzlicher Vertreter.

Seit ihrer frühen Kindheit war Sainab Mansûr, ebenso wie ihre Mutter, von der sie diese Neigung wahrscheinlich übernommen hatte, eine leidenschaftliche Katzenliebhaberin. In dem grossen Haus ihres Vaters in al-Munîra, damals einem der schönsten und vornehmsten Viertel Kairos, hatten sie immer mindestens eine oder zwei Katzen gehalten, die ihre Mutter so liebevoll wie kleine Kinder behandelte und betreute. Für sie war es ein vertrauter Anblick, ihre Mutter auf dem Bett liegen und in einer Zeitung oder Zeitschrift lesen zu sehen, eine dicke Katze auf der Brust, die nahe an ihrem Gesicht glücklich und zufrieden schnurrte. Vielleicht erklärte sich daraus Sainabs Liebe zu diesen schönen egoistischen Tieren, die ihren Besitzer so beherrschen und verzaubern, dass er ihnen jeden Wunsch erfüllt. Was auch immer der Grund gewesen sein mag, Sainab hatte, als sie noch jung und unverheiratet im Haus ihres Vaters lebte, jede Menge Katzen, die von einem der vielen Dienstmädchen ihres Vaters, von ihm ausschliesslich mit dieser Arbeit beauftragt, versorgt wurden. Nach ihrer Heirat liess die

Katzenleidenschaft sehr nach. Die Zuwendung der liebenden Ehefrau galt allein ihrem Mann und einer einzigen langhaarigen schwarzen Perserkatze. Nach der Geburt ihres ersten Sohnes vergass sie die Katzen ganz.

Nach dem Tod ihres Mannes, als die Söhne dem Kleinkindalter entwachsen waren, wurde es Sainab allein mit den Kindern in dem grossen zweistöckigen Haus in Heliopolis langweilig. Ihre Liebe zu Katzen erwachte von neuem, und da sie ihre Leidenschaft mit ihren beiden Söhnen teilte, beherbergte das Haus bald fünfzehn Lebewesen, davon ein Dutzend Katzen unterschiedlicher Rasse und Farbe. Jede besass einen eigenen Namen und einen eigenen Schlafplatz. Alle waren gut gepflegt und trugen seidene und samtene Bänder mit Glöckchen daran. Sie kaufte hübsche Stoffe und nähte daraus Anzüge, die ihre geschmeidigen Körper an kalten Wintertagen warmhielten, ohne sie in ihrer Bewegungsfreiheit einzuschränken. Die Ausgaben für diese Anzüge sowie für die Katzennahrung und das lustige Spielzeug, hinter dem die Tiere ständig hertollten, waren zwar im Vergleich zum Vermögen der wohlhabenden Familie gering, zeugten aber in den Augen des Onkels, der alles, was sich in der Familie seines verstorbenen Bruders abspielte, aufmerksam verfolgte, von einer gewissen Überspanntheit und geistigen Verwirrung.

Dem Onkel, diesem nüchternen Menschen, der alles Emotionale weit von sich schob, war auch die begeisterte Teilnahme der Witwe an Sâr-Zeremonien suspekt. Das waren jene lebhaften rituellen Veranstaltungen in der Art von Geisterbeschwörungen, die sich bei Frauen aus allen Gesellschaftsschichten grosser Beliebtheit erfreuten, nachdem infolge der Niederlage von 1967 die Mode der Galabija- und Holzschuhfeste ebenso abgeflaut war wie diejenige der Sexfilmparties. Doch nicht genug damit, dass sie an diesen Sâr-Festen teilnahm, schlimmer noch war, dass solche von Zeit zu Zeit in ihrem eigenen Haus stattfanden. Hingebungsvoll tanzte sie dann wie eine Besessene und schüttelte alle Glieder ihres Körpers, die keinerlei Arbeit gewöhnt waren. Obwohl nur Frauen an diesen Festen teilnehmen durften, bis auf einen oder zwei Männer, die auf volkstümlichen Rhythmusinstrumenten afrikanischer Herkunft musizierten und deren moralisches Verhalten über jeden Zweifel erhaben war, betrachtete der Onkel diese abendlichen Feste, die sich bis spät in die Nacht hinzogen, mit Missbilligung, zumal jedes einzelne davon sehr viel mehr Geld verschlang als das ganze Dutzend Katzen, weil die Meister, die diese Feste organisierten und die Einhaltung ihrer Riten überwachten, Bedingungen stellten und Forderungen erhoben, die zu erfüllen manchmal schier unmöglich war.

Einmal verlangten sie zum Beispiel ein Ziegenpärchen, das, abgesehen von einem schwarzen Stirnfleck oder einem braunen Fleck am Schwanz, völlig weiss sein musste. Ein andermal wollten sie Vögel oder anderes Getier aus einem Land südlich des Äquators, was natürlich nur schwer zu beschaffen war. Einmal hatte die Witwe einen rotgelben indischen Papagei zu besorgen, der in einem Käfig auf dem Fenstersims jenes Zimmers stehen sollte, in dem die Sâr-Zeremonien stattfanden, um die ganze Nacht seine Kommentare abzugeben und Teile der magischen Gesänge der Teilnehmerinnen zu wiederholen. Nur durch Vermittlung eines Verwandten, der seit einigen Jahren auf einem Direktorenposten des Zoos von Gise sass, gelang es Sainab, den gewünschten Papagei dem Zoo zu einem schwindelerregenden Preis abzukaufen.

Es wurde eine Gerichtssitzung einberufen, um den Antrag des Onkels zu prüfen, Sainab die Vormundschaft über die beiden Söhne zu entziehen und ihm zu übertragen. Dabei verwarf das Gericht die Argumente des Onkels, obwohl sein überaus fähiger Anwalt mit allen Mitteln nachzuweisen versuchte, dass Sainab geisteskrank und daher nicht in der Lage sei, für ihre Söhne zu sorgen. Er anerbot sich sogar, einen Videofilm vorzuführen, auf dem man sie bei einer Sâr-Veranstaltung ekstatisch wie eine Betrunkene tanzen sah. Doch der Richter lehnte ab, da er, um rechtzeitig zu einem Bankett zu kommen, zu dem ihn ein berühmter Arzt eingeladen hatte, den Fall rasch abschliessen wollte – zumal ihm tatsächlich der Magen knurrte. Die Geschworenen hielten die Argumente des Onkels für schwach und gaben ihnen nicht statt. In einer Gesellschaft, in der der Aberglaube grassiert und Bräuche herrschen, deren Wurzeln nicht nur ins „primitive" Afrika oder ins Mittelalter, sondern Jahrtausende vor Christi Geburt zurückreichen, waren weder die Katzenleidenschaft noch die Teilnahme an Sâr-Zeremonien aussergewöhnlich genug, um daraus gleich auf Abnormität schliessen zu müssen. Dem Anwalt der Witwe, nicht weniger brillant als derjenige ihres Gegners, war es zu einem grossen Teil zu verdanken, dass die Geschworenen sie für geistig gesund erklärten. Er stellte die Haustierhaltung als Teil der menschlichen Kultur und Zivilisation dar und belegte dies durch zahlreiche Agenturmeldungen aus lokalen Zeitungen und Berichte der ausländischen Presse über

Menschen, die ihren vierbeinigen Lieblingen so zugetan waren, dass sie ihnen, egal ob Hunde oder Katzen, ihr ganzes Vermögen vermacht hatten. Er behauptete – was allerdings gelogen war –, in Paris, der Stadt der Kultur und des Lichts, mit eigenen Augen strahlend saubere und würdevolle Müllmänner gesehen zu haben, deren einzige Aufgabe es gewesen sei, die Hundeexkremente von der Strasse aufzusammeln, während bei uns die Kinder in den ärmeren Vierteln ihr Bedürfnis an den Hauswänden und unter den Fenstern verrichteten, ohne dass sich jemand darum schere. Die Sâr-Zeremonien, auf die er als nächstes zu sprechen kam, pries er als eine Form der Selbstheilung bei psychischen Leiden und als unumstösslichen Beweis für die Genialität des Volkes, das, lange bevor dies mit wissenschaftlichen Methoden festgestellt und bestätigt worden sei, entdeckt habe, dass man auf diese Weise Körper und Seele frei machen und Verdrängtes loswerden könne. Er sprach sich dafür aus, die Volksmedizin ernst zu nehmen und anzuerkennen und alle ihre Bereiche zu studieren, denn nur so könne man der imperialistischen Aggression entgegentreten, die ihren Höhepunkt mit dem Debakel von 1967 erreicht habe und nicht nur auf die Freiheit des Landes und seine Rohstoffquellen abziele, sondern auch auf seine Zivilisation und sein kulturelles Erbe. Das Gericht hörte sich alles an, sein ganzes langes und ausgefeiltes Plädoyer, das nach Sainabs Ansicht voller Übertreibungen, Wiederholungen und logischer Sprünge war. Im Anschluss daran sorgte der Richter für eine Überraschung. Sainab hatte den ersten Teil des Urteils, in dem sie für geistig gesund erklärt wurde, gerade erleichtert zur Kenntnis genommen, da verkündete der Richter seinen

Beschluss, ihr die elterliche Gewalt zu entziehen und diese ihrem Schwager zu übertragen. Zwar hätten die ärztlichen Gutachten bestätigt, dass sie sich im Vollbesitz ihrer geistigen Kräfte befinde, doch sei sie aufgrund ihrer Verschwendungssucht nicht in der Lage, das bewegliche und unbewegliche Vermögen ihrer Söhne zusammenzuhalten. Als Geschäftsmann eigne sich der Onkel daher besser zum Vormund. Welch guter Geschäftsmann er war, hatte der Onkel bewiesen, indem er dem Richter den fertigen Kaufvertrag für eine Wohnung in seinem exklusiven Wohnhaus im feinen Stadtteil Madinat Nasr überbringen liess.

Kurze Zeit später stand Sainab Mansûr völlig ruhig und gelassen am Eingang des Gerichts und wartete auf den neuen Vormund. Als er, vom Gerichtssaal kommend, in der Tür auftauchte, zog sie den auf den Namen ihres Mannes eingetragenen Revolver, den sie in der vergangenen Nacht mit drei Kugeln geladen hatte, und richtete ihn auf die Brust ihres Schwagers. Seine Lippen, auf denen sich eben noch ein hämisches Lächeln abgezeichnet hatte, verzerrten sich. Vor Schmerzen presste er die Zähne aufeinander, was Sainab ihre Seele wiedergab, die ihr in dem Moment entflohen war, als sie von seinem Entschluss erfahren hatte, die Vormundschaft über ihre beiden Söhne vor Gericht zu erstreiten. Bis zu dem Augenblick, als das Urteil sie zu wählen zwang, entweder den Sieg mit eigener Hand zu erringen oder sich durch die Hand eines anderen besiegen zu lassen, war sie wie betäubt gewesen. Noch nie hatte sie eine Niederlage ertragen, noch nie eine Erniedrigung erlebt. Sie war verwöhnt, nicht daran gewöhnt, dass die Welt ihr Widerstand leistete. Wann immer sie herausgefordert wurde, war sie siegreich geblieben, egal um welchen Preis. Wie vor langer Zeit Zenobia von Palmyra, nahm sie ihr Leben in die eigene Hand. Dank des bemerkenswerten Einsatzes ihres Anwalts und ihrer guten Beziehungen erhielt Sainab eine Gefängnisstrafe von nur sieben Jahren. Dafür war sie sehr dankbar. Ihr gesamtes Hab und Gut vertraute sie einer Cousine mütterlicherseits an, die wie eine Schwester für sie und wie eine zweite Mutter für ihre Söhne war, die nun ihren unverheirateten Onkel, der keine Erben hinterliess, beerbten.

In ihrer Gefängniszelle lernte Sainab Bahîga kennen. Vom ersten Augenblick an fand sie die junge Ärztin sympathisch und bewundernswert, und bald entdeckte sie, dass sie eigentlich schon immer, nicht erst im Gefängnis, auf der Suche nach einer Freundin wie Bahîga gewesen war. Noch nie hatte Sainab das Glück wahrer Freundschaft erfahren, wie sie zwischen zwei Frauen möglich ist. Stets waren die Männer zwischen ihr und den anderen Frauen gestanden. Aufgrund ihrer Schönheit war sie immer nur bemüht gewesen, das Interesse der Männer auf sich zu ziehen und von ihnen bewundert zu werden. Sie hatte viele Frauen gekannt, aber nie so tief wie Bahîga Abdalhakk.

Seit sie befreundet waren, verbrachten sie fast den ganzen Tag zusammen. Bahîga ersetzte Sainab die Familie, nach der sie sich sehnte, Sainab war für Bahîga, der noch nie zuvor ein Mensch, auch keine Frau, so nahe gestanden hatte, in ihrem einsamen Leben der einzige Trost. Bahîga entzückte Sainab durch ihre Fähigkeit, aus den Papierresten, die im Gefängnis zu finden waren, seltsame Vögel, Behälter und Puppen zu falten und Zündhölzer und Makkaroni zu mathematischen Denkaufgaben und kniffligen Rätseln zu legen, die Sainab zu lösen versuchte. Bahîga wiederum war Sainab dankbar dafür, dass sie ihr ein wenig Französisch beibrachte, was sie nie gelernt hatte, weil ihre Generation in einer Zeit aufgewachsen war, in der man nichts für Fremdsprachen übrig hatte, und zwar zum einen als natürliche Gegenreaktion nach der langen Zeit des englischen Kolonialismus und der europäischen Vormachtstellung im Land, zum anderen, weil der damals einflussreiche arabische Nationalismus unsere Sprache als die Königin aller Sprachen betrachtete. Dieselbe Generation zeigte dann allerdings, dass ein Volk manchmal ein sehr kurzes Gedächtnis haben kann. Schon bald eignete man sich nämlich gierig das fremde Wissen an, in der Hoffnung auf eine Fahrkarte für den verpassten Zug der Zivilisation. Gleichzeitig vernachlässigte man die Königin der Sprachen und bedachte nicht, dass mehr Inder als Japaner englisch sprechen.

Es war Bahîga, die Asîsa mit Sainab bekannt machte und ihr deren Geschichte erzählte. Weil Bahîga Asîsa, die wegen mangelnder Bewegung, ballaststoffarmer Ernährung und daraus folgender Verstopfung unter heftigen chronischen Hämorrhoidenbeschwerden litt, schon öfter ausgezeichnete Ratschläge erteilt hatte, war zwischen den beiden eine enge Beziehung entstanden. In ihrer leichten Verwirrtheit schätzte Asîsa Bahîga über die Massen, weil sie gebildet, wohlerzogen und von schneller Auffassungsgabe war und sich von all den Frauen, die sie sonst noch kannte, unterschied. Sie versuchte nicht, den anderen etwas vorzumachen, war weder arrogant noch dümmlich kokett, sondern ernsthaft und geradlinig. Daher beschloss Asîsa in einer klaren Mondnacht, während sie ihren Blick weit weg zu den belaubten

Ästen der hohen Bäume jenseits ihres Fensters schweifen liess, Bahîga und ihre Freundin in dem goldenen Wagen mitzunehmen, der mit geflügelten Pferden bespannt zum Himmel fahren würde. Ausschlaggebend für ihren Beschluss war die Überlegung, dass sie bestimmt eine tüchtige Ärztin wie Bahîga brauchte, falls eine der Auserwählten gesundheitliche Probleme bekäme. Eine vornehme Frau wie Sainab dagegen konnte ihnen Verhaltens- und Umgangsformen beibringen, denn Asîsa verabscheute die unter den Gefangenen herrschenden rauhen Sitten und ihre zotigen Reden. Während sie so dasass, das Wasser – ihren Wein – schlürfte und den letzten Zug an ihrer Zigarette genoss, murmelte sie mit Blick auf die Äste: „Ich habe eine gute Nachricht für dich, Bahîga. Wenn du morgen mit uns aufsteigst, bekommst du von mir eine Praxis mit allem, was dazugehört." Dann fügte sie hinzu: „Und du, Madame Sainab, pack deine Sachen. Beim Propheten, bald steigen wir auf."

Der Vögel Traurigkeit

Schafîka die Stumme, so nannten alle im Gefängnis das geistesabwesende junge Mädchen, das so weiss war wie das Innere eines Rettichs und so mager, dass man hätte meinen können, sie sei nur ein halber Mensch. Niemand wusste genau, woher sie kam, warum sie im Gefängnis sass und wie ihr richtiger Name lautete, bei dem sie ihre unbekannten Angehörigen riefen.

Eines Tages war sie wegen Bettelei und Landstreicherei zum ersten Mal ins Gefängnis gesteckt worden, wo sie eine Art Stammgast wurde, obwohl jeder auch nur zu einem halbwegs vernünftigen Gedanken fähige Mensch sofort erkannte, dass sie psychisch krank war. Nur die Ärzte nicht. Diese erklärten sie für normal und geistig gesund und verweigerten ihr damit die Ehre, in die staatliche psychiatrische Klinik eingewiesen zu werden, die seit langem zu den Sehenswürdigkeiten des Landes gehörte. Dorthin kamen – quasi vom Regen in die Traufe – diejenigen, die das Leben in diesem Land unerträglich widersprüchlich und sinnlos fanden.

Den Psychiatern war vielleicht kein Vorwurf zu machen, denn Schafîka war extrem ruhig, hatte nie mit jemandem Ärger oder Streit und war nie aggressiv gegen irgendein Wesen, nicht einmal gegen eine kleine Ameise, die sie leicht hätte zertreten können. Ständig lächelte sie, sprach aber nie und antwortete auf keine Fragen. Doch beweist es nicht eher Vernunft als Beschränktheit, in einer von leerem Geschwätz lauten Welt zu schweigen?

Im Frauengefängnis gab es Platz für alle, besonders für Personen wie Schafîka, die kaum Probleme machte, abgesehen davon, dass sie die anderen mit Mitleid und Hilflosigkeit erfüllte, weil sie nicht wussten, wie man sie dazu bringen konnte, ihre Ess- und Kleidungsgewohnheiten aufzugeben und wieder ein normaler Mensch zu werden. Sie badete fast nie und zog nie ihre Galabija, ihr einziges Kleidungsstück aus, die sie ohne Unterwäsche direkt auf der Haut trug. Sie verlangte nie nach etwas Essbarem und stritt sich auch nicht deswegen, egal ob es sich um Brot oder um etwas anderes handelte, zum Beispiel Fleisch, das im Gefängnis Mangelware war. Wenn sie nicht von einer Mitgefangenen zum Essen oder Trinken genötigt wurde, nahm sie manchmal tagelang kaum etwas zu sich. Oft sah man sie ihre Tagesration Brot, drei angeschimmelte Fladen, den streunenden Katzen auf dem Gefängnishof hinwerfen oder einen Fladen zerkrümeln und den Vögeln hinstreuen, die auf den Bäumen neben dem Gefängnis nisteten und sich manchmal auf den Simsen der Zellenfenster niederliessen.

Manchmal warf sich Schafîka die Stumme auf den Boden und verharrte lange Zeit ausgestreckt, als machte sie Yoga. Manchmal hob sie auch ihre magere Hand mit den wurmartigen Fingern und streckte sie lange den Sonnenstrahlen entgegen. Dabei betrachtete sie die sich kreuzenden und ineinanderlaufenden Linien ihrer Handfläche, offenbar ohne sich je zu langweilen. In dieser Haltung glich sie einer Statue, weswegen man sie „die Stumme" nannte. Sie lebte mit allen in Frieden. Innerlich aber litt sie wegen ihrer Geschichte schreckliche Qualen, derentwegen sie sich freiwillig von der Welt und den Menschen zurückzog und schwieg, auch wenn noch so viele Psychiater, Neurologen, Hals-Nasen-Ohrenärzte und Logopäden versuchten, sie zum Reden zu bringen, weil sie festgestellt hatten, dass ihre Sprech- und Hörorgane intakt waren und sie eigentlich in der Lage sein müsste zu sprechen. Am Ende blieb den Experten nichts anderes übrig, als ein Schockerlebnis oder ein Trauma als Grund für ihr Schweigen anzunehmen. Deshalb blieb ihre Geschichte für alle, ausser für sie, die sie jeden schrecklichen Moment selbst erlebt hatte, ein Geheimnis.

Als man ihr während des Verhörs durch die Staatsanwaltschaft einen der Taubstummensprache mächtigen Dolmetscher zur Verfügung stellte, um Aussagen von ihr zu erhalten, aufgrund derer man sie hätte verurteilen können, öffneten sich ihre zusammengepressten schmalen Lippen zu einem rätselhaften Lächeln, das sich jedesmal verstärkte, wenn der Experte versuchte, sich mittels Gebärden mit ihr zu verständigen. Wahrscheinlich verspottete sie damit nicht nur diesen sinnlosen Versuch, sie wieder in die Welt der Menschen zurückzuholen, sondern auch ihre gesamte Umgebung, deren Falschheit und Niedertracht ihr so schmerzhaft bewusst geworden war, dass sie sich entschlossen hatte, nie wieder mit ihr in Kontakt zu treten, wie sehr man auch versuchte, sie dazu zu bringen, und wie sehr sie auch selbst darunter litt.

Paradoxerweise war Schafîka nie Bettlerin gewesen. Sie hatte noch nie jemanden um etwas gebeten, hatte nie auf der Strasse die Hand ausgestreckt und die Passanten um Almosen angegangen, weder um Geld noch um etwas zum Essen oder zum Trinken. Sie sass nur vor Moscheen, schlief in öffentlichen Parks unter Bäumen, lief den Fluss entlang, bis ihre blossen Füsse müde waren, oder hockte auf dem Gehsteig, die Hände hilflos in den Schoss gelegt. Ihr mitleiderregender Anblick war manchen Passanten so nahe gegangen, dass sie ihr eine Münze zuwarfen oder einen Sesamkringel, wie ihn die Liebespaare assen, die in der Abenddämmerung am Nil entlang spazierten. Obwohl sie mit solchen Münzen nichts anderes tat, als sie in einen Papierfetzen einzuwickeln, sahen die Polizisten, die sie auf die Wache brachten, darin einen Beweis, dass sie eine berufsmässige Bettlerin war, die das Gewissen und das Mitleid der Menschen missbrauchte, um ihnen das Geld aus der Tasche zu ziehen. So stand es dann auch im Bericht der Staatsanwaltschaft.

Schafîka fühlte nur noch abgrundtiefe Traurigkeit und Verzweiflung. Das erkannte jeder, der Augen hatte zu sehen, sofort an ihrem Gesichtsausdruck und an dem gütigen, aber leidvollen Blick ihrer grossen Augen, aus denen fortwährend unsichtbare Tränen hervorsprudelten. Vielleicht wurde sie deshalb liebevoll und mitfühlend behandelt und musste nicht die verbale und physische Aggressivität erfahren, die junge alleinstehende Obdachlose oft zu erdulden haben. Vielleicht liess man sie auch in Ruhe, weil sie ständig verdreckt war. Ausserdem verbrachte sie die Nächte häufig an sonst allgemein gemiedenen dunklen Orten und in Ruinen. Dadurch erschien sie den Menschen noch befremdlicher und eigenartiger.

Vor ihren einsamen Jahren der Landstreicherei war Schafîka ein normales Mädchen aus der unteren Mittelschicht. Sie lebte in einem ruhigen Haus, in dem es keine Mutter gab, die sich um alles gekümmert und für Ordnung gesorgt hätte. Ihre verwitwete Schwester, ungefähr acht Jahre älter als sie, war für Schafîka und ihre zwei Brüder – der eine älter, der andere vier Jahre jünger als sie – sowohl zärtliche Mutter als auch liebevolle Schwester. Der Vater, dem der Zusammenhalt und die soziale Sicherheit der Familie viel bedeutete, hatte nach dem Tod seiner Frau nicht wieder geheiratet, aber seine Einsamkeit belastete ihn so sehr, dass er beim geringsten Anlass aufbrauste und sehr streng mit den Kindern war, besonders mit den Mädchen, weil er fürchtete, sie könnten ohne die Hand der Mutter vom rechten Weg abkommen und den Ruf der Familie schädigen, der ihm als Oberägypter mit seinen jahrtausendealten Werten und Traditionen über alles ging.

Die verwitwete Schwester war sehr attraktiv. In ihren Gesichtszügen spiegelte sich die Völkervielfalt des Osmanischen Reiches in so harmonischer Weise, dass ab ihrem fünfzehnten Lebensjahr zahlreiche Männer um ihre Hand anhielten und sie mit siebzehn einen gutsituierten Offizier heiratete, der am Morgen des 5. Juni 1967 sie und ihre drei Kinder im gemeinsamen Heim verliess und niemals zurückkehrte. Da er den Heldentod gestorben war, erhielt seine betrübte Witwe alle Vergünstigungen, die in einem solchen Fall gewährt werden. Von dem Tag an, da der Tod ihres Mannes offiziell bestätigt und ihr Witwenstand in den staatlichen Registern vermerkt worden war, bis zu dem Augenblick, da Schafîka sie zum letzten Mal sah, blieb sie unverheiratet, da sie nach dem Verschwinden ihres Mannes beschlossen hatte, sich nicht noch einmal auf ein derartiges Experiment einzulassen. Doch das ewige Gesetz der Natur liess sie schliesslich ihre Vorsätze brechen und es erneut wagen – mit einem kleinen Unterschied: Jetzt handelte es sich um eine Liaison, die nie in einer Ehe münden konnte, weil ihr Geliebter einer anderen Religion angehörte.

Aus diesem Grund und aus Angst, ihr Vater und die übrigen Mitglieder ihrer Familie, besonders ihre Brüder, könnten dahinterkommen, hielt sie ihre Beziehung geheim. Sie war vorsichtig. Wenn sie das Haus ausserhalb der Zeiten, in denen sie, als Lehrerin, normalerweise zur Arbeit ging, zu einem Stelldichein verliess, gab sie vor, ihren Schülern und Schülerinnen Privatstunden zu erteilen, und vor ihrer Rückkehr beseitigte sie alle verräterischen Spuren wie die kleinen Geschenke, die sie hin und wieder von ihm bekam, silberne Armreife, Ringe oder Flakons mit einheimischem „Kismet"-Parfum. Ausländische Parfums waren damals kaum im Handel aufgrund des nach der Niederlage vom 5. Juni verschärften Wirtschaftsboykotts gegenüber dem Westen, der mit der neuen Wirtschaftspolitik Präsident Sadats wie ein Sturm im Wasserglas endete. Diese kleinen Geschenke gab sie an Schafîka weiter, die ihre Schwester dafür noch mehr liebte und bewunderte, als sie es ohnehin schon tat, weil sie ihr die Mutter ersetzte. Die grosse Schönheit und feminine Ausstrahlung ihrer Schwester gaben Schafîka jedoch das Gefühl, selbst ein hässliches Entlein zu sein, und sie träumte davon, wie ihre Schwester zu werden. Die Liebe der Witwe war aufrichtig und leidenschaftlich, um so mehr, als der Geliebte ihr ewige Treue schwor, wenngleich seine Mutter ihm jeden Tag die Hand küsste und ihn unter Tränen anflehte, sich doch möglichst bald eine Frau zu nehmen, weil sein jüngerer Bruder, entsprechend der Familiensitte, erst nach ihm heiraten konnte. Unter einem dicken Baum im Zoo, der vielleicht zur Zeit des Khediven Ismail gepflanzt worden war, schworen sich die beiden Liebenden ewige Treue und ritzten mit einer Nagelfeile keine Hieroglyphen, sondern ein von einem Pfeil durchbohrtes Herz und ihre unverfänglichen Initialen in den dicken Stamm. Dabei gelobten sie einander Treue, bis, wie Schehresâd in Tausendundeiner Nacht sagt, der zu ihnen kommt, der die Freuden schweigen heisst und die Freundesbande zerreisst.

Die Gefühle und Nerven der armen Liebenden wurden arg strapaziert, weil sie in der ständigen Angst lebte, alles könnte auffliegen. Ihre Attraktivität vergrösserte ihr Problem noch. Viele wollten sie heiraten und waren bereit, auch ihre Kinder bei sich aufzunehmen, doch stets lehnte sie mit den immer gleichen Argumenten ab, dass sie sich ausschliesslich der Erziehung ihrer Kinder widmen wolle oder sich, wenn sie sich wieder verheiratete, nicht mehr um ihren Vater und ihre Geschwister kümmern könne. Gleichzeitig versuchte sie, etwas weniger verführerisch zu erscheinen, um keine Blicke auf sich zu ziehen. Sie verbarg ihr herrliches schwarzglänzendes Haar, das ihr helles Gesicht mit den ebenmässigen Zügen umrahmte, unter einem Kopftuch, um der allgemeinen Vorstellung von einer jungen züchtigen Witwe aus konservativer oberägyptischer Familie, die den Namen ihres Ehemannes, des Märtyrers, in Ehren hält und seinen Kindern eine hingebungsvolle Mutter ist, zu entsprechen.

Dennoch flog eines Tages alles auf und zwar durch einen Verwandten, der schon vor ihrer Heirat in sie verliebt gewesen war, damals aber nicht gewagt hatte, um ihre Hand anzuhalten, weil er nur einen kleinen Laden besass, in dem er Zigaretten und Nadler-Bonbons verkaufte, zur Freude von Generationen von Kindern, bevor es Chicaboom und Chiclets und all die anderen Produkte der Süsswarenfirma Sima gab. Mit Hilfe eines Partners, der einige Jahre Tankwart in Saudiarabien gewesen und mit mehreren tausend Dollar zurückgekehrt war, hatte er dann seinen Laden in einen Schnellimbiss für Touristen umgewandelt, der zwar für sein ehemals wichtigstes Markenzeichen, die Kerosinlampe Nummer 5 über der Glasplatte des Ladentisches, an der er so manchem Kunden eine Zigarette angezündet hatte, keinen Platz mehr bot, aber dank der schnellwachsenden Touristikbranche sehr einträglich war. Durch seinen finanziellen Erfolg ermutigt und von zarten, all die Jahre seit der Heirat seiner Angebeteten heimlich gehegten Gefühlen bewegt, machte er ihr erneut einen Antrag, der angesichts der damaligen Flaute auf dem Heiratsmarkt sehr verlockend sein musste, von ihr, die durch ihren Treueschwur an den Geliebten gebunden war, aber mit den gewohnten Argumenten ausgeschlagen wurde. Ihr Vater und ihre Geschwister schätzten sie daraufhin erst recht als Musterbeispiel einer dem verstorbenen Mann treuen Ehefrau und aufopferungsvollen Mutter, deren ganzes Streben dem Glück und der Zufriedenheit ihrer Kinder gilt.

Der ehemalige Ladeninhaber, der nach der Einrichtung des Restaurants den Gewinn aus den dort angebotenen volkstümlichen Billiggerichten – für die Touristen Beispiele hoher orientalischer Kochkunst – in zahlreiche Objekte investierte, gab aber die Hoffnung auf die schon immer begehrte Frau nicht auf, zumal sie zu einer appetitlichen

Frucht herangereift war, die nur darauf zu warten schien, gepflückt zu werden. Die Heirat mit ihr hätte ausserdem den Mangel an Selbstvertrauen beseitigt, der ihn zu seiner Kaugummi- und Bonbonzeit davon abgehalten hatte, ihr einen Antrag zu machen. Dass er aber jetzt hartnäckiger denn je um sie warb, lag vor allem daran, dass er inzwischen im Dschungel der Geschäftswelt zuhause war und begonnen hatte, Gelderwerb als Lebenszweck zu betrachten und alles für käuflich zu halten. Mit jedwedem Mittel versuchte er, die liebende Witwe zu gewinnen. Weil sie selbst Geschenke von ihm sofort zurückgewiesen hätte, ging er den Umweg über ihre Kinder, ihren Vater und ihre Geschwister, um diese für sich einzunehmen – und das mit einigem Erfolg. Ausserdem verhalf er ihnen durch seine Beziehungen zu Dingen, die ausserhalb ihrer Reichweite lagen. Er besorgte zum Beispiel ihrem älteren Bruder eine Anstellung als Buchhalter in einem Reisebüro und ihrem Vater, der auf dem rechten Ohr Stimmen vernahm, die aus einem tiefen Brunnen zu kommen schienen, ein Hörgerät aus der Schweiz. Doch trotz all seiner Annäherungsversuche wies ihn die begehrte Frau ab, gab ihm nicht nur, wie man in solchen Fällen zu sagen pflegt, einen Korb, sondern erteilte ihm mit schnippischen Worten und abschätzigem Blick eine glatte Abfuhr. Wie er nur hoffen könne, je ihr Herz zu erobern, mit diesem Gesicht, das eine ideale Vorlage für die Plastiken der Kunstakademie von Fajjum abgegeben hätte, seiner Glatze, die mit der Zeit einen immer weiteren Kreis zog, und seinem Bauch, der proportional zu seinem Reichtum gewachsen war. Ausserdem glaubte sie nicht – und zwar zu Recht –, dass dieser Geschäftsmann, wenn sie ihn heiratete, ihre Kinder gut behandeln würde und freundlich zu ihnen wäre, weil er, ausser jetzt, da er um sie anhielt, niemals nett und freundlich zu ihnen gewesen war.

Seine Lebenserfahrungen als marktkundiger Geschäftsmann, der schon mit vielen Menschen, Männern und Frauen, zu tun gehabt hatte, liessen den beharrlichen Freier nun aber vermuten, dass hinter der Sache ein Geheimnis, genauer gesagt, ein anderer Mann steckte. Undenkbar, dass eine so schöne Frau nicht wieder heiraten wollte. Obwohl sie alles tat, ihre diesbezüglichen Wünsche zu verbergen, verriet sie sich ihm doch oft durch Kleinigkeiten. Manchmal sah sie sich mit grosser Begeisterung Schnulzen und Liebesfilme an, während er sich gerade im Haus der Familie aufhielt. Weil sie keine Szene verpassen wollte, musste er oft lange auf seinen Tee oder Kaffee warten. Wenn sie zu ihren Privatstunden ging, war sie unter ihrem Mantel elegant gekleidet und parfümiert. Ihre Termine hielt sie mit militärischer Pünktlichkeit ein. Er versuchte, sie zu überreden, statt all ihrer Privatschüler nur den Sohn eines reichen Saudis zu unterrichten, der ihr dafür doppelt soviel bezahlen werde, wie sie jetzt für alle Stunden zusammen bekam und sie ausserdem jedesmal von seinem Chauffeur abholen und zurückbringen liesse. Dies lehnte sie aber entschieden ab, weil sie, wie sie sagte, Angst habe, das Haus eines Arabers vom Golf zu betreten, selbst wenn er Ehefrauen und Kinder habe, die auf den guten Ruf der Familie bedacht seien.

Es blieb ihm also nichts anderes übrig, als selbst herauszufinden, warum sie ihn trotz seines Wohlstands zurückwies, ihn, der nicht nur für eine Witwe mit drei Kindern oder eine alte Jungfer, die vom Heiraten träumte, sondern für jedes noch unberührte taufrische Mädchen begehrenswert sein musste. Die unnahbare Geliebte wusste genau, dass er nur mit dem Finger zu schnippen brauchte und hunderttausend schönere und jüngere Frauen als sie wären zu ihm gekommen. Das mochte stimmen, denn wegen der hohen Mieten und der teuren Wohnungen konnten die jungen Leute nicht heiraten: die Zeit der Makler- und Mittlergeschäfte liess ihre Träume zerplatzen. Auch erarbeiten konnten sie sich ein besseres Leben nicht, weil mit der Verabschiedung der Idee, von der Nähnadel bis zur Rakete alles selbst zu produzieren, auch die Arbeitsmöglichkeiten rar geworden waren. Selbst eine jener Ausländerinnen hätte er heiraten können, die die Winde des Tourismus in sein Lokal verschlugen. Das hätte ihn keinen Pfennig gekostet.

Er begann, sie zu beobachten und jeden ihrer Schritte zu überwachen, insbesondere am Nachmittag, wenn sie zu den Privatstunden ging. Zu diesem Zweck besuchte er sie jedesmal kurz davor. Wenn sie losgehen wollte, behauptete er, etwas erledigen zu müssen, und brachte sie in seinem Wagen zu dem Ort, an dem der Unterricht angeblich stattfinden sollte, um ihr anschliessend nachzuspionieren. Und so geschah, was geschehen musste. Als er sie bis zu einem zwielichtigen Ort verfolgt hatte, den fast nur Liebespärchen aufsuchten, die ruhige und romantisch schummrige Orte schätzen, wo die Kellner ihre flüsternden Kunden flüsternd bedienen, beobachtete er, wie sie ihren Geliebten traf.

Unglücklicherweise sah Schafîkas Schwester den Schnüffler nicht. Vielleicht hätte sie seinen Heiratsantrag angenommen und sich dadurch gerettet, da sie wusste, dass ihr letztes Stündlein geschlagen hatte, wenn ihr Vater hinter die Sache kam. Weil sie ihn aber nicht sah, nahm ihr schreckliches Schicksal seinen Lauf, denn nachdem der Geschäftsmann gegeneinander abgewogen hatte, was für und gegen eine Heirat mit ihr sprach, und bedacht hatte, dass sie ihn wegen dieser Liebschaft, die wie Salz in der offenen Wunde seines verletzten Stolzes brannte, vielleicht weiterhin zurückgewiesen hätte, entschloss er sich zur Rache. Er teilte ihrem Vater mit, dass er sie mit einem fremden Mann in dem als Liebespärchentreff verrufenen Café Abu Mandschal gesehen habe, die Beine übereinandergeschlagen, ihre Hand unter der Hand dieses Mannes, der ihr einen Arm um die Schulter gelegt hatte und ihr leidenschaftliche Worte ins Ohr flüsterte. Der Vater hörte fassungslos, was seine Tochter, die doch aus einer anständigen oberägyptischen Familie kam und die beste Erziehung genossen hatte, Schamloses trieb, obendrein mit einem Mann, der, wie die Nachforschungen ihres Bruders ergaben, einer anderen Religion angehörte. Und noch in der darauffolgenden kalten Winternacht fasste er nach Beratung mit seinem Sohn, der das Verhalten seiner Schwester nicht minder verurteilte, weil er dadurch die Ehre der Familie in den Schmutz gezogen sah, einen schwerwiegenden Entschluss.

Daraufhin bat der Bruder seine Schwester eines Tages nach Sonnenuntergang, mit ihm ein Hemd und Socken kaufen zu gehen, was nichts Ungewöhnliches war. Sie beruhigte ihre drei kleinen Kinder, die plärrten, weil sie mitkommen wollten, indem sie versprach, ihre Lieblingssorte Saft mitzubringen. Dann brauste er mit ihr davon, ihr Bruder, den sie nach dem Tod der Mutter auf dem Arm gewiegt, dessen Kleider sie gewaschen und den sie in den schweren

Nächten unmittelbar nach dem Tod der Mutter, wenn sein herzzerreissendes Schreien die Stille durchschnitt, sogar an ihre kleine leere Brust gelegt hatte, um ihm das Gefühl zu geben, der Muttermilch nicht entbehren zu müssen. Doch statt zu einem der Umar-Effendi-Kaufhäuser, in denen es seit ihrer Modernisierung statt der früheren volkstümlichen Kleidung aus Baumwollstoff, Kattun oder Popeline die schicksten Hemden gab, brachte er sie zu einem einsamen Ort in der Wüste, einige Kilometer ausserhalb der Stadt, wo sie ihr Los erwartete. Denn dort lauerte im Dunklen bereits der Mörder, den ihr Vater gedungen hatte. Sie flehte ihren Bruder an, bat ihn, sie ihrer Kinder zuliebe, die auf ihre Rückkehr und den versprochenen Saft warteten, nicht dem Tod zu überlassen, doch er schenkte ihr kein Gehör.

Zurück in dem schrecklichen Haus, wo der Vater bereits ungeduldig darauf wartete zu erfahren, dass der Plan ausgeführt und die Schande getilgt war, berichtete der Sohn mit steinernem Herz und dem kalten toten Blick aller Mörder von der erfolgreichen Durchführung des Auftrags. Sobald er die beruhigende Nachricht erhalten hatte, rief der Vater nach seiner kleinen Tochter, eben jener stummen Schafîka, und teilte ihr, auf seinem Bett im Schlafzimmer liegend, mit, was mit ihrer Schwester geschehen war. Er drohte auch ihr mit dem Tod, wenn sie ein Sterbenswörtchen darüber verlauten liesse.

In dieser Nacht lag Schafîka, die damals noch Taghrîd hiess, mit weit aufgerissenen Augen auf ihrem Bett, starr wie eine Leiche, die auf die Leichenwäscherin wartet. Eine übermächtige Kraft in ihrem Inneren hinderte sie an der kleinsten Bewegung. Nicht einmal ihre Augen konnte sie schliessen. Als die Sonne aufging, hatte sie acht Kilogramm Gewicht verloren, wie ein Stück Butter, das in einer heissen Nacht geschmolzen war. Als die Kinder der überlisteten Schwester aus dem Schlaf erwachten und ihre Mutter nicht vorfanden, weinten sie heftig. Ihrer Tante fiel nichts Besseres ein, als zu sagen, dass ihre Mutter zu einer alten, sehr kranken Verwandten gegangen sei, wo sie habe schlafen müssen. Als es aber Abend wurde, hatte das masslos erschrockene junge Mädchen keinerlei Kraft mehr, sich dem Ganzen zu stellen. Mit einem Gewicht von fünfundvierzig Kilogramm bei einer Grösse von einhundertsiebenundsechzig Zentimetern war es zu einem seltsamen Wesen aus Haut und Knochen geworden. Gegen Mitternacht, als sie alle schlafend wusste, stahl sie sich vorsichtig und leise die Tür öffnend auf Zehenspitzen aus der Wohnung, vorbei an dem schnarchenden Vater, der ihre Flucht nicht bemerkte. Er erwachte erst von dem Lärm, den eine streunende Katze verursachte, die durch die offene Wohnungstür geschlüpft war und in der Küche den Deckel vom Kochtopf zog, der klirrend zu Boden fiel.

Taghrîd, die spätere Schafîka, lief und lief, getrieben von einer unbändigen Kraft, wie der Kraft zweier junger Pferde, immer im Wahn, verfolgt zu werden. Schliesslich sank sie erschöpft an einer hohen Backsteinmauer nieder, die zu einer Schule aus der Zeit der kolonialistischen Missionare im letzten Jahrhundert gehörte. Dort kauerte sie bis fast zum Morgengrauen. Ein Mann, der zur Moschee in der Nähe der Schule unterwegs war, um dort das Morgengebet zu verrichten, erschrak, als er sie sah, und verfluchte den Teufel. Obwohl schon über sechzig, hatte er noch nie ein derart dürres

Wesen mit so weit aufgerissenen Augen wie dieses gesehen, das zu einer Zeit, in der die meisten Menschen noch schliefen, einfach dasass und ins Nichts starrte. Als er gleich nach dem Gebet mit einigen anderen Betern, denen er das Gesehene beschrieben hatte, zurückkehrte, hatte das furchterregende Menschenwesen den Ort bereits verlassen, so dass seine Begleiter sich über ihn lustig machten und meinten, er habe nur seine eigenen Hirngespinste gesehen.

Seit der letzten Nacht im Haus ihres Vaters war kein Wort mehr über Schafîkas Lippen gekommen. Ziellos irrte sie tage- und nächtelang umher, ernährte sich von Abfall und schlief an irgendwelchen Mauern, sogar an Friedhofsmauern. Die meiste Zeit ging sie, ohne stehenzubleiben. Weil sie ausserdem niemals an einen Ort zurückkehrte, wurde niemand auf sie aufmerksam. Sie durchwanderte die Strassen und Viertel von einem Ende der Stadt zum anderen. Schon nach wenigen Wochen war sie nicht wiederzuerkennen, vor allem, weil ihre Haare in der Nacht, als sie von der Ermordung ihrer Schwester erfahren hatte, mit einem Schlag weiss geworden waren. Sie wirkte jetzt mindestens fünfzehn Jahre älter, als sie tatsächlich war.

Einige Monate später kam Schafîka zum ersten Mal wegen Landstreicherei ins Gefängnis. Aus demselben Grund kehrte sie danach immer wieder dahin zurück, so dass sie gleichsam Stammgast wurde.

Allein aus Mitleid beschloss Asîsa, Schafîka die Stumme in die Gruppe der für die Fahrt im goldenen Wagen auserwählten Frauen aufzunehmen. Man konnte ihr ansehen, wie verzweifelt sie war und wie furchtbar sie litt. Sie war so bedürfnislos und versagte sich alles, was die Menschen in dieser Welt ansonsten begehren. Dass sie Vögel liebte und ihnen Brotkrumen aufs Fensterbrett streute, machte sie Asîsa sympathisch. Hätte Asîsa Schafîkas Geschichte gekannt, hätte sie sie ohne Zweifel sofort ganz oben auf die Liste der Kandidatinnen für die Fahrt im goldenen Wagen gesetzt.

Nur Schafîka zuliebe beschloss Asîsa, auch Umm Abdalasîs mitzunehmen. Nicht, weil Asîsa sie für ein Justizopfer hielt oder glaubte, das Schicksal habe sie zu Unrecht an diesen trostlosen Ort gespült, wie die Meereswellen manchmal die Leichen von Ertrunkenen an einsame Strände spülen, auch nicht, weil sie Tag und Nacht unablässig betete, ständig in erbaulichen Schriften las und viel Zeit damit verbrachte, Koranrezitationen zu lauschen, das Ohr an ihrem Transistorradio der Marke Telemisr, das noch aus der Zeit der wenig erfolgreichen Industrialisierungsversuche und Autarkiebestrebungen stammte, als man „die Siegreiche" und ihre Schwester, „die Triumphierende", hochjubelte, Raketen, die im Krieg von 1967 ihren Namen keine Ehre machten. Es war vielmehr die Zärtlichkeit und Wärme, mit der sie die stumme Schafîka umsorgte und sich dafür einsetzte, dass diese ihre Essensration bekam, weswegen Asîsa beschloss, sie mitzunehmen. Wenn sie sich nicht ständig um Schafîka gekümmert hätte, wäre das irdische Leben dieser Unglücklichen schon längst zu Ende gewesen.

Umm Abdalasîs hatte es sich zur Aufgabe gemacht, Schafîka ständig zu beobachten, um zur Stelle zu sein, wenn sie plötzlich, was hin und wieder geschah, in nervöse Zukkungen verfiel, wobei das dürre Mädchen steif wie ein Brett wurde und sich mit irrem, angsteinflössendem Blick auf dem Boden herumwarf. Aus ihrem Mund troff dann weisser Schaum, so fein wie der Schaum der in staatlichen Fabriken hergestellten und in bedarfsdeckenden Kontingenten auf die Einzelhändler verteilten Seifen. Gefangene und Aufseherinnen, die einer solchen Szene zufällig beiwohnten, standen immer ratlos da und wussten nicht, was tun. Dann trat Umm Abdalasîs vor, murmelte zweimal das Glaubensbekenntnis und die Sure „Sprich: Ich nehme Zuflucht bei dem Herrn der Menschen" und beugte sich über das auf dem Boden ausgestreckte Mädchen, um in sein rechtes Ohr ein Gebet zu flüstern, alle Beinamen Gottes, die ihr einfielen, aufzuzählen und den Propheten – Gott sei ihm gnädig und schenke ihm Heil – um seine Fürsprache zu bitten. Sie schwieg erst, wenn wieder Leben in Schafîkas Körper zurückkehrte. Dann gab sie ihr Wasser zu trinken und bettete die heisse Tränen Vergiessende zärtlich an ihre breite Brust, wo noch ein weiteres unglückliches Wesen Platz gehabt hätte.

Schafîka erinnerte Umm Abdalasîs an ihren im Krieg von 1973 gefallenen Sohn. Mit ihren dichten gewölbten Augenbrauen, ihren grossen Augen und den im Volksmund – zu Unrecht, wie sich gezeigt hatte – „Glücksspalt" genannten Abstand zwischen ihren Vorderzähnen, sah Schafîka ihm sehr ähnlich. Das Schicksal hatte es gewollt, dass Umm Abdalasîs' Sohn, ihr ganzer Stolz, auf dem Sinai fiel und nun an einem unbekannten Ort unter der Erde lag, so dass sie sein Grab nicht besuchen konnte, um ihm einen Grabstein mit seinem Namen zu setzen, damit er nicht in Vergessenheit geriete. Sie war untröstlich ob ihres schweren Verlusts, der ihrem Leben für immer einen bitteren Geschmack verlieh.

Weil er den Heldentod gestorben war, erhielt sie jedoch eine beachtliche Entschädigung, die zusammen mit dem Erlös für ein Paar goldene Schlangenarmreife, das von ihrem Hochzeitsschmuck noch übrig war, reichte, ihr altes Haus um zwei Stockwerke erhöhen zu lassen, wofür sie sich bei der Stadtverwaltung gegen eine Gebühr eine entsprechende, wenngleich illegale Baugenehmigung besorgt hatte.

Aber nicht deswegen kam sie ins Gefängnis, sondern weil sie von ihren Mietern, obwohl dies streng verboten war, Extrasummen verlangte und dadurch ihren Gewinn auf mindestens das Dreifache erhöhte. Die so Ausgenutzten – schlecht bezahlte Regierungsangestellte, die Umm Abdalasîs die Zusatzkosten nur bezahlen konnten, wenn sie den Gürtel enger schnallten – taten sich zusammen und zeigten sie an, wodurch sie sich letztendlich nur selbst schadeten, weil die Mietwohnungen daraufhin in Eigentumswohnungen umgewandelt wurden. Umm Abdalasîs dagegen konnte ganz zufrieden sein, da der Richter mit der greisen Heldenmutter Mitleid hatte und sie zu einer nur kurzen Haftstrafe verurteilte.

Umm Abdalasîs war eine in jeder Hinsicht vorbildliche Gefangene. Sie war vernünftig und ruhig, sauber gekleidet, nahm keine unanständigen Worte in den Mund und half den Schwächeren. Ihr Haftgrund trug ihr den Respekt der Gefangenen und Aufseherinnen ein. Das einzige, was man an ihr auszusetzen fand, war, dass sie schnarchte, sobald sie ihren Kopf aufs Kissen gelegt hatte. Das klang wie das Tropfen von Wasser aus einem undichten Wasserhahn. In dieses Geräusch fielen Umm Ragab und Umm al-Chair, die Zellengenossinnen von Umm Abdalasîs, mit ihrem Schnarchen ein, so dass sich ein regelrechtes und durchaus unerquickliches Nachtkonzert ergab. Viele Gefangene betrachteten Umm Abdalasîs als gottesfürchtige Frau, die wegen ihres vielen Betens und weil sie zweiundfünfzig Tage im Jahr fastete – den ganzen Ramadân, während der sechs darauffolgenden Tage, am ersten Tag des Monats Ragab, an den mittleren Tagen des Monats Schaabân und an den ersten Tagen der heiligen Monate – eine besondere Beziehung zu Gott und damit Einblick in Dinge hatte, die anderen verborgen blieben. Weil Umm Abdalasîs die stumme Schafîka, wenn sie besessen war oder vielmehr einen ihrer schweren Epilepsieanfälle hatte, durch Flüstern ins rechte Ohr beruhigen konnte, waren die Gefangenen und Aufseherinnen überzeugt, dass Gottes Segen auf ihr lag. Sie verbrachte daher viel Zeit damit, Amulette für die Gefangenen herzustellen und Geisterbeschwörungen vorzunehmen oder über ihre Köpfe zu streichen und Koranverse zu rezitieren, wenn sie unter starken Kopfschmerzen litten, gegen die Schmerzmittel von Bayer, SwissPharma und Hoechst nichts ausrichteten, weil ihre Ursache in zunehmender Sehschwäche und chronischer Verstopfung infolge Vitamin-A- und Zellulosemangels wegen der schlechten Ernährung lag.

Das Vertrauen in Umm Abdalasîs' übersinnliche Fähigkeiten war so gross, dass man sie ermunterte, Träume zu deuten. Dies tat sie dann auch, öffentlich, umringt von den Gefangenen, die ihre Enthüllungen als willkommene Abwechslung betrachteten. Sie enttäuschte die in sie gesetzten Erwartungen nicht, prophezeite sie der Aufseherin Machrûsa doch zutreffend, dass eine ihrer Töchter bald gegen ihren Willen heiraten werde. Machrûsa erzählte Umm Abdalasîs an jenem Morgen, dass sie die Nacht davor im Traum gesehen habe, wie eine ihrer Töchter, die schönste, eine grosse Banane verschlingen wollte. Als sie dem Mädchen klarzumachen versucht habe, die Banane sei vergiftet und werde ihm schaden, habe es nur ungerührt weitergegessen. Da habe sie geweint und um Hilfe geschrien. Der Ruf des Bohnenverkäufers draussen auf der Strasse habe sie dann aus ihrem Traum gerissen. Beunruhigt sei sie in die Küche gegangen, habe die Porzellanschüssel aus Istanbul, die sie gegen zwei alte Hosen ihres Sohnes eingetauscht hatte, genommen und Bohnen gekauft. Als Machrûsa am Nachmittag, nach Umm Abdalasîs' Prophezeiung, nach Hause kam, eröffnete ihr ihre Tochter – ein leichtfertiges Ding, das sich noch selbst ins Unglück stürzen würde, wie Machrûsa meinte – in der Tat, dass sie den Elektriker, der hinter ihr her war, zu heiraten gedenke.

Seltsam, mit der Zeit glaubte Umm Abdalasîs selbst an ihre besonderen Kräfte und gewann die Überzeugung, dass sie Träume deuten konnte. Das veranlasste sie, noch mehr zu beten, immerzu bestimmte Koranverse und Gebete zu sprechen und all die religiösen Heftchen zu verschlingen, die Machrûsa, die vom Traumdeuten nie genug bekommen konnte, eigens für sie bei den Buchhändlern an der Sajjida-Sainab- und der Hussain-Moschee kaufte. Eines Nachts aber war sie ganz sicher, dass der letzte Schleier vor ihr gefallen und der Weg zu Gott für sie nun frei war. Auf ihrem Bett sitzend, die zufrieden schnurrende, verwöhnte Gefängniskatze neben sich, liess sie betend die Bernsteinperlen der vor langer Zeit im Chan-al-Chalîli-Basar gekauften Gebetsschnur durch ihre Finger gleiten, als plötzlich eine starke

Erregung über sie kam und das Verlangen, ihren Einzigen, den ihr geraubten Märtyrer, wiederzusehen, ihr Herz schneller schlagen liess. Ihr wurde heiss, und ihre Finger hatten nicht mehr die Kraft, die Perlen der Gebetsschnur weiterzubewegen.

Trotz des Lärms, der in der Zelle der Alten herrschte, weil Umm Ragab mit Lola, der Friseuse, um eine Streichholzschachtel stritt, während die anderen versuchten, den Streit zu schlichten, sah Umm Abdalasîs mit eigenen Augen die schöne Gestalt ihres lieben, teuren Sohnes Abdalasîs, der der stummen Schafîka sehr glich, in seiner Soldatenuniform auf sich zukommen. Er setzte sich zu ihr auf die Bettkante und tätschelte den Kopf der Katze, die ihn dankbar ein wenig hob, damit er sie auch am Hals und am Kinn kraulen konnte, wo sie die Flöhe bissen. Dann hörte Umm Abdalasîs, deren Ohren trotz ihres hohen Alters so fein waren, dass ihnen kein Laut entging, ihren Sohn mit sanfter Stimme fragen: „Möchtest du etwas, bevor ich zurückkehre?“ Keine Sekunde später war er schon wieder verschwunden. Umm Abdalasîs machte die Augen ein paarmal auf und zu, um sich davon zu überzeugen, dass sie wach und das, was sie gesehen hatte, Wirklichkeit war und kein Traum. Als sie dessen ganz sicher war, weil sie die Stelle auf dem Bett, wo er gesessen hatte, befühlt und festgestellt hatte, dass sie noch körperwarm war, liess sie einen gewaltigen Schrei los und schlug sich, ihren Sohn rufend, immer wieder auf die Brust, so dass alle in der Zelle erstaunt aufsahen und Umm Ragab und Lola ihren Streit sofort beendeten, nachdem letztere der Katze einen Fusstritt verpasst hatte, die, von Umm Abdalasîs erschreckt, gegen ihren Fuss geprallt war.

Von Asîmas Klagegesang begleitet, lamentierte die untröstliche Mutter und schlug sich wieder und wieder selbst ins Gesicht, was Umm Ragab veranlasste, ihrerseits um ihre verstorbene Tochter zu weinen. Hanna gab sich grosse Mühe, Umm Abdalasîs zu beruhigen und zum Schweigen zu bringen, indem sie ihr mit einem in Rosenwasser getauchten Lappen das Gesicht befeuchtete und ihr ein neues Kopftuch umband, weil sie das andere abgenommen hatte und in der Hand hielt, während sie die Tugenden ihres Sohnes aufzählte, die er mit ins Grab genommen hatte. Als Umm Abdalasîs sich in ihrer Trauer völlig verausgabt hatte und mit ihrer Kraft am Ende war, verstummte sie plötzlich mit gramerfüllter Miene. Weil sie sie vor allem als ruhige Koranleserin kannten und noch nie derart verzweifelt und unglücklich gesehen hatten, bestürmten sie alle mit Fragen nach dem Grund für ihr plötzliches Wehgeschrei, die sie aber nicht beantwortete. Auch als Hanna direkt wissen wollte, was denn geschehen sei, zog Umm Abdalasîs es vor, ihr Geheimnis für sich zu behalten, weil sie die Tatsache, dass sie ihren Sohn, der doch tot war, mit eigenen Augen gesehen hatte, für eine Art Auszeichnung und Ehre hielt, die Gott – ihm sei Preis und Dank – ihr persönlich erwiesen hatte. Umm Abdalasîs verfluchte den vermaledeiten Teufel, vollzog die rituelle Waschung und sprach ein Gebet, in dem sie Gott aufrichtig um Verzeihung für all das Schlechte bat, das sie in letzter Zeit, ohne gegen seinen Willen verstossen zu wollen, getan hatte. Dann lag sie die ganze Nacht wach, bis die Sterne vom Himmel verschwanden, sprach Koranverse und betete dafür, dass die Toten im Grab Ruhe fanden und ihre Angehörigen ihr Leben geduldig ertrugen.

Zur selben Zeit starrte Asîsa, die alles, insbesondere den lauten Aufschrei von Umm Abdalasîs, mitangehört hatte, in ihrer benachbarten Einzelzelle an die Decke. Sie dachte über Umm Abdalasîs' Situation nach und ihren grossen Kummer, über den sie, seit sie im Gefängnis war, noch kaum gesprochen hatte. Während Asîsa die schwache Glut ihres Zigarettenstummels in der alten Blechdose ausdrückte, die einmal Feigenkaktusmarmelade der Marke Kaha enthalten hatte, plagten sie Gewissensbisse, und sie schämte sich dafür, dass sie die verzweifelte Alte nur Schafîkas wegen im goldenen Wagen zum Himmel hatte mitnehmen wollen. Daher erhob sie sich von ihrem Platz und ging zum Fenster. Dort drückte sie ihren Kopf gegen die Gitterstäbe und sagte leise mit schamerfüllter Stimme: „Das bin ich dir schuldig. Du vor Schafîka!"

Himmelsmusik

Niemand wusste, was Asîsa in den vierzehn Stunden tat, die sie täglich allein in ihrer Einzelzelle verbrachte, sobald diese um fünf Uhr nachmittags von aussen verschlossen und erst am nächsten Morgen um sieben Uhr von der diensttuenden Aufseherin wieder geöffnet wurde. Die Insassinnen der Nachbarzelle hörten fast die ganze Nacht ihre rastlosen Schritte. Sonst drang kein Geräusch aus ihrer Zelle zu ihnen herüber. Asîsas endlose Gespräche mit ihrer Mutter, ihrem ermordeten Stiefvater, sich selbst und den Frauen, die sie für die Reise im goldenen Wagen in eine schönere himmlische Welt auserwählt hatte, blieben unbemerkt. Nur die Spinnen an der Decke ihrer Zelle, die mit ihr die schlaflosen Nächte verbrachten, Insekten jagend, die, vom Licht geblendet, das die ganze Nacht brannte, leichte Beute waren, wussten davon, ebenso die Grillen auf den Feldern am nahen Fluss, die der Einsamen, wenn sie so sass und ihren imaginären Wein trank, durch das offene Zellenfenster ihre freundschaftlichen Grüsse zirpten.

Weil die Ärzte über Asîsas Zustand im Unklaren waren und keinen zwingenden Grund dafür sahen, sie der Kategorie der Geistesgestörten zuzuordnen, die unter den Menschen keinen Platz mehr haben, konnte Asîsa viele Jahre lang im Frauengefängnis bleiben und wurde nicht in eine psychiatrische Klinik überwiesen. Zu den wenigen Beispielen auffälligen Verhaltens hiess es im Bericht über sie, dass selbst Engel die Zähne gefletscht und ihre Krallen gezeigt hätten, wenn sie diesen Verhältnissen ausgesetzt gewesen wären. Asîsa dagegen begnügte sich, wenn sie provoziert wurde, damit, ihre Gegnerin zu beissen, wie Lola, als sie einmal frech hatte werden wollen, oder ihr ein paar Haare auszureissen oder ihr einen Faustschlag gegen die Brust oder auf die Nase zu verpassen, wie einmal einer bedauernswerten Aufseherin mit der Miene einer Leichendiebin. Diese hackte ständig auf Gamalât herum und schikanierte sie, wenn sie sie allein antraf, weil das Mädchen sich einmal geweigert hatte, ihre Kleider zu waschen, nachdem es sich beim Kartoffelbraten die Hand mit heissem Öl verbrannt hatte. Darüber hinaus tat Asîsa nichts, weswegen man sie für verrückt hätte erklären können, nur mit sich selbst sprach sie manchmal, aber das tun fast alle Menschen. Der Unterschied lag allein darin, dass Asîsa ihre Selbstgespräche laut und für alle hörbar führte. Rücksichtslos und ohne auf gutes Benehmen zu achten, sagte sie den anderen auch ihre Meinung. Der Einäugigen zum Beispiel sagte sie ins Gesicht: „Du hast ja nur ein Auge." So manche wäre vielleicht gern ebenso ungeniert, hat aber nicht den Mut dazu.

Jedenfalls stellten Asîsas Zustand und ihre hörbaren, auf dem Gefängnishof oder im Zellengang geführten Selbstgespräche zu keiner Zeit für irgend jemanden eine Belästigung dar, auch nicht für die Gefängnisleitung, die es dennoch für angebracht hielt, sie in eine Einzelzelle zu verlegen, um unnötige Probleme zu vermeiden.

In Asîsas Vorstellung war das Gefängnis ein Ort, an den man diejenigen brachte, die zu bestrafen die übrigen Menschen in einer kollektiven Entscheidung übereingekommen waren. Sie fand aber, dass die hinter jeder Bestrafung stehende Idee, nämlich einen Menschen den anderen als warnendes Beispiel vorzuführen, auf sie nicht zutraf. Man konnte mit ihr kein Exempel statuieren, weil ihr früheres Leben einzigartig gewesen war. Keine andere Frau würde jemals ein solches Leben führen. Nur Meerjungfrauen, die ohne Angst in die Tiefen des Meeres hinabtauchten, weil es ihnen mit seinen Geheimnissen und seinen launenhaften Wogen so vertraut war wie ihr das Meer der Liebe mit seinen Schrecken und Leiden, wären in der Lage gewesen, ein solches Leben zu ertragen. Ausserdem hatte sie weder aus Lust noch aus Rachedurst oder Hass getötet, sondern nur, weil sie ihre einzigartige Liebe retten wollte. Diese Liebe zu pflegen und blühen zu lassen war ihre Lebensaufgabe. Sie hatte den anderen, der ihr in Gestalt ihres Stiefvaters erschienen war, der das ewige Feuer ihrer Liebe gestohlen und ihren Lebensbaum mitsamt den Wurzeln aus ihrer Seele gerissen hatte, einfach töten müssen, wenn sie bewahren wollte, was all die Jahre ihr eigen gewesen war.

Asîsa tat es nicht leid, den Mord begangen und das schöne, grosse Haus, das ihr Geheimnis hütete und dessen weitläufiger Garten Kulisse ihres heimlichen, niemandem zugänglichen Lebens gewesen war, niedergebrannt zu haben, indem sie jeden Winkel und jeden Fleck darin, die Zeuge ihrer Liebe und glühenden Leidenschaft gewesen waren, mit Kerosin begossen und angezündet hatte. Sie bedauerte auch nicht, dass sie wie ein frommer Mystiker gelebt hatte, der nichts anderes tat, als in seiner Gebetsnische seine wahnsinnige Liebe anzubeten. Von ganzem Herzen bereute sie allerdings, nicht verhindert zu haben, dass der angebetete Geliebte sich einer anderen zuwandte und sich so in sie verliebte, dass er gar daran dachte, sie zu heiraten. Reuevoll kaute sie an ihren Fingernägeln, weil sie diesen kleinen Makel ihre lautere Liebe hatte trüben lassen. Sie hätte der Farce gleich zu Beginn den Garaus machen und was sie erst später getan hatte in dem Augenblick erledigen sollen, als ihr Herz von Angst ergriffen wurde, da sie ihren geliebten Angebeteten Nâdira diesen Blick zuwerfen sah, den er bis dahin nur ihr geschenkt hatte, damals, als sie fühlte, dass Liebe und Leidenschaft in seinem Herzen nun nicht mehr ihr galten. Sie hätte nicht zögern und sich darauf verlassen dürfen, dass diese Sommerwolke vorüberziehen würde, ohne sich über der kleinen geheimen Liebesinsel zu entladen, auf der Asîsa glücklich lebte und für immer leben wollte.

Oft verbrachte Asîsa die Nachtstunden damit, sich mit ihm, der für immer ihr Geliebter war, zu unterhalten. Sie hatte stets geglaubt, nur für die Liebe zu ihm geschaffen zu sein, nur deswegen zu leben, weil ein Hauch von seiner Seele durch ihre Adern zog und sie in ihrer Hingabe an ihn wie tausend Frauen sein liess, wie eine immer neue Blüte oder der prächtige Vogel Phönix, der, obwohl niemals vom Wasser des Lebens trinkend, immer wieder aufersteht. Jede Nacht sprach sie mit ihm, bei süssem Wein aus Nilwasser. Doch, fern ihrer geliebten Stadt am Meer, hinter hohen Gefängnismauern, berauschten sie allein ihre Erinnerungen. Zärtlich gedachte sie ihrer Mutter, ihrer Freundin, Seelenschwester, Partnerin und Vertrauten in Tagen, die die Zeit hinweggefegt hatte. Sie war wie eine blühende Rose, die, ihre eigene Liebe hegend, die Liebe und Zuneigung, die ihren Ehemann und ihre Tochter verband, immer gesegnet hatte. Niemals hatte sie versucht, mit Hilfe ihrer inneren Stimme, mit ihren Ohren oder mit den anderen ihr zu Gebote stehenden Sinnen das lautlose Knistern zu deuten, das von der Beziehung zwischen ihrem geliebten Ehemann und ihrer einzigen Tochter ausging, die sich in diesem alten Haus, das das Glück der Geburt ebenso erlebt hatte wie den Schmerz des Todes, in Gedanken stets mit ihrer Liebe beschäftigte.

Plötzlich kam Asîsa der Gedanke, dass ihre Mutter die Wahrheit über ihre Beziehung zu ihrem Stiefvater herausgefunden hatte, aber sie billigte und ihr Wissen aus mancherlei Gründen für sich behielt. Vielleicht gönnte sie ihrem Liebling, dem Licht in ihrem Leben, das sie für ihr Augenlicht entschädigte, dieses Glück. Sie begrüsste es immer, wenn ihr Ehemann und Asîsa tagsüber oder abends gemeinsam spazieren- oder ausgingen. Sie drängte ihren Ehemann regelrecht, ihre Tochter doch in die Hauptstadt – die Mutter der Welt – mitzunehmen und sie dort herumzuführen. Wie oft bat sie andererseits ihre Tochter, sich um ihren Stiefvater zu kümmern. Sie forderte sie auf, ihm seine Kleidung zurechtzulegen, wenn er ausgehen wollte, und ihm etwas zu essen zu machen, wenn er manchmal spätabends nach Hause kam. Man kann sagen, dass sie ihr die Liebe zu ihm eingab wie früher die Muttermilch. Und vielleicht war ihr auch bewusst, dass diese Liebe zu einer anderen oder vielmehr zur höchsten Liebe und Leidenschaft heranwachsen und heranreifen konnte.

Was Asîsa aber schmerzte und bedrückte, ja auch mit Scham erfüllte, war, dass sie ihrer Mutter niemals erlaubt hätte, was diese ihr erlaubte. Nie hätte sie es akzeptiert, dass ihre Tochter einem Mann, den sie selbst geheiratet hatte und liebte, ihre Liebe schenkte. Deswegen schämte sie sich und fand sich selbst grausam und hartherzig, ja bodenlos undankbar gegenüber dieser toleranten und grosszügigen Mutter, die niemals aufgehört hatte, sie zärtlich zu lieben.

Bei diesen Gedanken wurde Asîsa von Wut gepackt – Wut auf sich selbst –, weil sie nie die treu ergebene Tochter gewesen war, die dieser grossartigen Mutter unermüdlich dankte. Sie war vielmehr eine egoistische Tochter gewesen, die Gutes mit Bösem vergalt und für sich beanspruchte, was sie ihrer Mutter, ohne die sie ihren Geliebten nie kennengelernt und niemals all diese schöne Zeit mit ihm verbracht hätte, nicht gönnte. Die Wut zerriss Asîsa schier und erschütterte sie bis in die gequälte Seele, in der seit langem schon die Eulen und der Sturm heulten. Sie stand auf, um zwischen den vier hohen Wänden auf und ab zu gehen. Als der Schmerz seinen Höhepunkt erreichte, begab sie sich zum Fenster, ergriff die rostigen Eisenstäbe und rüttelte daran mit ihrer ganzen Wut und dem ganzen Schmerz, der sich in ihren Fäusten angestaut hatte, als wollte sie sie herausreissen und hinausstürzen, weit fort, himmelwärts. In diesem Augenblick vernahmen die Gefangenen nebenan Geräusche aus Asîsas Zelle und meinten, es seien Katzen, die vom Fenster in die Zelle sprängen. Umm Abdalasîs war ohnehin davon überzeugt, dass Asîsa mit Dschinnen im Bunde stand, die sie nachts in der Gestalt von Katzen besuchten. Wenn es sich um die üblichen streunenden Katzen gehandelt hätte, die sich in die Zellen schlichen, um heimlich Behälter aufzudecken und Essbares zu stibitzen, hätte Asîsa sie bestimmt verjagt. Eines Morgens hatte Umm Abdalasîs Asîsa auf die nächtlichen Katzenbesuche angesprochen, die von Asîsa jedoch entschieden bestritten wurden. Die fromme

Alte, die glaubte, dass ihr im Gefängnis die Geheimnisse dieser Welt enthüllt worden seien, hoffte aber, von Asîsas Auskünften für ihre Tätigkeit zu profitieren, die sie im Gefängnis so erfolgreich ausübte und auch nach ihrer Entlassung weiterhin und in grösserem Ausmass ausüben wollte.

Weil ihre Hände so schmerzten, dass sie zu keiner weiteren Anstrengung mehr fähig war, gab Asîsa es auf, die Stäbe zerbrechen zu wollen, die sie hinderten, ihren Leiden zu entfliehen. Statt aufzusteigen, wohin sie wollte, schleppte sie ihren schmerzenden und erschöpften Körper zu ihrem Lager zurück, diesen von den Jahren gebrochenen Körper. Scharfe Linien hatten sich um ihre Augen eingegraben, die ihren lebendigen Glanz verloren hatten und matt geworden waren. Nur ihr träumerischer, stolzer Blick liess noch erahnen, was sie früher gewesen war. Sie liess sich auf die dünne Schaumstoffmatte sinken, zündete sich eine neue Zigarette an und trank hastig einen Becher ihres Weines, um den Brand in ihrer Seele zu löschen und sich dem zuzuwenden, was noch getan werden musste, damit der Aufstieg ihres goldenen zum Himmel fliegenden Wagens möglichst reibungslos verlief.

Wenn sie ihre Fahrt zum Himmel antraten, sollten die Insassinnen ihres goldenen Wagen so schön sein, wie es Menschen möglich war. Das war nach Asîsas Meinung das mindeste, was diesen ausgewählten Frauen zustand. Deshalb verbrachte sie ganze Nächte damit, mit der Armenierin Sonja zu sprechen, der früher bekanntesten Schneiderin in Alexandria, die für Asîsa und ihre Mutter die schönsten, modernsten und elegantesten Kleider genäht hatte. Asîsa besprach mit Sonja im einzelnen die zu verwendenden

Stoffe und Farben. Gemeinsam berieten sie, welches Kleid welcher Mitreisenden am besten stehen würde. Dafür hatte Asîsa Sonja aus ihrer neuen Heimat Frankreich kommen lassen, wohin sie ihren Söhnen, die dort ein orientalisches Restaurant eröffnet hatten, gefolgt war. Die ausgewählten Gefangenen liess sie, eine um die andere, an sich vorüberziehen, musterte sie, nahm ihre Masse und suchte für jede das passende Kleid aus. Im Vertrauen auf ihren aristokratischen Geschmack bat Asîsa hin und wieder die neben ihr sitzende Sainab Mansûr um ihren Rat zu Details der Kleider, die sie mit äusserster Sorgfalt aus prächtigen Stoffen in feinen leuchtenden Farben herstellen lassen wollte. Die Trägerinnen der langen, taillierten Kleider aus Crêpe de Chine, feinem Chiffon, Schantungseide, Satin mit Spitze, mit Gold- und Silberfäden und Pailletten besticktem Tüll, die in allen Regenbogenfarben schillerten wie die Hälse unserer einheimischen Tauben, sollten aussehen wie die Engel des Himmels und diesen, wenn sie mit ihnen zusammentrafen, an Schönheit und Pracht in nichts nachstehen. Für jede wählte sie zudem eine perlen- und edelsteinbesetzte goldene Krone, deren Zauber jedem Betrachter den Verstand raubte. Diese Kronen sollten derjenigen gleichen, die Königin Farîda am Tag ihrer Hochzeit mit König Faruk getragen hatte. Asîsa hatte Faruk gehasst, weil er sich später von Farîda hatte scheiden lassen, um Narimân zu heiraten. Doch Gott, dessen Mühlen langsam, aber sicher mahlen, hatte ihn kurz danach durch die Revolution vom Thron gestürzt. Da sich niemand für sein Bleiben einsetzte, hatte er das Land in Schmach und Schande verlassen müssen. Das Bild Farîdas im langen, prächtigen Hochzeitskleid, die Krone auf dem Kopf, hatte dagegen weiterhin an der Wand gegenüber von Asîsas Bett gehangen. Immer wieder hatte sie es angesehen und sich an dem Anblick erfreut, bis zu jenem unheilvollen Tag, als ein gewaltiger Sturm vom Meer eines der undichten Fenster aufriss und das Bild hinauswehte. Im Garten war der Regen daraufgeprasselt und hatte die Konturen verschwimmen lassen.

Die Schuhe sollten zu den Kleidern passen. Asîsa entschied, sie hätten aus schwarzem Satin oder aus dünnem mit einem Gitterstoff oder feinem Samt gefütterten Leder zu sein. Alle sollten einfache, ziemlich flache Absätze haben, bis auf Hannas Schuhe, deren Absätze sieben Zentimeter hoch sein dürften. Asîma würde besondere Schuhe erhalten, zwar ganz flach, aber mit Silberfäden bestickt. Ihr würde sie einen Platz hinten im Wagen anweisen, damit sie den vor ihr Sitzenden nicht die Sicht nahm, ohne sie jedoch – wie sie es früher oft erleben musste – zu kränken. Eines Tages hatte Asîma ihr traurig erzählt, dass sie wegen ihrer Grösse zu Hause immer die Zimmerdecken hatte säubern müssen. Damit hätte sie ihren Eltern die Anschaffung eines für diesen Zweck gebräuchlichen Bambusschemels erspart. Eine Nachbarin hatte gar von Zeit zu Zeit ihre kleine Tochter nach ihr geschickt, damit sie ihr etwas von ihrem hohen, alten Schrank herunterholte, das sie selbst nicht erreichen konnte. Asîma war das alles immer sehr peinlich gewesen, weil sie es hasste, an ihre ungewöhnliche Grösse erinnert zu werden.

Für die Haare sollte Adli, der begnadete Damenfriseur, zuständig sein. In ihrer Heimatstadt hatte er einst mit seinen geschickten goldenen Händen seine Kundinnen in anmutige Meerjungfrauen verwandelt. Ihr selbst hatte er viele phantasievolle Frisuren gezaubert, die stets die Bewunderung ihres Geliebten gefunden und ihr Gesicht noch verführerischer und reizvoller hatten erscheinen liessen. Nach langem Nachdenken entschied Asîsa, auch die arme Gefängniskatze mitzunehmen, zusammen mit einer schwarzen Katze, die sie oft dabei beobachtete, wie sie sich ins Gefängnis schlich und sich im Gang, den Asîsa durch ihr anderes Zellenfenster zum Teil einsehen konnte, neben der Gefängniskatze niederliess. Einträchtig schnurrten sie dann vor Behagen. Nie hatte sie gesehen, dass die beiden um das Essen stritten, das sie ihnen manchmal nachts zuwarf.

Trotz all dieser Vorbereitungen, die Asîsa traf, damit für den Beginn ihres Unternehmens die besten Voraussetzungen gegeben waren, blieben noch einige kleinere Probleme zu lösen. Dazu gehörte, dass Machrûsa, die Aufseherin, Umm Ragab wegen ihrer Spitzeldienste für die Gefängnisleitung zutiefst hasste. Machrûsa war oft in Schwierigkeiten, weil man sie verdächtigte, mit einigen Gefangenen unter einer Decke zu stecken. Sie selbst verstand ihre besonderen Beziehungen zu diesen Gefangenen als Ausdruck reiner menschlicher Anteilnahme. Einmal stahl Umm Ragab eine Stoffpuppe in der Grösse eines Kindes, die Umm al-Chair für Aida angefertigt hatte, damit sie sie beim Schlafen im Arm halten konnte. Umm Ragab, von Machrûsa deswegen öffentlich zur Rede gestellt, rächte sich wiederum, indem sie der Gefängnisleitung hinterbrachte, Machrûsa habe Gamalât einmal erlaubt, bei Huda in der Krätzezelle zu übernachten, und zwar im Anschluss an eine nächtliche Party in der Zelle mit Tanz und Gesang, zu der Huda Gamalât eingeladen hatte. Man feierte die für den nächsten Tag bevorstehende Entlassung einer Zellenbewohnerin. Jene war vom Verdacht des Heiratsschwindels freigesprochen worden, weil sich herausgestellt hatte, dass ihr erster Mann gestorben war. Er hatte sieben Jahre zuvor das Land verlassen. Seitdem hatte sie ihn nicht gesehen und nichts von ihm gehört. In der Zwischenzeit war sie in ein Dorf in Oberägypten gezogen, hatte dort einen Melasseverkäufer geheiratet und mit ihm drei Kinder in die Welt gesetzt. Schliesslich hatte die Mutter ihres ersten Ehemannes sie angezeigt, um sie hinter Gitter zu bringen.

Ein zweites Problem, mit dem sich Asîsa konfrontiert sah, stellte Schafîka die Stumme dar. Die meisten Gefangenen hatten zwar Mitleid mit ihr, wollten sie aber nicht in ihrer Nähe haben, weil sie schmutzig war und selbst mitten im Winter kaum etwas auf dem Leib trug, obwohl schon manche ihr ein Kleidungsstück zur Verdeckung ihrer Blösse hatten schenken wollen. Asîsa war aber fest davon überzeugt, dass die anderen nichts gegen Schafîka einwenden würden, wenn sie erst gebadet hätte, ihr ganzer Körper mit einem rauhen Schwamm bearbeitet und ihre Fersen mit einem Bimsstein abgerieben und so weich massiert wären wie der Stoff ihres von Sonja meisterhaft gefertigten dekolletierten und taillierten rosafarbenen Satinkleides mit weiten Ärmeln. Adli, der Friseur, würde ihr schönes, weiches Haar kämmen, zu einem französischen Zopf flechten und an seinem Ende eine grosse diamantenbesetzte Haarspange aus Elfenbein befestigen. Dadurch würde sie eine völlig andere Frau, bei der nichts mehr an dieses unglückliche, schmutzige Mädchen erinnerte. Vielleicht würde sie aussehen wie die Schauspielerin Schâdija in dem Film, in dem sie singt:

„Such ihn, du wirst ihn schon finden", den Asîsa einmal im „Metro" in Alexandria gesehen hatte, zusammen mit ihrem Geliebten, der die ganze Zeit ihre Hand gehalten und ihr im Dunkeln ab und zu einen Kuss auf die Wange gedrückt hatte. Nachdem sie zehn Tage wegen einer schweren Dickdarmentzündung mit Fieber, das die Ärzte zunächst für Typhusfieber gehalten hatten, im Bett gelegen war, hatte ihre Mutter ihren Mann damals inständig gebeten, sie auszuführen, damit sie sich ein wenig amüsierte.

Manchmal bereitete die Vorstellung, der Gefängnisleiter könne, durch den Glanz des Wagens aufmerksam geworden, herbeieilen und versuchen, die Abreise zu verhindern, Asîsa schlaflose Nächte. Dann wäre es vorbei mit ihrem Aufstieg zu jenem schönen Ort im Himmel, an dem ewiges Wohlergehen, reine Glückseligkeit und wahre Liebe zwischen den Menschen herrschen und irdischer Zank und Streit keinen Platz haben. Asîsa überlegte, was sie tun sollte, wenn es tatsächlich dazu käme. Sie entschied, den Start in die Nacht zu verlegen. Dann wäre der Gefängnisleiter nicht im Haus, und die Aktion könnte heimlich, ruhig und schnell verlaufen. Damit der Wagen keine Aufmerksamkeit erregte und damit keine der Schlafenden aufwachte und mitzufahren versuchte, würde sie die Pferde bitten, vor dem Abflug auf ihr klangvolles Wiehern und ihren kräftigen Flügelschlag, der zauberhafte Töne erzeugte, zu verzichten. Die von ihr ausgewählten Frauen würde sie bitten, sich ruhig, flink und umsichtig zu bewegen, damit ihre Aktion vor der Ankunft des Gefängnisleiters abgeschlossen sei. Denn wenn er den Wagen bemerkte und einzusteigen versuchte, stünden sie vor einem grossen Problem.

Solche Sorgen quälten sie jede Nacht, sobald sie aufgehört hatte, an den Geliebten, an ihre Mutter und die Insassinnen des Himmelswagens zu denken. Die Sorgen vertrieben jede Müdigkeit aus ihren Augen und hielten sie wach bis zum ersten Hahnenschrei und zum morgendlichen Gebetsruf. Selbst in der letzten Nacht ihres irdischen Lebens, in der alle möglichen Erinnerungen wieder vor ihr auftauchten, die ihre Vertrauten in den langen, einsamen Gefängnisnächten gewesen waren, ordnete und regelte sie alles Nötige, damit ihr goldener Wagen zum Ort ihrer Sehnsucht aufsteigen konnte. Mit einem Geheimwort, das nur die Betreffende hörte, rief sie alle auserwählten Gefängnisinsassinnen herbei, eine nach der anderen, kleidete jede in ihr wunderschönes, eigens für sie genähtes Kleid und sorgte dafür, dass Adli das Haar einer jeden kämmte und daraus die schönstmögliche Frisur gestaltete. Als dies alles getan war, bereitete sie sich auf die Abreise vor, die sie sich bis ins letzte Detail ausgemalt hatte. Sie trug ihr schwarzes langärmliges Samtkleid mit dem Spitzenbesatz am Dekolleté, über den kleine, in allen Farben glitzernde Diamanten in der Form kunstvoller Blüten verstreut waren. Dann machte Adli ihr meisterhaft ihre Lieblingsfrisur. Diesmal übertraf er sich selbst. Im Nacken fasste er ihr Haar mit einer schwarzen Satinschleife in Form eines Schmetterlings mit einer kleinen Perle in der Mitte zusammen. Nachdem sie eine Mitreisende nach der anderen an sich hatte vorüberziehen lassen und sich davon überzeugt hatte, dass alles nach ihrem Wunsch war, ja, dass keine schöner und bezaubernder hätte sein können, erlaubte sie ihnen einzusteigen. Auf ihrem Arm trug sie die aprikosenfarbene Gefängniskatze, der sie ein Band aus dunkelbraunem Samt mit einem silbernen Glöckchen umgebunden hatte. Auch ihrer schwarz glänzenden Freundin hatte sie ein Band, eines aus rosafarbener Seide und ebenfalls mit einem Glöckchen daran, umgelegt und sie dann Umm al-Chair, der Bäuerin, übergeben, die darüber so glücklich war, als hätte sie gerade einen grossen Fund gemacht. Als alle in den Wagen eingestiegen waren und ihre Plätze eingenommen hatten, gab Asîsa dem himmlischen Orchester, das den Aufstieg musikalisch begleiten sollte, ein Zeichen. Es spielte dieselbe Melodie, die Asîsa einst von einer Militärmusikkapelle am Jahrestag des Abzugs der Besatzung im Musikpavillon der wunderschönen Antoniadesgärten gehört hatte. Jetzt musizierte in diesen Gärten wie auch in anderen Parks niemand mehr, vielleicht, weil sich die Menschen nicht mehr an diesen Tag erinnern. Das himmlische Orchester intonierte die herrliche, Asîsa unvergesslich gebliebene Melodie so meisterhaft, dass sie ganz ergriffen war.

Nachdem das festliche Programm zur Umrahmung des Aufstiegs zu Ende war – vorangegangen war ein exklusives Menü aus den Spezialitäten aller Hotels mit mindestens fünf Sternen, sowie eine Tanzveranstaltung, auf der man tanzte wie Asîsa und ihre unsterbliche Liebe einst an Geburtstagen und in den Silvesternächten auf den Tanzflächen der vornehmsten Clubs der Stadt –, warf Asîsa einen letzten Blick zurück, einen Blick voller Verachtung für die ganze schreckliche Welt des Gefängnisses mit seinen Gebäuden, seiner Verwaltung, seinen Aufseherinnen, seinem Essen, seinem Schlaf, seiner Kleidung und seiner Unmenschlichkeit. Dann schloss sie die Wagentüren, gab das Zeichen zur Abfahrt. Schon begannen die herrlichen, kräftigen, weissen Pferde ihre wunderbaren goldenen Schwingen auszubreiten, die den Segeln der Schiffe glichen, die einst die Wogen des Meeres durchpflügten.

Doch ohne dass jemand wusste, wie es dazu kommen konnte, standen plötzlich der Gefängnisleiter und die Aufseherinnen, die Asîsa immer gehasst hatte, vor dem Wagen, betrachteten ihn kritisch und hielten ihn an, um einzusteigen. In diesem Augenblick, da Asîsa allein in ihrer Zelle war, stieg ihr Blutdruck so stark an, dass sich in ihrem Gehirn mehr und mehr Blutgerinnsel bildeten, während sie keinen Augenblick aufhörte, über ihr vergangenes Leben, die Wege ihres Schicksals, die Jahre der Freude und die Jahre des Leids, die sie erlebt hatte, nachzusinnen.

Während sie in ihre letzte Bewusstlosigkeit verfiel und den Todeskampf aufnahm, den nicht einmal ein Stern am Himmel bemerkte, sah sie, wie die von ihr ausgewählten Gefängnisinsassinnen schnell wieder aus dem goldenen Wagen ausstiegen. Es kam zu einem Handgemenge zwischen ihnen und denen, die den Wagen gewaltsam hatten besteigen wollen. Dabei gelang es den ausgewählten Frauen, die anderen zu überwältigen und unter die Hufe der weissen Pferde zu werfen, die gleich wieder mit ihren Flügeln schlugen und Anstalten machten aufzusteigen, als Asîsa mit Mühe noch einmal die Hand hob – das Zeichen zur Abfahrt. Ihr Herz, in dem das Leben nach und nach erlosch, hörte erst auf zu schlagen, als sie sicher war, dass sich die Türen und Fenster hinter den edelsten Frauen des Gefängnisses wieder geschlossen hatten und die weissen Pferde ihre Beine vom Boden lösten, um mit ihren goldenen Schwingen himmelwärts zu fliegen.

Nachwort

Angesichts der politischen Situation in der arabischen Welt, so heisst es in einem Buch über arabische Gefängnisliteratur aus dem Jahre 1981*, sei es nicht weiter überraschend, eine solche Menge literarischer Werke zu finden, die die Repression zum Thema machen, einschliesslich ihres sichtbarsten Symbols, des Gefängnisses.

Doch diese „Gefängnisliteratur" (der Begriff wird auch im Arabischen verwendet, *adab as-suǧûn)* ist formal und inhaltlich vielgestaltig. Sie kann das Leben vor, in und nach dem Gefängnis beschreiben, sie kann sich mit den Gefängnisrealien oder mit den psychischen Folgen eines Gefängnisaufenthalts beschäftigen, kann zeigen, dass das Gefängnis nicht „nur" jenes triste graue, mit Stacheldraht umgebene Gebäude ist, in dem Menschen festgehalten und auch gequält werden. Schliesslich wird das Gefängnis vielfach auch als Metapher zur Charakterisierung einer (gesellschaftlichen, wirtschaftlichen, politischen) Lebenssituation verwendet.

Frauen finden sich nicht häufig im Gefängnis in diesem Genre. Frauen warten – als Mütter, Schwestern, Ehefrauen – vor dem Gefängnis oder zuhause; sie warten auf die Besuchszeiten, bringen Nahrungsmittel, Kleider, Zigaretten und – Ermutigung. Wenn letztere ausbleibt – durch den Tod der Mutter, den Zusammenbruch der Schwester oder der Ehefrau –, kann das das moralische, mitunter auch das physische Ende des Gefängnisinsassen bedeuten.** Jener Männer, die also (in der Realität ebenso wie in der Litera-

* Nazîh Abû Niḍâl, *Adab as-suǧûn* („Gefängnisliteratur"; Beirut 1981).
** Zum Beispiel in: Abdalrachman Munif, *Östlich des Mittelmeers.* Roman (Aus dem Arabischen von Larissa Bender; Lenos Verlag, Basel 1995).

tur) wegen politischer Aktivitäten, wegen Zusammenstössen mit der Staatsgewalt, der Mitgliedschaft in verbotenen Organisationen oder der Teilnahme an untersagten Versammlungen und Demonstrationen inhaftiert werden. Im Zusammenhang mit dem Gefängnis zeigt sich, etwas verallgemeinert, eine Funktionenteilung, wie sie auch sonst in der Gesellschaft vielfach sicht- und spürbar ist.

Doch auch hier gibt es Abweichungen vom Muster, gibt es Verwischungen dieser klaren Grenzen – Vorgänge, die im Verlauf der Geschichte und der Geschichtsschreibung mitunter etwas in den Hintergrund getreten sind. Ägypten kannte, und Nagib Machfûs hat sie mehrfach erwähnt*, unmittelbar nach dem Ersten Weltkrieg Frauendemonstrationen gegen die Briten, und die Frauenbewegung spielte im Rahmen der nationelen und sozialen Entwicklung in vielen arabischen Ländern eine wichtige Rolle, bis hin zur aktiven Teilnahme von Frauen im Kampf gegen die französische Kolonialmacht in Nordafrika. Maghrebinische Autoren und Autorinnen haben darüber mehrfach geschrieben.

Dergleichen Aktivitäten haben sich, gesamtgesellschaftlicher Entwicklung folgend, in neuerer Zeit intensiviert, und mit allen Konsequenzen für die beteiligten Frauen schliesslich auch Eingang in die Literatur gefunden. Auch hier wäre noch einmal Nagib Machfûs zu nennen, der in seinem kleinen und eigentlich sonst eher unbedeutenden Roman *al-Karnak* (1974) auch eine Frau in den Kreis einer Oppositionellengruppe aufnimmt.

* Z. B. in seinen noch nicht auf deutsch verfügbaren autobiographischen Vignetten *Ḥikâyât ḥâratinâ* („Geschichten aus unserem Viertel“, 1975).

Dann sind es aber zahlreiche Autorinnen, die Frauen beschreiben (häufig handelt es sich um eigene Erfahrungen), die aus politisch-weltanschaulichen Gründen mit dem Gefängnis Bekanntschaft machen: Sainab al-Ghasâli, die Sprecherin der Frauen bei der ägyptischen Muslimbruderschaft, ist mit ihren autobiographischen Notizen *Ayyâm min ḥayâtî* („Tage aus meinem Leben") hierfür ebenso ein Beispiel wie Latifa al-Sajjat mit ihren Erinnerungen unter dem Titel *Durchsuchungen**. Auch in den Romanen der Palästinenserin Sahar Khalifa geraten Frauen ins Gefängnis (hier in dasjenige der israelischen Besatzungsmacht), was eine von ihnen einmal zur ironisierenden Abwandlung des bekannten Heldenslogans „Das Gefängnis ist für Männer!" veranlasst. Das Gefängnis sei auch für Frauen, erklärt sie.

Doch gibt es auch Inhaftierungsgründe, die ihren Ursprung in der traditionellen Frauenrolle beziehungsweise dem Aufbegehren dagegen haben. Es sind Frauen, die sich gegen die repressive Form dieser Rolle auflehnen und dabei, und das ist besonders bemerkenswert, auch vor kriminellen Taten nicht zurückschrecken. Sehr direkt und etwas plakativ sind solche Fälle bei der Ägypterin Nawal al-Saadawi dargestellt (zum Beispiel in *Ich spucke auf euch.* Bericht einer Frau am Punkte null). Um vieles subtiler und auch anders in der Bewertung bei Salwa Bakr**.

* Latifa al-Sajjat, *Durchsuchungen.* Eine Lebensgeschichte aus Ägypten (Aus dem Arabischen von Hartmut Fähndrich, Lenos Verlag, Basel 1996).
** Über ihren Werdegang und ihre Werke informieren die Nachworte zu den deutschen Übersetzungen: *Atijas Schrein.* Roman aus Ägypten (Aus dem Arabischen von Hartmut Fähndrich, Lenos Verlag, Basel 1992) und *Die einzige Blume im Sumpf.* Geschichten aus Ägypten (Aus dem Arabischen von Hartmut Fähndrich; Lenos Verlag, Basel 1994).

Von Anfang an stellte Salwa Bakr in ihren Kurzgeschichten Frauen dar, die versuchen, das Beste aus ihrer Situation zu machen, wie beengt ihre Möglichkeiten auch seien; Frauen, die sich für sich selbst ebenso wie für andere wehren, die dabei aber in den Grenzen der herrschenden Legalität bleiben. Das gilt auch für den kleinen Roman *Atijas Schrein,* in dem es um eine einfache Frau geht, deren ganz normales tagtägliches menschliches Wirken rückblickend von Familienangehörigen und Freunden als etwas Besonderes empfunden wird.

Im vorliegenden Roman geht Salwa Bakr insofern einen Schritt weiter, als die gezeigten Frauen stärker in einer Opferrolle aufgrund ihres Geschlechts stehen als wegen ihrer sozialen Herkunft und ihrer materiellen Situation. Die Idee zum Roman entstammt, nach der Autorin eigener Aussage, der Wirklichkeit. In der zweiten Hälfte der achtziger Jahre gab es in Ägypten mehrere Fälle von Frauen, die ihren Mann ermordeten. Daraus entstand eine Debatte über die Gründe von Kriminalität bei Frauen, bei der die auch anderswoher bekannten Argumente vorgebracht wurden: Frauen seien an sich böse. Frauen würden allmählich „männlich". Frauen hätten zuviel Freiheit und schlügen deshalb über die Stränge. Oder schliesslich: Die Straftäterinnen seien schlicht verrückt.

Den Roman versteht die Autorin als einen Anti-Text zu dieser Debatte, indem er versuche, die Grenze zwischen Normalität (wessen? welche Art?) und Abnormität und Wahnsinn in Frage zu stellen. Ebenso die Bewertung der den Gefängnisinsassinnen zur Last gelegten Verbrechen – Taschendiebstahl, Prostitution, Drogenhandel, Mord u.a.

Denn der Grund für all diese Verbrechen ist im weitesten Sinn der Missbrauch des weiblichen Körpers und der weiblichen Gefühlswelt durch Männer.

Das Gefängnis wird so zum Repertoire gesellschaftlicher Vorgänge, wird Symbol der Gesellschaft. Es wird gleichzeitig auch eine Art Hafen, ein Ort der Ruhe für die Frauen, wo sie die Masken ihrer gesellschaftlichen Rollen – Tochter, Ehefrau, Mutter – ablegen können, das heisst, wo sie einen Freiraum ausserhalb gesellschaftlicher Rollenerwartung erhalten. Und manche von ihnen erzählen hier ihre Erfahrungen zum ersten Mal.

Asîsas Geschichte hält den Roman zusammen, den Roman, der aus Geschichten und Berichten, aus Fabeln und Anekdoten besteht. Es ist also nicht ganz abwegig, hier an Schehresâd zu denken, die prototypische, die mythische Erzählerin der Geschichten aus den *Tausendundein Nächten,* auf die schon verschiedentlich von zeitgenössischen Autorinnen zurückgegriffen wurde. Durch Asîsas Überlegungen, und hier wird Schehresâd weiterentwickelt, werden die einzelnen Frauen aus hässlichen Kriminellen zu akzeptablen, liebenswerten, ja auch bewunderungswürdigen Geschöpfen, würdig, im goldenen Wagen mit in den Himmel zu fahren.

Hartmut Fähndrich

PS. Zur Erleichterung der Aussprache arabischer Namen wurden in der Übersetzung betonte lange Silben mit einem Zirkumflex (^) versehen.

Zainât fî ğanâzat ar-ra'îs
(„Sainat beim Präsidentenbegräbnis", Kurzgeschichten) 1986

Maqâm 'Aṭîya
(Atijas Schrein", Kurzroman und Kurzgeschichten) 1986

'An ar-rûḥ allatî suriqat tadrîğîyan
(„Von der nach und nach gestohlenen Seele", Kurzgeschichten) 1989

al-'Araba aḏ-ḏahabîya la taṣ'ad ilâ s-samâ'
(„Der goldene Wagen fährt nicht zum Himmel", Roman) 1991

'Ağîn al-fallâḥa
(„Der Teig der Bäuerin", Kurzgeschichten) 1992

Waṣf al-bulbul
(„Die Beschreibung der Nachtigall", Roman) 1993

Arânib
(„Kaninchen", Kurzroman und Kurzgeschichten) 1994

Îqâ'ât muta'âkisa
(„Gegenläufige Rhythmen", Kurzgeschichten) 1996

ARABISCHE LITERATUR IM LENOS VERLAG
Herausgegeben von Hartmut Fähndrich

Jachja Taher Abdallah, Menschen am Nil
Zwei ägyptische Novellen, 187 Seiten
Aus dem Arabischen von Hartmut Fähndrich und Irmgard Schrand

Laila Baalabakki, Ich lebe
Roman aus dem Libanon, 284 S. Aus dem Arabischen von Leila Chammaa

Salwa Bakr, Atijas Schrein
Roman aus Ägypten, 122 S. Aus dem Arabischen von Hartmut Fähndrich

Salwa Bakr, Die einzige Blume im Sumpf*
Geschichten aus Ägypten, 117 S. Aus dem Arabischen von Hartmut Fähndrich

Salwa Bakr, Der goldene Wagen fährt nicht zum Himmel
Roman aus Ägypten, 269 S. Aus dem Arabischen von Evelyn Agbaria

Salim Barakat, Der eiserne Grashüpfer
Geschichte eines kurdischen Kindes, 107 S. Aus dem Arabischen von Burgi Roos Khalil

Edwar al-Charrat, Safranerde*
Roman aus Ägypten, 261 S. Aus dem Arabischen von Hartmut Fähndrich

Driss Chraibi, Ermittlungen im Landesinnern*
Roman aus Marokko, 287 S. Aus dem Französischen von Angela Tschorsnig

Ali Ghalem, Die Frau für meinen Sohn*
Roman aus Algerien, 272 Seiten
Aus dem Französischen von Agnès Bucaille und Susanne Thauer

Gamal al-Ghitani, Seini Barakat*
Roman aus Ägypten, 401 S. Aus dem Arabischen von Hartmut Fähndrich

Emil Habibi, Der Peptimist*
Roman aus Palästina, 257 Seiten
Aus dem Arabischen von Hartmut Fähndrich, Angelika Neuwirth et al.

Emil Habibi, Sarâja, das Dämonenkind
Eine spätherbstliche Fabuliererei aus Palästina, ca. 240 Seiten
Aus dem Arabischen von Nuha Forst, Angelika Rahmer und Hartmut Fähndrich

Emil Habibi, Das Tal der Dschinnen*
Roman aus Palästina, 172 Seiten
Aus dem Arabischen von Hartmut Fähndrich und Edward Badeen

Sonallah Ibrahim, Der Prüfungsausschuss*
Roman aus Ägypten, 220 S. Aus dem Arabischen von Hartmut Fähndrich

Jussuf Idris, Die Sünderin
Roman aus Ägypten. 191 S. Aus dem Arabischen von Hartmut Fähndrich

Ghassan Kanafani, Bis wir zurückkehren*
Palästinensische Erzählungen, 160 S. Aus dem Arabischen von Hartmut Fähndrich

Ghassan Kanafani, Das Land der traurigen Orangen*
Palästinensische Erzählungen, 160 S. Aus dem Arabischen von Hartmut Fähndrich

Ghassan Kanafani, Männer in der Sonne/Was euch bleibt
Zwei palästinensische Kurzromane, 196 Seiten
Aus dem Arabischen von Hartmut Fähndrich und Veronika Theis

Ghassan Kanafani, Umm Saad/Rückkehr nach Haifa*
Zwei palästinensische Kurzromane, 152 Seiten
Aus dem Arabischen von Veronika Theis und Hartmut Fähndrich

Ibrahim al-Koni, Blutender Stein
Roman aus Libyen, 152 S. Aus dem Arabischen von Hartmut Fähndrich

Ibrahim al-Koni, Goldstaub
Roman aus Libyen, 166 S. Aus dem Arabischen von Hartmut Fähndrich

Abdellatif Laabi, Kerkermeere
Bericht aus Marokko, 229 S. Aus dem Französischen von Giovanna Waeckerlin Induni

Muhammad al-Machsangi, Eine blaue Fliege
Ägyptische Kurzgeschichten, 104 S. Aus dem Arabischen von Hartmut Fähndrich

Hanna Mina, Bilderreste
Roman aus Syrien, 331 S. Aus dem Arabischen von Angela Tschorsnig

Abdalrachman Munif, Östlich des Mittelmeers
Roman, 267 S. Aus dem Arabischen von Larissa Bender

Hamida Naana, Keine Räume mehr zum Träumen
Roman, 287 S. Aus dem Arabischen von Hartmut Fähndrich

Emily Nasrallah, Flug gegen die Zeit
Roman aus dem Libanon, 279 S. Aus dem Arabischen von Hartmut Fähndrich

Emily Nasrallah, Das Pfand
Roman aus dem Libanon, 186 S. Aus dem Arabischen von Doris Kilias

Emily Nasrallah, Septembervögel*
Roman aus dem Libanon, 200 S. Aus dem Arabischen von Veronika Theis

Pappschachtelstadt
Geschichten aus Ägypten, 217 Seiten
Ausgewählt und ins Deutsche übertragen von Hartmut Fähndrich

Hanan al-Scheich, Sahras Geschichte*
Roman aus dem Libanon, 272 S. Aus dem Arabischen von Veronika Theis

Sakarija Tamer, Frühling in der Asche
Syrische Erzählungen, 124 S. Aus dem Arabischen von Wolfgang Werbeck

*auch als Taschenbuch in der Reihe LENOS POCKET.
Bitte verlangen Sie unseren Prospekt.